KB268616

THE Warrior
Gale of Wind

광풍의 전사

태백산 퓨전 판타지 소설
FUSION FANTASTIC STORY

광풍의 전사 5

태백산 퓨전 판타지 소설

초판 1쇄 찍은 날 § 2008년 1월 24일
초판 1쇄 펴낸 날 § 2008년 2월 4일

지은이 § 태백산
펴낸이 § 서경석

편집장 § 문혜영
편집책임 § 심재영
편집 § 유경화

펴낸곳 § 도서출판 청어람
등록번호 § 제1081-1-89호
등록일자 § 1999. 5. 31
어람번호 § 제1-0938호

주소 § 경기도 부천시 원미구 심곡1동 350-1 남성B/D 3F (우) 420-011
전화 § 032-656-4452 팩스 § 032-656-4453
http://www.chungeoram.com
E-mail § eoram99@chollian.net

ⓒ 태백산, 2007

ISBN 978-89-251-1155-1 04810
ISBN 978-89-251-0945-9 (세트)

광풍의 검사

5

[전쟁의 소용돌이]

태백산 퓨전 판타지 소설

FUSION FANTASTIC STORY

도서출판 청어람

THE Warrior Gale of Wind

Contents

CHAPTER 01

드워프들의 한

THE Warrior
Gale of Wind

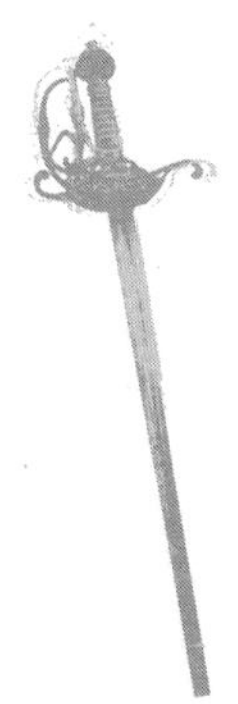

　화려한 방 안에 젊은 미남자가 뒷짐을 지고 서서 창밖을 내다보고 있었다. 정원에는 앙상하게 가지만 남은 나무들이 추위에 온몸을 부르르 떨고 있었다. 한여름의 싱싱하던 잎은 다 떨어지고 지금은 벌거숭이가 되었다. 그 무엇도 자연의 힘은 거스를 수 없는 것이다.

　젊은 청년의 뒤에 선 검은 로브가 열심히 뭔가를 보고하고 있었다.

　"아스톤 제국은 완전히 검은 탑의 손아귀에 들어갔습니다. 이제 우리와의 대결은 국가 간의 전쟁으로 확대될 수밖에 없는 상태가 되었습니다. 그렇게 되면 앞으로 전쟁은 승패를 가늑하기 힘들게 됩니다.”

창밖을 내다보고 있던 청년이 몸을 돌렸다.

“타판파스 왕국으로 이동한다는 키메라 군단은 도착했는가?”

청년의 말에 어리둥절했던 검은 로브가 황급히 대답을 하였다.

“예, 지금 바람의 계곡을 통과하고 있습니다, 폐하.”

로브의 말에 청년은 얼굴에 희미한 미소를 지었다. 이곳은 니힐리스 제국의 황실이다. 현재 니힐리스 제국의 황제는 후원에 있는 별궁에서 두문불출하고 있어 사람들은 황제가 너무 늙어 죽어가고 있다고 생각하고 있었고 그로 인해 황자들 간의 세력 다툼이 치열하게 진행되고 있었다.

그러나 그들은 황제가 이렇게 젊어져 있다는 것을 꿈에도 생각지 못하고 있을 것이다.

제스터 르 니힐리스.

니힐리스 제국의 80세 황제가 이제는 젊은 청년 황제가 되어 음모를 꾸미고 있었다.

마왕의 마력(魔力)을 받아 탈태환골한 제스터는 붉은빛이 번뜩이는 눈으로 검은 로브를 바라보았다.

“검은 탑의 키메라 군단 때문인가?”

“예, 폐하. 검은 탑은 키메라 군단을 계속 만들어내고 있습니다. 고수들은 우리가 더 많지만 수적으로는 밀리는 형국입니다.”

로브의 말에 무엇인가 골똘히 생각하던 제스터 황제가 입을 열었다.

“브리지트를 불러라.”

“예, 폐하.”

로브가 밖으로 나가자 제스터는 창밖의 앙상한 나뭇가지를 내다보았다. 아케이드 전사단을 조직하고 니힐리스 제국을 만든 것이 벌써 천 년이나 되었다.

신마전쟁 당시 모든 전투의 선봉에 섰던 아케이드 전사단은 검은 탑의 배신으로 겨우 살아남았고 그로 인해 검은 탑에서 분리되어 나왔다. 그리고 장장 어둠 속에서 1만 년이나 혈투를 벌였다.

그리고 천 년 전, 니힐리스 제국을 장악하고 또 다른 검은 탑 아케이드 전사단을 만들었다.

이제 아스톤 제국의 검은 탑과 전쟁을 끝내고 대륙에 아케이드의 깃발을 날릴 때가 다가오고 있었다. 진정한 검은 탑은 마왕 플레이너스를 따르는 아스톤 제국의 검은 탑이 아니라 자신들이다.

‘진정한 검은 탑은 아케이드님을 따르는 나다. 앞으로 세상은 그것을 알게 될 것이다.’

제스터의 두 주먹이 불끈 쥐어졌다. 지난 천 년간 끝내지 못한 승패를 이번에는 반드시 이룰 것이다.

바로 마왕 아케이드를 신으로 모시는 자신의 아케이드 전사단이 진정한 검은 탑이라는 것을 보여주고 대륙에 아케이드의 깃발을 날릴 것이다.

"부르셨어요?"

갑자기 울리는 비음이 섞인 말소리에 심각한 표정으로 밖을 보고 있던 제스터가 머리를 돌렸다. 그곳에 한 명의 여인이 서 있었다.

붉은 머리가 길게 드리워진 그녀는 마치 한 폭의 그림같이 폭발적인 염기를 뿌려댄다.

붉은 꽃술처럼 촉촉한 커다란 눈과 발그스레한 복숭아 같은 얼굴, 오뚝한 콧날과 뭔가 갈증을 느끼는 듯한 붉은 입술, 그리고 도전적으로 솟아오른 가슴과 미끈한 몸매의 볼륨은 뭇 사내들의 눈길을 한꺼번에 사로잡을 듯한 천상의 미인이었다.

그녀의 모습을 한참이나 바라보던 제스터의 얼굴에 웃음이 번져 갔다. 언제 봐도 질리지 않는 미를 가진 여인이다.

"그래. 내 사랑, 이리 와 앉아."

"무슨 일이죠?"

"브리지트, 네가 타판파스 왕국에 가야겠다."

제스터의 입에서 타판파스라는 말이 나오자 브리지트의 눈에서 붉은 빛이 뻗어 나왔다.

치갑고 몸서리치는 살기가 방 안을 잠식해 들어갔다. 지금 브리지트의 정신은 완전하게 제스터에게 세뇌되어 있는 상태다. 그럼에도 그녀의 뇌 속에 잠재된 헤럴드에 대한 증오심은 상상을 초월할 정도였다.

"브리지트, 그만 살기를 거두어라. 이번에 가면 너에게 좋은 일이 생길 거다."

그때에야 브리지트의 눈에서 뿜어 나오던 붉은빛이 서서히 사라졌다.

"지금 검은 탑은 타판파스에서 헤럴드의 쥬신 영지를 공격하려 하고 있다. 마틴 공작의 수하들을 이용해서, 너는 그곳으로 가서 놈들이 양패구상하도록 만들어야 한다. 내 말 알겠나?"

브리지트의 커다란 눈이 실처럼 좁혀졌다. 그리고는 활짝 웃었다.

"알았어요. 될수록 더 많은 키메라들을 끌어들이라는 말이죠?"

브리지트의 말에 제스터는 만족한 웃음을 입가에 띄웠다.

"바로 그거다. 많은 키메라들이 그들과의 전쟁에서 죽는다면 우리 아케이드 전사단이 검은 탑과의 전쟁에서 이길 승률이 높아진다. 수단과 방법을 가리지 마라."

제스터의 말에 브리지트가 고개를 끄덕였다.

"알았어요. 놈들이 서로 죽이고 죽게 만들겠어요. 마지막에는 모두 내 손에 죽겠지만……."

브리지트의 말에 제스터가 옆으로 다가오며 클클거렸다.

"호호호, 당연하지. 놈들의 최후는 네 손으로 끝내주어라. 마왕후인 너를 농락한 놈이니 당연히 네 손으로 끝내줘야지. 자, 그럼 떠나기 전에 너를 안아주마."

제스터가 브리지트의 손을 잡아당기자 그녀는 무너지듯 황제의 품에 안겼다.

"아아, 마스터."

브리지트의 눈에 쾌락의 욕념이 활화산처럼 뿜어 나왔다. 브리지트를 품에 안은 제스터가 침실로 들어가자 아무도 없는 것 같던 방 안에서 검은 그림자들이 솟아나듯 나타나 경계를 서기 시작하였다.

"아흑, 아하."

침실에서 열락에 찬 브리지트의 비음이 거침없이 밖으로 새어 나온다. 그 소리를 듣고 있던 검은 그림자가 작은 목소리로 중얼거렸다.

"조금만 더 있으면 마스터의 실력이 그랜드 마스터 최상급이 되시겠군!"

비음이 가득한 침실에 붉은 마나의 회오리가 제스터의 몸을 휘감아 돌고 있었다. 열락에 몸부림치는 브리지트의 몸에서 잘 정제된 마력이 빠져나와 제스터의 몸으로 들어가고 있었다. 마력이 계속 빠져나간다면 브리지트는 언젠가는 미라처럼 말라 죽게 될 것이지만 세뇌된 그녀는 이미 아무것도 모르고 쾌락에만 빠져 있었다.

시간이 길어질수록 비음의 소리는 점점 높아갔고 붉은 덩어리 같은 마나에 휘감긴 제스터는 자신의 마력을 높이고 있었다.

＊　　　＊　　　＊

에리세드 상단 테오코름 시 지부는 시의 교외에 있는 설산의 넓은 부지에 자리를 잡고 있다.

면적이 방대한 곳에 자리를 잡은 이유는 상단이 자체로 가지고 있는 드워프 노예들 때문이었다. 초기 아이스 왕국에 자리를 잡은 에리세드 상단 지부는 처음에는 드워프들의 물건만 구입했지만 지금은 3만여 명의 드워프 노예를 사들여 그들을 직접 운영하여 제품을 만들고 있었다.

지부의 정문 안에 들어선 레나는 탄성을 질렀다.

"와~! 오빠, 멋지다!"

그녀의 눈이 지부의 뒤로 우뚝 솟아 있는 설산의 절경에 꽂혀 있었다. 정원에서 보이는 산은 온통 하얀 백색의 설원으로 사람의 마음을 상쾌하게 했다.

"저 산은 설산이라고, 슈마라이 산의 한줄기입니다. 드워프들이 저 산 밑의 부지에서 제품을 생산하고 있습니다."

뒤따라 내려선 지부장 이레인의 말에 레나가 놀란 눈을 치켜졌다. 드워프라니, 그럼 에리세드 지부에서도 드워프 노예를 부린다는 소리가 아닌가?!

레나의 눈이 뾰족해졌다. 지금 아이스 왕국에서 헤럴드가 싸우는 이유가 바로 드워프들의 해방을 위해서였다.

"지부장님, 그럼 지부에 드워프 노예가 있다는 소린가요?"

레나가 눈에 쌍심지를 켜고 묻는 순간 헤럴드의 전음이 그녀의 뇌리에 들렸다.

"레나, 모르는 척하거라. 에리세드 상단은 우리 영지 사람들이 아니다."

흠칫한 레나가 눈에서 힘을 풀었다. 맞는 말이다. 에리세드 상단이 비록 헤럴드를 명예상단주로 모시고 도움을 주고 있지만 그들은 엄연히 장사를 하는 이익집단이었다.

그리고 헤럴드의 부하들은 더욱 아니었다.

"예. 처음에는 드워프의 물건만 사들였지만 후에는 노예들을 사들여서 지금은 직접 제품을 만들고 있습니다. 혹시 드워프가 필요하다면 말씀만 하십시오, 주모님."

이레인이 다소곳이 고개를 숙이고 하는 말에 레나의 입이 벌어졌다. 지부장이 그녀에게 주모라고 부른 것이다. 얼굴에 해맑은 웃음을 지은 레나가 고개를 살래살래 저었다.

"아뇨, 그럴 필요는 없어요."

"드워프가 몇 명이나 있습니까?"

헤럴드의 물음에 이레인이 고개를 숙였다.

"약 3만 명가량 됩니다."

그 말을 들은 일행은 깜짝 놀랐다. 아이스 왕국에 드워프가 많다고 하지만 일개 상단지부가 3만 명을 가지고 있다는 것은 엄청난 숫자였다.

"대단하군요. 혹시 무기를 하나 만들어줄 수 있습니까?"

헤럴드의 말에 이레인이 얼굴을 들고 마주 보았다. 촉촉한 습기를 머금은 듯한 그녀의 두 눈이 헤럴드를 쳐다보았다. 정말 엘프의 눈처럼 아름다운 눈이다.

"명예상단주님께서 쓰시려는 무기라면 최고의 드워프를 붙여 드리겠습니다."

"고맙습니다. 제 것은 아니고 제 부하의 무기입니다. 핸더슨, 자네 대거를 보여주게."

"예? 아 예, 주군."

헤럴드의 갑작스런 부름에 멍해 있던 핸더슨의 어깨가 으쓱 올라갔다. 사실 그의 대거는 매번 싸우고 나면 날이 많이 무뎌져서 갈고 또 갈아야 한다. 실력이 높아져서 마나 블레이드를 대거에 사용하지 않는 한 어쩔 수 없는 노릇이다.

그런데 주군은 그 사정을 알고 계셨다. 핸더슨은 코끝이 찡해졌다. 주군의 한결같은 관심에 가슴이 뭉클했다.

"이것입니다."

핸더슨이 양쪽 다리와 옆구리에 꽂고 있던 대거를 뽑아 보여주었다. 이레인이 네 자루의 대거를 보더니 집사에게 명을 내렸다.

"이마뉴엘, 내일 검은 모루 드워프 족들에게 가장 좋은 금속으로 대거를 만들게 하세요."

"알겠습니다, 지부장님."

집사 이마뉴엘이 허리를 굽히자 헤럴드는 눈길을 돌렸다. 정원의 앞뒤에서 용병들이 차렷을 하고 있는 것이 보였다. 아름답게 장식된 정원을 지나자 거대한 후원이 나타났고 귀빈들이 머무는 별채가 나타났다. 별채는 설산의 어귀에 있는 곳으로 상단지부와 많이 떨어져 있는 탓에 조용하였다.

"별채가 마음에 드시는지 모르겠습니다. 이곳이 조용하여 미리 방을 준비하였습니다."

이레인의 말에 헤럴드가 고개를 끄덕였다.

"감사합니다, 지부장."

"제가 할 일을 했을 뿐입니다. 혹시 필요한 것이 있으면 연락을 주세요."

인사를 한 이레인이 수하들을 데리고 가자 레나가 주위를 둘러보았다.

"오빠, 수련하기에는 그만이다. 그치?"

"흠, 그렇구나."

헤럴드는 슬쩍 기감을 퍼뜨리기 시작하였다. 눈 덮인 후원의 대지에 청량한 혼돈의 기가 퍼져 나갔다. 순식간에 주변을 파악한 헤럴드의 눈이 한순간 이채롭게 빈뜩였다.

‘최상급의 전사 수준이 10명이라?! 흐음.’

후원의 곳곳에 잠복하고 있는 전사들이 최소한 30여 명이나 되었는데 그중에 10명은 최상급의 전사 수준이었다. 에리세드 상단이 언제 이렇게 강해졌는지 모를 일이다. 말 그대로 이곳은 용담호혈이나 같은 곳이었다.

하지만 헤럴드는 무심한 표정으로 방에 들어갔다.

헤럴드와 레나가 양옆의 방을 하나씩 차지했고 맞은편의 방에 핸더슨과 도미니크가 들었다.

방에 앉아 골똘한 생각에 잠겨 있던 데몬 전사단의 감찰부장은 흠칫 놀라며 검을 잡았다.

아무도 없는 방에서 뭔가 기척이 감지되었던 것이다.

촤앙!

순간적으로 그의 옆구리에서 흰 빛이 뿜어져 구석을 향하여 뻗어나갔다. 하지만 새파란 빛을 뿌리는 단검이 그의 목에 닿아 선뜩한 감각이 뇌리에 전해왔다. 만약 침입자가 죽일 마음이 있었다면 자기는 벌써 시체가 되었을 것이다.

“대체 누구……?”

검은 로브를 머리까지 뒤집어쓴 인물이 조용히 속삭였다.

“감찰관 세이드, 앞으로는 좀 더 빨라야 네 목숨을 구할 수 있을 것이야. 알았나?”

검은 로브가 눈앞에 내미는 작은 신패를 본 세이드는 온몸에 힘이 쭉 빠지는 것을 느꼈다.

신패는 검은 탑에서 최특급의 어쎄신으로 그 이름을 떨치고 있는 블랙 클라우드라는 것을 알려주었다.

"탑에서 연락은 받았겠지?"

"예, 블랙 클라우드님."

이곳 데몬 전사단에서 무소불위의 권한을 행사하는 세이드가 마치 고양이 앞의 쥐처럼 허리를 굽히고 서 있다. 자연스럽게 세이드의 자리에 앉은 블랙 클라우드가 입을 열었다.

"쥬신 영지의 헤럴드가 이곳에 왔다는 소식을 들었다. 사실인가?"

그러자 세이드는 흠칫 놀랐다. 헤럴드가 이곳에 왔다는 것은 기밀 중에서도 기밀이다. 캄노스 부족에 박혀 있는 특급정보원에게 헤럴드가 이곳 에리세드 상단의 지부에 왔다는 것을 보고받은 지 겨우 한 시간 전이다. 그런데 블랙 클라우드는 벌써 알고 있었다.

세이드는 온몸에 한기가 스며들었다. 역시 검은 탑의 블랙 클라우드는 정보가 귀신같이 빨랐다.

"그에 대한 자료를 가져와."

"알겠습니다."

세이드가 내놓은 헤럴드에 대한 자료를 읽어본 블랙 클라우드는 조용히 입을 열었다.

"헤럴드와 월터가 한 인물이라… 그가 아이스 왕국에서 하려는 일이 무엇이냐?”

“그건 아직 모르고 있습니다. 다만 바흐만 황태자와 우연히 손을 잡게 되어 그를 돕고 있는 것으로 알고 있습니다.”

“바보 같은 자식! 세상에 우연이란 없다. 그리고 네가 나를 투입해야 헤럴드를 척살할 수 있다고 제의하였다면서. 맞나?”

로브를 입은 블랙 클라우드의 차가운 말에 세이드는 머리를 푹 떨어뜨렸다.

“죄, 죄송합니다. 놈이 너무 강해서 탑에 제가 제의를 보냈습니다. 죽여주십시오.”

세이드가 코가 바닥에 닿도록 허리를 굽히고 용서를 빌자 블랙 클라우드가 머리를 흔들었다.

“아니다. 그동안 무료했는데 잘됐어. 헤럴드가 그렇게 강하다면 죽이는 맛도 있겠지. 흐응, 헤럴드, 힘만 세다고 싸움에서 이기는 것이 아니라는 것을 내가 보여주마.”

검은 로브 속에 보이는 블랙 클라우드의 눈이 음흉하게 번들거렸다. 그가 세이드를 쏘아보았다.

“정보원들을 총동원하여 그가 아이스 왕국에서 하려는 일이 무엇인지 알아내라. 난 그동안에 놈을 없앨 방법을 연구하겠다.”

“알겠습니다.”

세이드는 90도로 허리를 굽히고 고개를 들지 못했다. 또 다른 호령을 기다리고 있었다.

한참을 기다려도 별다른 반응이 없자 그는 슬그머니 고개를 들어보았다. 방금 전까지 호통을 치던 블랙 클라우드는 온데간데없고 빈 의자만이 자리를 지키고 있었다.

"후유~! 역시 블랙 클라우드다!"

억눌렸던 숨을 내쉰 세이드는 목덜미에 솟아난 땀을 훔쳤다. 저 정도면 헤럴드라는 애송이가 아무리 강해도 목숨을 보존하기는 힘들 것이다.

자리에서 벌떡 일어난 세이드가 부관을 불렀다. 정보원을 총동원해서 헤럴드가 아이스 왕국에서 하려는 일의 목적을 알아내야 했다.

세이드가 비록 감찰관으로 이곳에 왔지만 블랙 클라우드는 마스터의 직속이다. 그는 검은 탑 구성원들 중에 오직 마스터의 명만 받고 있는 존재였다.

"부르셨습니까, 감찰관님?"

부관이 들어오자 세이드는 지급 명령을 내렸다.

"모든 정보원들에게 특급 비상령을 내려라. 헤럴드에 대한 모든 것을 알아내도록. 알았는가?"

"알겠습니다, 감찰관님."

부관이 나가자 세이드는 저 멀리 보이는 장엄한 설산을 올려다보았다. 이제 블랙 클라우드가 헤럴드를 처치해 주면 이곳의 일은 검은 탑의 뜻대로 될 것이다.

옆에 새처럼 솟아났다. 마법의 날개로 하늘 위로 날아오른 파흐비츠가 가볍게 손을 들었다.

"워프 게이트."

파앗!

순간적으로 파흐비츠의 주문에 따라 하늘에 회오리치는 검은 구멍이 생겨났다. 그것은 마법진을 통과할 수 있는 게이트였다.

슈욱.

잠깐 사이에 그 안으로 몸을 날린 파흐비츠의 몸이 마법진을 넘어 대지에 내려섰다.

'자, 됐다.'

다시 몸을 차지한 헤럴드는 놀라웠다. 마법진을 파괴한 것이 아니라 게이트를 통해 넘어선 것이다. 역시 드래곤은 드래곤이었다.

만족한 헤럴드가 진심으로 입을 열었다.

'고맙다, 파흐비츠.'

'알았으면 됐다.'

파흐비츠의 퉁명스런 대답 소리를 들으며 헤럴드는 주위를 살펴보았다. 이미 천지혼돈영을 시전해서 헤럴드의 몸은 어둠 속에 잠겨 있었다.

안력을 높여 바라보자 옹기종기 모여 앉은 드워프들의 막사가 보였다. 그리고 마을의 공터 끝에는 철공소 같은 건물들이 보인다. 그곳에서 망치질 소리와 사람들의 인기척이 들렸다.

쉬익.

헤럴드의 신형이 새처럼 그곳으로 날아갔다.

거대하게 큰 철공소에는 이글거리며 녹아내리고 있는 쇳물이 보였고 작은 키에 수염이 텁수룩한 드워프들이 모루에 망치질을 하고 있는 것이 보였다.

탕! 탕! 쉬익― 쿵! 쉬익― 쿵!

사방에서 망치질 소리, 풀무질 소리가 들린다. 그런데 드워프들이 일하는 곳의 뒤에는 붉은 갑주를 입은 자들이 검을 들고 눈을 부라리며 서 있었다. 그들은 뜻밖에도 데몬 전사단의 전사들이었다. 전사들은 일하고 있는 드워프들을 감시하고 있었다.

소리없이 천장을 타고 날아든 헤럴드는 안쪽으로 들어갔다. 그곳에 들어선 헤럴드는 지하로 뻗은 통로를 발견했다. 들어가는 입구에는 두 명의 전사가 파수를 서고 있었고 주변에는 여러 곳에서 은신하고 있는 자들의 기파가 헤럴드에게 느껴졌다.

'저 안에 뭔가 있다는 소린데…….'

천장에 붙어 내려다보던 헤럴드가 결심을 하고 몸을 날렸다. 어차피 들어가지 않고는 아무것도 알 수가 없었다.

천지혼돈영을 시전한 헤럴드의 몸이 두 파수병들 사이를

연기처럼 스쳐 지났다.

"뭐지?"

입구를 지키고 있던 파수가 뭔가 이상한 감을 느끼며 고개를 갸웃거렸다.

"왜 그래?"

옆의 파수가 고개를 갸웃거리는 파수에게 묻자 그는 이상해서 주변을 두리번거렸다.

"뭔가 지나가는 것 같아서."

"자네, 요새 몸이 안 좋은 모양이군. 뭐가 있다고 그래."

동료의 말에 전사는 고개를 끄덕였다. 며칠 동안 상부의 지시가 불같아 잠도 제대로 못 자고 있는 형편이었다. 아마도 헛것이 보인 모양이었다.

"젠장, 빨리 끝나야지. 이거야 원……."

"걱정 말게. 이제 일주일만 지나면 된다니까."

그들이 서로 대화를 주고받으며 고개를 끄덕였다. 지하의 미로를 따라 들어가던 헤럴드는 음습한 기운에 몸이 부르르 떨렸다.

'이건 뭐지?'

아무래도 뭔가 정상적이지 못한, 그리고 음습한 기운이 지하의 저 끝에서 느껴진다.

물이 뚝뚝 떨어지는 안쪽으로 들어가던 헤럴드는 그만 발길을 멈추었다. 그의 눈이 둥그레졌다. 둥그런 광장 같은 공터에는 수백 명의 붉은 갑주를 입은 사람들이 붉은 핏물 속에 잠겨 있었고 주위에는 수많은 처녀들의 시체가 널브러져 있었다.

'이건! 광전사를 만들고 있다!'

주변에는 눈빛에 정기가 하나도 없는 붉은 갑주를 입은 자들이 검을 들고 지켜 서 있었고 검은 로브를 입은 자들이 통속에 누워 있는 자들을 체크하고 있었다.

"이제 삼 일만 있으면 발키리들이 완성됩니다."

키가 작달막한 로브가 말하자 반대로 키 큰 자가 짜증을 내었다.

"하지만 겨우 2급이야. 상부에서는 독촉이 불같은데. 에이."

"하지만 방법이 없지 않습니까? 1급이나 특급을 만드는 것은 엄청난 시간이 걸리니, 이것이라도 만들어야지요."

"그래, 파빌사그 부족이 이기려면 이것들이라도 보내줘야겠지. 그 쥬신 영지인지 뭔지 때문에 아까운 발키리들을 다 잃었으니……."

두 로브의 말을 듣던 헤럴드의 온몸에서 살기가 뻗쳐올랐다. 이들이 만드는 것은 일반적인 광전사가 아니었다. 이미 싸워본 경험이 있는 키메라들, 바로 발키리 전사들이었다.

정신은 있으나 조종당하는 키메라들, 광전사보다 몇 단계 발전한 버서커들을 만드는 곳이었다.

"이봐, 피를 공급할 때가 됐어. 드워프 계집들을 끌어와."

키 큰 로브의 말이 떨어지자 안쪽에서 아우성 소리가 들려왔다.

"안 돼! 안 된단 말이다!"

"이 몬스터보다 못한 인간 놈들아!"

안쪽에서 저주에 찬 외침이 들려오고 사람들이 끌려 나오는 것이 보였다. 그런데 그들은 인간이 아니라 드워프 여자들이었다. 붉은 갑주를 입은 자들이 사정없이 여자들을 끌어내는데 하나씩 끌어다 쇠기둥에 묶고 있었다.

"역시 드워프 암컷들의 피는 인간의 피보다 키메라들을 만드는 데는 제격이야."

"그래서 신마전쟁 때도 드워프들의 피로 키메라들을 만든 것이 아니겠습니까?"

키 큰 자의 말에 난쟁이 같은 자가 맞장구를 치며 끌려 나와 묶이는 드워프 여자들을 무심하게 보고 있었다. 지금 이곳에 끌려온 드워프 여자들은 모두 50세부터 100세 미만의 젊은 여자들이고 숫처녀들이다. 드워프는 대략 500년의 세월을 산다.

그들의 생애에서 50~100세는 인간으로 치자면 15~20세까지의 처녀들인 것이다.

'헤럴드, 이놈들은 마왕 플레이너스를 따르는 자들이야. 저건 마계의 마력을 끌어들이는 마법진이고, 드워프들의 피

는 인간의 피보다 더 강력한 키메라를 만들게 돼.'

으드득!

파흐비츠의 말을 들으며 헤럴드는 이를 갈았다. 이젠 아스톤 제국이 왜 아이스 왕국을 노리는지 알 것 같았다. 놈들은 표면적으로는 드워프를 차지하여 자금줄을 확보하려는 것같이 보였지만 더 중요한 것은 바로 키메라를 만드는 것이었다.

강력한 발키리들을 만드는 것에 드워프의 피가 절실히 요구되는 것이다.

"모두 죽인다. 인간 같지도 않은 자들."

헤럴드의 입에서 중얼거리는 말이 흘러나왔고 눈에서 파란 불이 이글거렸다.

"누구냐?"

키 큰 로브가 벼락처럼 돌아서며 손을 뿌렸다. 그것은 곧 검은 암흑의 힘을 싣고 빛살처럼 날아왔다.

콰콰쾅!

암흑의 검은 뇌전이 동굴의 암벽을 강타하며 폭발을 일으켰다. 역시 7서클 마스터의 위력은 장난이 아니었다. 동굴의 암벽이 마법에 맞아 와르르 무너져 내렸다.

"이상한데? 분명 사람의 소리를 들었는데?!"

놈이 머리를 갸웃거리는데 바로 코앞에서 사람의 모습이 나타났다. 머리서부터 서서히 나타나는 사람은 검은 머리에 가죽옷을 입은 젊은 남자였다.

"헉! 네, 네놈은 헤럴드?"

키 큰 마도사의 입에서 경악에 찬 소리가 흘러나왔다.

"나를 아는 것을 보니 네놈들은 분명 검은 탑이 맞구나. 드워프들을 잡아다 이런 천인공노할 짓을 벌이다니."

헤럴드의 갑작스런 출현으로 깜짝 놀랐던 키 큰 로브가 입가에 잔인한 웃음을 떠웠다. 이곳은 동굴이고 상급의 발키리 전사가 30명이나 된다. 그리고 아직 채 완성되지는 않았지만 300명의 2급 발키리들이 통 속에 누워 있다. 저들은 자신의 명이면 모두 일어나 달려들 준비가 되어 있다. 놈이 아무리 강해도 이길 수 없는 일이다.

게다가 자신은 7서클이고 동료는 6서클 마도사다. 싸움의 승패는 불 보듯 명백했다.

"크크크, 여기까지 용케 들어왔구나. 그러나 그것이 네놈의 치명적인 실수다. 오늘 우리 검은 탑의 일을 사사건건 방해하는 네놈을 갈가리 찢어주마. 저놈을 죽여라."

로브가 손을 들어 헤럴드를 가리키자 30명의 발키리들이 검을 들고 다가왔다. 그들의 검에서 뿜어져 나온 붉은 마나 블레이드가 동굴을 환하게 수놓았다.

"겨우 저런 자들로 말인가?"

헤럴드의 말에 두 명의 검은 마도사가 만족스럽게 웃었다.

"아니지. 네가 그랜드 초급이라는 소리를 들었다. 그러니 너에게 맞게끔 전사들을 붙여주지."

이죽거린 로브가 두 손을 치켜들었다.

"일어나라, 나의 충실한 종들아! 일어나서 여기 나의 적을 죽여라! 그의 피를 빨고 뼈를 부숴라!"

로브가 손을 휘젓자 검은 암흑의 마나가 통 속으로 밀려가는 것이 보였다. 그러자 죽은 듯이 누워 있던 통 속의 키메라들이 눈을 번쩍 떴다. 그것은 온몸에 소름이 끼치는 장면이었다. 시퍼런 피부에 붉은 빛이 번뜩이는 움푹한 두 눈, 출렁이는 핏물 속에서 일어나는 그들은 마치 저승에서 살아오는 지옥의 악마들 같았다.

끼기긱. 키킥.

괴상한 소리를 지르며 붉은 물이 뚝뚝 떨어지는 그들이 통 옆에 끼워져 있는 검들을 들었다.

진물이 질질 흐르는 그들이 다가오자 드워프 여자들이 비명을 질렀다.

"꺄악! 아, 악마들이야!"

"피하세요, 용사님!"

그중에서도 몇 명의 드워프 여자들은 헤럴드에게 소리쳤다. 인간이 자신들을 구하려고 나섰다는 것에 감동을 먹은 것이다. 그것을 본 로브가 흉물스럽게 웃었다.

"흐흐, 어떤가? 이만하면 자네의 상대로 괜찮지 않은가?"

동굴을 꽉 메우고 다가오는 키메라들을 바라본 헤럴드가

두 로브를 바라보았다.

"흠! 그래, 인정한다. 이것들을 만들기 위해 아이스 왕국을 장악하려고 했나? 드워프들의 피가 필요해서?"

헤럴드의 말에 로브가 징그러운 웃음을 띠웠다.

"당연하지. 드워프들은 노예들이고 물건을 만드는 몬스터일 뿐이야. 또 그들은 1만 년 전에 마왕 플레이너스님에게 충성을 서약했지. 그러니 이렇게 죽는 것을 영광으로 알아야 해. 주인의 뜻을 위해 죽는 것이니까."

로브의 말이 끝나자 끌려와 있던 드워프 여자들이 울부짖었다.

"아냐! 우린 마왕의 종이 아니야!"

그녀들의 울부짖음을 듣던 로브가 헤럴드에게 눈을 돌렸다.

"이 얼마나 기분 좋은 음악인가? 자네에겐 그렇게 들리지 않나. 죽기 싫다고 발버둥 치는 저 드워프 노예들의 악쓰는 소리가 나에겐 음악처럼 들리지. 그러나 아무리 버둥거려도 마왕 플레이너스님의 뜻을 거역하지 못한다네. 이젠 그만 죽어주게. 저놈을 죽여라."

로브의 명이 떨어지자 키메라들이 와르르 밀려오기 시작하였다.

"네놈들은 더 이상 이런 무도한 짓을 하지 못할 것이다. 나 헤럴드가 그렇게 만들 것이다."

말이 끝나는 순간 헤럴드의 옆구리에서 푸른 빛이 번뜩였
다.

파앗! 우르릉!

수십 갈래로 뻗어 나온 푸른 빛들이 마치 수십 개의 도와
같은 모습으로 공격해 오는 키메라들을 향해 번쩍거렸다.

끼키킥! 킥! 킥!

키메라들은 본능적으로 푸른 빛이 위험하다는 것을 직감
했는지 몸을 피했다. 그러나 번개처럼 빠른 푸른 빛들을 겨우
2급의 키메라들이 피할 수 있는 것이 아니었다.

촤촤촤촤!

빛들이 지나간 곳은 처참한 핏물과 팔다리들이 찢겨져 떨
어져 내렸다. 아직 채 완성되지 못한 키메라들이어서인지 피
색깔도 그대로 붉은색이었고 잘려지는 팔다리도 겉만 푸른색
이지 살 속은 인간의 살과 똑같았다. 하지만 키메라는 키메라
였다.

잘리고 부서지면서도 키메라들은 맹렬한 속도로 달려들었
다.

"크크크, 이곳은 동굴이라 피할 수 없지. 어디 네가 얼마나
버티는가 보자. 흐흐."

두 마도사가 회심의 미소를 짓고 킬킬거렸다. 저놈이 아무
리 그랜드 마스터 초급이라고 해도 인간은 엄연히 쓸 수 있는
마나량이 있다.

저 많은 키메라들을 모두 죽이려면 마나가 고갈될 것이고 그때 나서서 죽이면 꼼짝 못하고 당할 것이다. 비록 아까운 키메라들이 모두 죽겠지만 저놈만 처리한다면 상부로부터 표창을 받을 것은 당연했다. 그리고 죽어 없어진 키메라들은 또 만들면 된다. 재료는 얼마든지 있으니까.

"지독하군. 도저히 이 냄새는 못 참겠어."

헤럴드는 키메라들이 흘린 피에서 나는 역겨운 냄새에 얼굴을 찡그렸다. 시궁창 냄새와 시체가 썩는 냄새가 섞여 구토가 올라올 것 같았다.

게다가 팔다리가 잘려진 키메라들도 엉금엉금 계속 기어 온다.

"모두 태워주마. 너희들도 이런 운명을 원하지는 않았을 터. 천지도 화격(火擊)."

헤럴드의 샤벨에서 새파란 빛이 뿜어져 나갔다. 그것은 무시무시한 극양의 화염이었다. 화염도 극에 이르면 파란색을 띠게 되고 수준이 더 높아지면 흰색이 된다.

아직 천지무의 12성에 이르지 못한 헤럴드의 화격은 푸른색을 띠며 전방을 향해 밀려 나갔다. 그리고 동굴 안은 무서운 화마에 휩쓸렸다.

콰콰콰콰!

갑자기 태양이라도 떨어진 것처럼 뜨거운 기운이 몰아쳤고 파란빛의 화염에 닿는 모든 키메라들이 비명을 지르며 나뒹굴었다. 아마도 화염이 이들에게는 상극인 모양이었다.

키엑! 키킥!

사방에서 불이 붙은 키메라들이 한 줌의 재가 되어 스러지고 있었다. 그 속으로 헤럴드는 연이어 도를 휘둘렀다.

"천지연환참(天地聯煥斬)."

연이어 뻗어나가는 샤벨의 오러 블레이드가 키메라들을 가차없이 베어버리고 있었다.

충천하는 푸른 불길과 그곳을 종횡무진 누비는 헤럴드의 모습은 천상의 용사 같았다.

"구원자!"

한 드워프 여인의 입에서 자기도 모르는 새에 말이 흘러나오자 드워프들이 화들짝 놀라 바라보았다. 그녀들의 눈에서 뜨거운 눈물이 흘러내렸다.

"언젠가 너희들의 구원자가 오리니, 그는 검은 머리에 수십 개의 팔을 가졌고 불과 얼음을 마음대로 다루는 신의 용사. 그만이 너희들을 저주스런 노예의 운명에서 벗어나게 해줄 것이고 광명을 찾게 하리라."

한 드워프 여자가 입속으로 중얼거리는 말에 여자들의 눈이 모두 헤럴드를 바라보았다.

허공을 마음대로 날아다니며 손을 휘젓는 저 사람은 분명 신마전쟁 이후 드워프에게 내려오는 전설의 서에 나오던 용사와 똑같았다.

허리까지 내려오는 칠흑 같은 검은 머리, 손을 저으면 무시무시한 화염이 뿜어져 나와 괴물 같은 키메라들을 한 줌 잿가루로 태워 버리고 용사의 손에 들린 도를 휘두르면 수십 개의 빛들이 쏘아져 나와 모조리 베어버린다.

"아아, 구원자시여! 전설의 용사시여!"

드워프 여인들의 눈에 참을 수 없는 눈물이 끊임없이 흘러내렸다. 저주스런 노예의 쇠고랑을 끊어버릴 신의 용사가 드디어 강림한 것이다. 그녀들은 이곳이 놈들의 감옥이라는 것도, 눈앞에 핏빛 눈을 번들거리는 발키리들이 있다는 것도 모두 잊어버렸다.

오직 하나 그녀들의 눈에는 용사의 활약상만 보였다. 이제는 죽어도 한이 없었다.

드디어 노예의 운명을 끊어버릴 때가 온 것이다.

두 마도사는 지금 너무 어이가 없어 말도 나오지 않았다. 그 많던 키메라들이 파란 불길에 휘말려 한 줌의 재가 되어 흩어지고 있었고 무수히 뻗어가는 오러 블레이드에 조각조각 잘려져 떨어지고 있었다.

"안 돼! 이놈! 인시너레이트!"

화악!

두 명의 검은 마도사는 기겁하여 화염의 마법을 시전하였다. 여태까지 느긋하게 구경하고 있었지만 더 이상 보고만 있을 수는 없었다. 놈은 어떻게 된 것인지 마나가 고갈되는 것 같지도 않았다.

이제는 키메라고 뭐고 아예 화염의 마법을 시전해 버리고 말았다.

이곳은 피할 길 없는 동굴. 놈이 아무리 빠져나가고 싶어도 광범위한 범위에서 타오르는 화염의 마법 속에서는 피할 곳이 없을 것이다.

죽음의 화염이 동굴 속의 암벽까지 녹이며 끝에서 끝까지 지글지글 타올랐다. 그곳에서 키메라들도 한 줌의 재로 변하며 비명을 지르고 쓰러지는 것이 보였다.

"흐흐, 어떠냐? 이놈! 네놈이 아무리 강해도 이 화염에서 벗어나지는 못한다."

"당연하지. 텔레포트를 하기 전에는. 웅?"

이마에 흐르는 땀을 씻으며 중얼거리던 두 마도사는 흠칫 놀랐다. 끔찍한 고열로 지글지글 타오르던 동굴 안에 뼈를 에이는 듯한 차가움이 몰려오고 있었다.

"저, 저건 뭐냐?"

눈이 둥그레진 그들의 앞에 하얀 충격파가 덮쳐 오고 있었다. 그것은 막을 수 없는 얼음의 해일이었다.

콰콰콰콰!

헤럴드가 있는 중심으로부터 동심원을 그리며 뿜어져 나온 빙격이 모든 것을 얼려 버리고 있었다. 동굴 속에 타오르던 화염이 모두 스러졌고 그나마 살아남았던 키메라들이 얼음덩이가 되어 부서졌다.

서리가 하얗게 낀 동굴에 차가운 추위가 북풍한설처럼 몰아치고 있었다.

그곳으로 다가오는 헤럴드의 발자국 소리가 저벅저벅 울린다.

"더 보여줄 것이 있나?"

헤럴드의 냉랭한 말에 두 마도사는 기가 막혀 벌벌 떨었다. 저자는 자신들의 힘으로 어찌할 수 있는 자가 아니었다. 키메라도 괴물이지만 저자는 정말 상상할 수 없는 괴물이었다.

마도사도 아닌 놈이 손을 들면 불을 뿜어내고 얼음을 만들어내다니, 보지도 듣지도 못한 괴물이 눈앞에 있었다.

두 마도사의 눈이 순간적으로 마주쳤다. 도망치는 것만이 살길이었다.

"공격하라!"

주변에 검을 들고 포진하고 있던 상급의 발키리 전사들에게 명을 내린 두 마도사가 황급히 주문을 외치기 시작하였다.

"암흑의 검은 마나여! 암흑의 주인으로 명하니, 이곳으로 오라!"

두 마도사가 주문을 외우자 검은 마나가 급속도로 몰려들기 시작하였다. 그것을 본 헤럴드는 놈들이 도망치려 한다는 것을 눈치 챘다.

사실 지금 헤럴드의 몸속에 남은 마나도 얼마 남지 않았다.

화격과 빙격을 시전하면서 이미 많이 소실되었고 지금 달려 드는 발키리들을 처치하는 시간이면 놈들은 텔레포트로 도망 칠 것이다. 하지만 놈들을 이대로 돌려보낼 수는 없었다. 무 슨 수를 써서라도 잡아서 그들에게서 알아내야 할 것이 있었 다.

하지만 이곳은 굴속이니 건곤파천을 사용할 수도 없었다. 그렇게 되면 굴이 무너져 저 드워프 여인들이 모두 죽게 될 것이다.

이를 악문 헤럴드가 그대로 달려나가며 샤벨을 날렸다.

파앗! 촤촤촤촤!

한줄기 빛이 돼버린 샤벨이 이기어검의 수법으로 전방을 빙빙 돌며 다가오는 발키리들의 목을 날려 버리고 있었다.

그리고 헤럴드의 양손에 파란 구슬 같은 것이 떠올랐다. 그 것은 혼돈의 기를 유형화시켜 만든 것으로 천지무에 있는 비 주탄(飛珠彈)이었다.

비주탄은 구슬처럼 생긴 기를 조종하여 적을 살상하는 무 공으로 최소한 천지무가 10성을 넘어야 사용할 수 있는 기술 이었다. 아직 완숙한 단계는 아니지만 헤럴드는 처음으로 비 주탄을 시전한 것이다.

그때 두 마도사는 텔레포트 단계에 있었다. 헤럴드의 양손 에 이상한 파란 구슬이 여러 개 떠오르자 검은 로브의 마도사 들은 조급해졌다. 저 괴물 같은 놈이 무슨 짓을 하는지 모르겠지만 분명 자기들에게는 좋은 일은 아닐 것이다. 두 마도사의 다급한 음성이 동굴 속을 메아리쳤다.

"오라, 암흑의 마나여! 그대 주인의 의지로 명하나니 텔레… 어엇!"

쩌쩌정! 쐐애액!

회오리치는 마나를 뚫고 들어온 구슬이 마법 배열을 깨버리고 무서운 속도로 쇄도해 들어왔다. 기겁한 두 마도사는 손을 내저었다.

"아, 안 돼! 컥! 큭!"

파란 구슬은 버둥거리는 마도사들의 양다리와 어깨를 관통하고는 눈앞을 빙빙 돌고 있었다.

마치 주인의 의지에 따라 파수를 서는 것 같았다. 놈들이 피를 흘리며 쓰러져 버둥거리자 마음을 놓은 헤럴드가 빙그레 웃었다.

"그거 괜찮네."

처음 써본 구슬이었지만 그 효용은 뛰어났다. 혼돈의 기가 유형화된 구슬은 헤럴드가 맘먹으면 의지대로 움직이고 있었다. 물론 내공을 많이 잡아먹기는 하지만 이것은 무서운 무기였다.

"이젠 끝장을 내야지."

헤럴드의 손에 연이어 파란 구슬들이 떠올랐다. 무려 10여 개의 구슬이 떠오르자마자 발키리 전사들을 향해 쇄도했다.

픽픽픽픽.

키엑! 컥!

철써덕! 철버덕!

파란 구슬들이 맹렬한 속도로 머리를 관통하자 발키리들은 짚단처럼 무너져 내렸다. 팔다리가 잘리고 몸뚱이가 찢겨져도 죽지 않는 키메라들이지만 뇌수를 관통하자 너무도 쉽게 죽어갔다.

"좋았어!"

싱긋 웃으며 주변을 돌아본 헤럴드는 얼굴을 찡그렸다. 불에 타서 가득 쌓인 잿가루들, 얼음덩이가 되어 산산이 부서진 키메라들을 보니 마음이 편치 않았다. 지금은 적이 되어 저렇게 죽어 있지만 저들도 분명 인간이었을 것이다.

그것을 생각하니 저 마도사들이 가증스럽기 짝이 없었다.

"네놈들, 죗값을 반드시 치러야 할 것이다."

이를 갈며 다가가던 헤럴드는 드워프 여인들 때문에 발길을 멈춰야 했다.

"구원자님을 뵙습니다!"

"이제야 오셨군요, 용사님이시여!"

"우리 드워프들을 구해주세요!"

키가 작고 팔다리가 단단한 드워프 여자들이 모두 머리를 땅에 박고 흐느껴 운다.

헤럴드는 그런 그들을 보자 안쓰러운 생각이 들었다.

"모두 일어나세요. 난 아이스 왕국의 모든 드워프들을 해방시킬 것입니다. 그러니 걱정하지 마세요."

헤럴드의 말에 드워프 여인들은 서로를 쳐다보았다. 이분은 분명한 구원자였다.

"아아, 전설의 용사님이시여!"

"이제는 살았습니다! 드워프들의 은인이시여!"

여인들이 눈물을 흘리며 머리를 땅에 박았다. 하지만 헤럴드는 이 일로 인해 드워프의 은인으로, 전설의 용사, 구원자가 될 줄은 몰랐다.

헤럴드가 다가오자 두 마도사는 온몸을 부들부들 떨었다. 팔다리가 모두 구슬에 뚫려 피가 흘러내리고 정신이 혼미해졌다. 한시라도 빨리 지혈시키지 못하면 죽는 수밖에 없었다.

"묻겠다. 사실대로 말하면 너희들을 살려주겠다. 그러나 거짓을 고했다간 너희들은 세상에 태어난 것을 저주하게 될 것이다."

헤럴드의 말에 키 작은 마도사가 벌벌 기어 물러났다.

"사, 살려주시오."

"입을 닥쳐라! 잊었느냐? 우리의 맹세를… 크악!"

동료를 향해 힐난하던 키다리 마도사가 비명을 지르며 온몸을 뒤틀었다. 얼마나 고통스러운지 입과 코, 눈에서 피 거품이 솟아올랐다. 헤럴드의 손에서 날아간 지풍이 분근착골을 시전했던 것이다. 온몸의 근육이 저절로 튀어 오르고 뼈마디들이 비틀어졌다.

"으하악! 마, 말하겠소! 제, 제발! 크악!"

그때야 고문을 멈춘 헤럴드가 차가운 어조로 물었다.

"에리세드 상단 지부장이 너희들의 두목이냐?"

"헉, 헉, 아, 아닙니다. 그녀는 아무것도 모릅니다. 허억, 지부의 집사가 저희들의 상관입니다."

헤럴드가 손을 들어 올리자 기겁한 키다리가 허둥지둥 입을 열었다. 그것을 본 헤럴드가 이번에는 난쟁이에게 물었다.

"그게 사실이냐?"

"예. 그녀는 이곳에 와보지도 않습니다. 집사 이마뉴엘이 드워프들을 관리하고 있습니다. 우리는 그를 통해 이곳에서 키메라들을 만들고 있었습니다."

이들의 눈빛을 본 헤럴드는 고개를 끄덕였다. 거짓말을 한 것 같지는 않았다.

"키메라들을 만드는 곳은 어디에 있느냐?"

"아이스 왕국에는 더 이상 없습니다. 아스톤 제국에는… 크악!"

퍼억!

말을 하던 키다리의 머리가 폭죽이 터지듯 터져 나가 피와 뇌수가 사방에 뿌려졌다.

그것을 본 헤럴드는 눈이 둥그레졌다. 그런데 난쟁이도 머리를 쥐고 뱅뱅 돌아가더니 연이어 머리가 터져 버렸다.

'헤럴드, 이놈들의 머리에 마계의 종속충이 있는 것 같다.'

'마계의 종속충?'

헤럴드의 의아한 말에 파흐비츠의 설명이 이어졌다.

'마계의 종속충은 제한을 걸어 뇌 속에 심어 넣는 것이다. 극비에 속한 것을 말하려면 자연히 뇌 속의 종속충이 폭발하여 버린다.'

'그거 제거하는 방법은 없어?'

'없다.'

파흐비츠의 말에 헤럴드는 입맛을 다셨다. 모든 것이 불타고 부서져 처참한 현장을 한번 둘러본 헤럴드가 동굴을 빠져나왔다. 그의 뒤로 수많은 드워프 여자들이 따라오고 있었다.

"잠깐, 그대들은 이곳에서 기다리세요. 내가 나오라고 하기 전에는 나오면 안 됩니다. 아시겠죠?"

헤럴드의 말에 드워프 여인들이 일시에 대답하였다.

"예, 용사님."

그녀들은 이제 헤럴드가 자신들을 구하러 온 전설의 용사라는 것을 믿어 의심치 않았다. 그 용사가 기다리라고 한다면 그럴 만한 이유가 있을 것이라고 생각했다.

그제야 돌아선 헤럴드는 밖으로 나왔다. 밖에는 이미 수십 명의 전사들이 창검을 비껴들고 반달형으로 포위진을 치고 있었다.

"알람 마법이 울려서 적이 침입했다고 생각했지! 그런데 고작 한 놈이라니, 네놈은 누구냐?"

붉은 갑주를 입은 전사들의 뒤에 섰던 자가 헤럴드를 향해 고함을 질렀다. 순식간에 혼돈의 기를 퍼뜨려 주변을 탐지한 헤럴드는 이놈들 외에는 다른 놈들이 더 이상 없다는 것을 알았다.

이들은 상급의 전사가 5명, 그리고 나머지는 모두 2급 정도의 발키리들이었다.

"너희들의 적이지. 그런데 고작 너희들로 나를 막으려고 하나?"

헤럴드의 말에 수비대장은 어이가 없었다. 고작 너희들이라고? 이들은 모두 창칼이 들지 않는 키메라들이다. 한번 공격 명령을 내리면 죽을 때까지 멈추지 않는 살인 병기들이고 자신을 포함한 5명은 상급의 전사들이다.

"간이 부은 놈이군. 얘들아, 저놈을 잡아 끌어와라!"

놈의 명령에 4명의 상급전사들이 앞으로 나섰다. 이들은 이곳에서 밖으로 나가보지도 못하는 놈들이니 헤럴드가 누군지도 모르고 있었다. 이들이 보기에 헤럴드는 옆구리에 샤벨을 차고 있지만 별로 검술이 높아 보이지도 않았다. 그런데 저자가 지하공동에서 어떻게 죽지 않고 나왔는지, 아무래도 이상했다.

지하공동은 수많은 발키리들이 있는 곳이고 두 명의 무서운 마도사가 있다. 결론은 놈이 안으로 들어가지 못하고 되돌아 나온 것이라고 생각되었다.

누구라도 두 마도사에게 이길 수는 없다고 생각한 것이다.

"놈, 편안히 죽고 싶다면 무릎을 꿇어라! 그럼 고통없이 죽여… 커억!"

건들거리며 다가오던 놈이 그만 말도 채 끝내지 못하고 눈을 부릅떴다. 검은 머리 사내의 옆구리에서 푸른 빛이 번쩍하더니 맨 앞에 섰던 붉은 갑주의 머리가 허공으로 둥실 날아올랐다. 그것이 시작이었다.

헤럴드의 신형이 흐릿해지더니 번개처럼 날아들었다. 그의 양 주먹이 공간을 가르며 돌풍처럼 밀려들었다.

"천지와선권(天地渦線拳)."

콰콰콰콰!

나선형으로 휘말려 돌아가는 권풍이 해일처럼 밀어닥쳤다. 아니, 그것은 정말 무시무시한 권풍의 해일이었다. 그리고 처참한 형상이 눈앞에서 벌어졌다.

희뿌연 나선형의 권풍이 부딪치는 모든 것을 폭죽처럼 터뜨려 버렸다. 발키리 전사들도, 이글거리는 마나 블레이드가 감싼 검도, 갑주도 소용이 없었다. 검은 부러져 나갔고 키메라들의 팔다리가 종잇장처럼 찢어져 날아갔다.

키엑! 큭!

가슴에 정면으로 주먹을 맞은 키메라들은 아예 온몸이 갈가리 찢어져 날아올랐다. 마치 광풍의 폭풍이 몰아치는 것 같왔다. 잠깐 사이에 공터에는 찢겨진 팔다리들과 머리가 터져 죽은 키메라들의 시체가 작은 산을 이루었고 푸른 피가 물처럼 흘러내렸다.

"으으, 네, 네놈은… 크악!"

퍼억!

혼비백산하여 뒷걸음치며 부들부들 떨던 수비대장의 머리가 수박처럼 산산이 깨어졌다. 헤럴드는 이따위 사람 같지도 않은 놈들과 대화도 나누기 싫었다. 이런 놈들은 어차피 죽여 없애야 할 놈들이었다.

주변의 드워프 막사에서 공포에 질린 드워프들이 기척을 숨기고 있는 것이 기감에 잡혀왔다. 오랫동안 노예 생활을 해 온 드워프들로서는 헤럴드도 다른 인간이나 마찬가지였다. 드워프들에게 인간은 모두 자신들을 노예로 부리는 자들인 것이다.

잠깐 숨을 돌린 헤럴드가 안에다 대고 소리쳤다.

"이젠 모두 나오세요!"

헤럴드의 말에 기다리고 있던 드워프 여인들이 달려나왔다. 마당에 죽어 넘어진 전사들을 본 그녀들은 헤럴드를 향해 절을 올렸다.

"용사님, 이 은혜를 평생 잊지 않을 것입니다."

그때였다. 드워프 막사의 문이 열리고 많은 드워프들이 쏟아져 나왔다.

“쿠쿠나!”

“타리아!”

사방에서 딸들의 이름을 부르는 소리, 서로 얼싸안고 감격에 겨워 우는 가족들, 연인들과 얼싸안고 목메어 우는 드워프들. 그들을 바라보는 헤럴드도 뭔가 뜨거운 것이 목구멍으로 치밀어 오르는 것을 느꼈다.

그랬다. 이들도 키가 작고 가지고 있는 재주가 남다를 뿐이지 인간과 똑같이 피가 흐르고 열정이 있는 유사인종이었다. 울고불고 돌아가던 가족들이 딸들의 이야기를 듣고는 우르르 몰려왔다.

“구원자님께 인사를 드립니다!”

“구원자이시여, 우리를 구해주십시오!”

“전설의 용사시여, 저희들을 살려주십시오!”

3만의 드워프들이 차디찬 땅바닥에 무릎을 꿇고 헤럴드에게 간청하는 소리가 대지를 울렸다. 그들을 바라보는 헤럴드의 눈에도 습막이 어렸다. 노예로 힘없이 당하던 드워프들은 자기를 구원자로 여기고 있었다.

한때 헤럴드는 목적을 위해 이들을 이용하려고 했었다. 그러나 지금 이 시각, 그는 마음속으로 결심을 다지고 있었다. 이용이 아니라 진정으로 이들을 해방시켜야겠다고. 힘이 없어 딸들을 빼앗기면서 말 한마디 못하는 이들의 설음이 가슴에 사무쳐 왔던 것이다.

"당신들은 노예 생활을 끝내고 싶습니까? 당신들의 영토를 주면 살아갈 수 있겠습니까?"

헤럴드의 말에 드워프들이 눈물범벅이 된 얼굴로 일제히 외쳤다.

"예, 자식들에게만은 이 저주스런 노예의 멍에를 벗겨주고 싶습니다!"

"우리에게도 살 권리를 주십시오, 구원자시여!"

"구원자시여!"

모든 드워프들이 외치는 소리를 듣던 헤럴드가 주먹을 쳐 들었다.

"좋습니다. 여러분이 저를 믿는다면 나는 당신들에게 영토를 주고 자치국으로 인정해 주겠습니다. 나 헤럴드 르 쥬신의 이름을 걸고 드워프 여러분에게 약속하겠습니다."

헤럴드의 말이 끝나자 드워프들이 모두 멍해서 쳐다보았다. 우리에게 살 수 있는 땅을 주겠단다. 우리 드워프들의 나라를 인정해 주겠다고 하신다.

그들은 이 모든 것이 꿈만 같았다.

바로 그때 시를 읊는 낭랑한 드워프 여인의 목소리가 들려왔다.

"언젠가 너희들의 구원자가 오리니, 그는 검은 머리에 수십 개의 팔을 가졌고 불과 얼음을 다루는 신의 용사. 그만이 너희들을 저주스런 노예의 운명에서 벗어나게 해줄 것이고

광명을 찾게 하리라. 아아, 드워프들이여, 대지의 동족들이
여, 이제 위대한 신의 용사, 해방의 구원자가 오셨다. 춤을 추
라, 만세를 부르자, 우리들의 은인인 위대한 구원자 헤럴드
르 쥬신 만세!"

처음에는 잔잔한 목소리로 울려 퍼지던 소리가 점점 커지
기 시작하더니 모든 드워프들이 따라 부르기 시작하였다. 짧
은 다리에 통통한 몸집을 가진 드워프들의 샤먼이 헤럴드를
향해 경배를 올리고 덩실덩실 춤을 추며 노래를 부르자 모든
드워프들이 두 손을 치켜들었다.

"해방 만세!"

"위대한 구원자 만세!"

"전설의 용사에게 영광을!"

"영광을! 영광을!"

그들은 보았다. 단신으로 악귀 같은 자들에게 불과 얼음의
벼락을 내리던 용사의 신위를, 한 손을 휘두르면 신의 화염이
뻗어나가고 다른 손을 휘두르면 악마들이 얼음 조각이 되어
부서지는 것을 똑똑히 보았다.

바로 저분이셨다! 오랫동안 드워프의 샤먼에게 대대로 전
해 내려오던 구원자, 신의 용사가 바로 저분, 헤럴드 르 쥬신
이었다.

"여러분, 이제 모두 이곳을 벗어나 밖으로 나갑시다. 나를
따라오시오."

말을 끝낸 헤럴드는 한 손은 하늘로, 다른 손은 대지를 가리켰다.

"천지무 건곤파천."

천지무의 무공 속에 있는 경천동지할 파천의 힘이 마법진의 결을 강타하였다. 단단한 마법진이지만 이미 파흐비츠에게 마나의 결을 들은 헤럴드에게 이 정도는 일도 아니었다.

천지무의 거대한 힘이 마법진의 결을 강타하자 무서운 폭발이 일어났다.

우르릉— 콰콰쾅! 콰쾅!

하늘땅을 울리는 대폭음이 일어나면서 그렇게도 오랫동안 드워프들을 가두어놓았던 울타리, 마법진이 산산이 부서져나갔다. 자욱히 일어나는 흙과 돌 부스러기들이 가셔지자 드워프들은 헤럴드의 뒤를 따라 걷기 시작하였다. 수염이 가득한 늙은 드워프 노인들과 아이들, 여인들이 모두 뒤를 따랐다.

"이게 무슨 소리냐?"

새벽이 밝아오는 이른 아침, 잠자리에서 일어나려던 에리세드 지부장 이레인이 깜짝 놀라 자리를 차고 일어났다. 어찌나 폭발이 큰지 대지가 지진을 만난 것처럼 부르르 떨리고 침실이 진동하고 있었다.

"드워프 노예들이 있는 곳입니다. 지금 용병들과 집사가 그쪽으로 달려가고 있습니다.”

부관이며 비서인 그녀의 시녀가 들어와 하는 말에 이레인은 눈을 깜빡거렸다. 그리고는 황급히 문을 나섰다.

“어서 가자. 이건 예사로운 폭음이 아니다.”

“하지만 지부장님, 그곳에는 이미 집사님께서 갔습니다.”

시녀의 말에 이레인은 머리를 흔들었다.

“아냐, 아무래도 뭔가 이상해. 친위대를 불러라. 비상이다.”

그녀의 명에 곧 모여든 친위대를 거느린 지부장 이레인이 앞장서서 몸을 날렸다. 그녀의 뒤를 20여 명의 친위대가 눈발 속으로 내달렸다.

마법진을 깨고 밖으로 나오던 헤럴드는 달려오는 레나와 핸더슨, 도미니크를 보았다.

폭음 소리를 듣고 헤럴드가 없다는 것을 안 레나는 무작정 이곳으로 달려왔던 것이다.

“오빠, 대체 무슨 일이에요?”

그녀는 헤럴드를 따라나선 수많은 드워프들과 공터에 널린 시체를 보고 눈이 동그래졌다.

“이곳은 키메라를 만드는 곳이었다. 그것도 드워프 여인들의 피를 제물로 삼아……”

헤럴드의 말에 핸더슨이 대거를 두 손에 움켜쥐었다. 레나나 핸더슨, 도미니크는 키메라들이 어떤 살인 병기인지 이미 겪어본 사람들이다. 또 키메라를 만드는 곳은 검은 탑이라는 것도 너무도 잘 알고 있었다. 핸더슨이 씩씩거리며 분을 참지 못했다.

"이런 시발 놈들! 이곳이 검은 탑의 소굴이란 말이지? 주군, 이놈들을 싸그리 베어버립시다."

"어쩐지, 처음부터 기분이 좋지 않았어. 더러운 검은 탑 놈들, 모두 죽여 버린다."

레나의 앵두 같은 입에서 걸쭉한 소리가 흘러나오고 등에 메고 있던 앙증맞은 활을 꺼내 들었다. 뇌전을 다루면서부터 레나에게 롱 보우는 더 이상 필요치 않았다.

"모두 멈춰라! 감히 에리세드 지부에서 이런 짓을 벌이다니. 명예상단주, 당신에게 실망이구려. 남의 집에 왔으면 가만히 있다 가는 것이 예의가 아닌가?"

100여 명의 용병 옷을 입은 자들이 주변을 포위하고 검을 뽑아 들고 있었다. 그러나 이자들은 용병 옷만 입었을 뿐, 모두 중급의 수준이고 10여 명은 상급전사의 실력이었다.

"그 입 다물라! 감히 검은 탑의 졸개가 어디서 개소리냐?"

발끈한 레나가 앙칼진 소리를 지르자 집사 이마뉴엘의 얼굴이 순간적으로 굳어졌다.

"지금 그게 무슨 소리요? 여기는 엄연히 에리세드 상단 테오코름 지부요. 중상을 하지 마시오!"

이마뉴엘이 소리를 쳤으나 이미 눈빛은 허둥거리고 있었다.

"호호호, 중상이라고 했느냐? 순결한 드워프 처녀들의 피를 이용해 키메라를 만든 네놈들이 상단지부라고? 여기 증인들이 이렇게 있는데 할 말이 있단 말이냐? 이 더러운 검은 탑의 주구들아."

레나의 말에 굳어져 있던 이마뉴엘의 얼굴이 싸늘하게 변했다. 어차피 들켰다면 방법은 하나였다. 이들은 겨우 4명이다. 비록 헤럴드가 그랜드 마스터라고 하지만 그건 아직 확인된 것이 아니다. 게다가 자기는 소드 마스터이다. 자신과 10명의 상급전사가 힘을 합쳐 놈을 공격하면 승산은 있었다.

"호호호, 용케도 알아냈구나. 하나 달라질 것은 없다. 너희들을 모두 죽이면 이 비밀은 영원히 알 수 없을 것이다."

이마뉴엘이 본색을 드러내자 핸더슨이 침을 찍 뱉었다.

"병신 육갑떨고 있네. 야 이 자식아, 개수작 말고 덤벼! 모조리 살을 발라주마! 퉤!"

핸더슨의 말에 도미니크는 빙그레 웃었다. 핸더슨은 이제 말로썬 누구에게도 지지 않는 강자였다. 얼굴이 한껏 붉어진 이마뉴엘이 이를 부드득 갈았다.

"천둥벌거숭이 오크 같은 놈, 네놈을 단칼에 베어주마."

"어이구, 네 목이나 잘 건사하슈, 슬라임 같은 자식아."

대거를 들고 건들거리며 삿대질을 하는 핸더슨을 보고 더는 참지 못한 이마뉴엘이 검을 뽑아 들었다.

"나와 너희들은 저자, 헤럴드를 맡는다. 나머지 전사들은 저놈들을 죽여라."

"충! 제3전대 명을 받습니다, 전대장님."

놀랍게도 이마뉴엘은 데몬 전사단 제3전대장이었다. 마주 선 두 무리 사이에 긴장한 기운이 팽팽히 감돌고 있었다. 레나는 활을 들고 뇌전을 발사할 준비를 하고 도미니크와 핸더슨은 무기를 틀어쥐고 헤럴드의 옆에 서서 공격을 준비하고 있었다.

바로 그때였다.

"멈춰라!"

쨍쨍한 고함 소리와 함께 붉은 빛이 번뜩이며 한 명의 여자가 표표히 날아내렸다.

지부장, 레드 스콜피언 이레인이었다. 그녀의 뒤로 20여 명의 친위대가 포진하였다.

"무슨 일이냐, 이마뉴엘?"

이레인이 나타나자 얼굴색이 확 변한 이마뉴엘이 어쩔 수 없다는 듯 머리를 설레설레 흔들었다. 그리고 날카로운 휘파람을 불었다.

휙! 휙! 휙!

그러자 눈 속에서 3명의 붉은 갑주를 입은 자들이 번개처럼 솟구쳐 올라 이마뉴엘의 주위에 내려섰다. 하나같이 최상급 수준에 이른 강자들이었다.

그러자 이레인의 아름다운 두 눈이 찌푸려졌다.

"이마뉴엘, 저들은 누구지? 그리고 지금 무슨 일로 명예상 단주님께 검을 겨눈 것이냐?"

손을 펼쳐 어깨를 으쓱해 보인 이마뉴엘이 징글거리며 입을 열었다.

"이거 미안하게 되었군, 이레인. 난 너만은 이번 일에 나서지 말기를 바랐는데. 사실 나는 너를 좋아했거든. 어때, 지금이라도 물러서는 게?"

이마뉴엘의 달라진 태도에 얼굴이 하얗게 질린 이레인을 대신해 시녀가 날카로운 소리를 질렀다.

"이마뉴엘, 네가 감히 지부장님께 대적하려느냐? 네놈을 내 손으로 죽여 버릴 테다!"

촤앙!

검을 뽑아 든 시녀가 번개처럼 날아들었다. 마나 스텝을 밟으며 검을 찔러가는 그녀의 솜씨는 상급 정도의 수준은 되는 것 같았다.

"가소로운 년이로군."

휘익!

콰쾅!

시녀의 검과 이마뉴엘의 검이 부딪치자 폭음이 일어나며 한 명의 그림자가 거대한 벽에 부딪친 것처럼 튀어나왔다.

“큭, 쿨럭.”

눈 위에 나뒹군 시녀의 입에서 검붉은 피가 솟구쳐 나왔다. 압도적인 무력 차이로 그만 마나가 역류했던 것이다. 이마뉴엘의 검에 붉은 오러 블레이드가 넘실거렸다.

“저건 오러 블레이드?!”

“세상에, 이마뉴엘이 소드 마스터라니!”

이레인의 친위대들의 입에서 놀란 소리가 흘러나왔다. 그러나 100여 명의 용병은 미동도 하지 않고 있었다. 그것은 이마뉴엘의 수준을 이미 알고 있다는 것을 표현하고 있었다.

“당신은 누구죠? 이마뉴엘 아저씨는 중급의 검사예요.”

이레인의 말에 이마뉴엘이 얼굴을 손으로 쓰다듬었다. 그러자 얼굴을 씌웠던 가죽이 벗겨지고 전혀 생소한 얼굴이 나타났다. 약간 검은색이 나는 얼굴에 차가운 인상을 풍기는 50대 초반의 인물이다.

“아직도 내가 이마뉴엘인 줄 아나? 실망이로군. 하나 이왕 이렇게 됐으니 말해주지. 난 데몬 전사단의 원로, 베로얀이다. 이마뉴엘은 5년 전에 이미 죽었지. 이것은 그의 얼굴가죽이야. 자, 이레인. 결정하라. 여기 있는 전사들은 모두 창칼이 들어가지 않는 발키리 전사들이다. 그리고 이들 3명은 최상급의 발키리들이고, 또 저들 10명은 상급이다. 난 너를 죽이고 싶지 않다. 네가 항복하면 난 너를 내 부인으로 맞아들여 부귀를 누리게 해주겠다. 어떠냐?”

베로얀의 말에 이레인의 얼굴에 분노의 감정이 여과없이 나타났다. 그녀가 두 손을 허리에 올렸다. 새빨간 가죽 장갑을 낀 그녀의 손이 바르르 떨리고 있었다.

"그 입 닥쳐라! 이마뉴엘 아저씨는 나에게 부모 같은 존재였다! 네놈을 죽여 아저씨의 영혼을 위로해 주겠다! 차앗!"

이레인이 순간적으로 마나 스텝을 밟으며 눈앞에서 사라졌다. 그 순간 베로얀의 고함이 전사들에게 들렸다.

"주의하라! 년은 스콜피언이다!"

레드 스콜피언 이레인, 결코 명성이 헛된 것은 아니었다. 붉은 옷이 한 바퀴 휩쓸자 전사들이 얼굴을 그러쥐고 눈밭 위에 나뒹굴었다.

"크아악! 어억!"

창칼이 들어가지 않는 키메라들이지만 이레인의 독은 무서웠다. 그녀가 빨간 장갑을 끼고 있는 것이 이해가 되었다. 다른 사람들은 미처 보지 못했지만 헤럴드는 선명하게 보았다.

양 옆구리에 손을 대고 있던 그녀의 장갑이 마나 스텝을 밟는 순간 뿌려졌고 바늘 같은 독침들이 부챗살처럼 전사들에게 날아갔다.

절묘하게 조절된 독침들은 전사들의 얼굴과 갑주의 이음새들을 파고들었고 그것은 치명적이었다. 얼굴을 그러쥐고 발버둥 치던 전사들의 몸이 서서히 녹아내리기 시작하였다.

그것을 본 전사들의 얼굴에 두려운 감정이 보이기 시작하였다. 데몬 전사들은 발키리들이지만 일반적인 광전사들과는 질적으로 다르다. 비록 키메라로 만들어지면서 창칼이 몸에 들어가지 못하고 충성심으로 세뇌되어 있지만 인간의 정신을 가지고 있으니 당연한 것이었다.

"대단하군. 역시 레드 스콜피언이야! 어떤 독이기에 단단한 키메라들을 녹이는지 궁금하군."

전사들의 몸이 녹아내리는 것을 무표정하게 보던 베로얀이 이레인을 쏘아보며 말했다.

"네놈은 죽은 후에나 알게 될 것이다."

이레인의 증오에 찬 눈을 물끄러미 보던 베로얀이 싱긋이 웃었다.

"그래, 그 정도는 되야 나 베로얀의 부인이 될 자격이 있지. 너희들은 저 이레인을 사로잡아라. 절대로 다치면 안 된다. 알았나?"

"옛, 전대장님."

3명의 상급전사가 이레인을 보며 한발 앞으로 나섰다.

"나머지는 나와 함께 저 애송이를 친다."

베로얀이 명을 내리는 순간 헤럴드가 입을 열었다.

"이제 그만큼 놀았으면 드워프 처녀들의 핏값을 치러야겠다."

북풍한설같이 차가운 헤럴드의 말에 베로얀은 가슴이 선

뜩하였다. 놈의 말에 왠지 등골이 서늘해 온다. 그러나 베로 얀은 부하들을 둘러보고는 배에 힘을 주었다.

협공하여 놈만 쓸어 눕히면 이곳의 상황은 정리된다.

"공격하라."

놈의 명령에 전사들이 공격해 나왔다. 그들의 기세가 순식 간에 산악을 쪼갤 것 같았다. 뒤에 모두 주저앉은 드워프들의 얼굴에 불안한 기색이 감돌았다.

그 순간 헤럴드의 잔잔한 말소리가 울려 퍼졌다.

"모두 뒤로 물러서 드워프들을 보호하라."

헤럴드가 몸을 솟구쳤다. 순식간에 10여 미터를 날아 적들 의 앞에 내려선 헤럴드의 손에서 샤벨이 휘둘러졌다.

"너희들에게 드워프들의 핏값을 받는다. 천지 월강(月强)."

촤악! 쩌쩌쩡!

대기가 찢겨지는 듯한 날카로운 소리가 울리자 이레인의 친위대들은 눈을 부릅떴다. 샤벨에서 뻗어나간 거대한 반달 처럼 생긴 오러 블레이드들이 전방을 휩쓸었다. 그것은 항거 할 수 없는 죽음의 달이었다.

맨 앞에서 달려오던 전사들이 오러 블레이드의 빛이 지나 가자 그대로 두 동강이 나버렸다.

"컥!"

외마디 비명과 함께 달려오던 몸뚱이들이 그대로 무너져 내린다. 갑옷이든 팔다리든 월강은 용서가 없었다. 연이어 뻗어나간 아름다운 푸른빛은 부딪치는 모든 것을 베어버리는 죽음의 선이었다.

"이놈, 죽인다."

전사들이 속절없이 쓰러지자 몸을 날린 베로얀이 검을 휘둘러 오러 블레이드를 날려 보냈다.

그의 옆으로 최상급의 전사 3명이 바람처럼 달려들었다.

콰앙! 쾅!

날아드는 오러 블레이드가 헤럴드의 샤벨에 부딪쳐 폭발하면서 사방으로 마나의 기가 터져 나갔다. 그것은 재앙이었다. 오러 블레이드가 퍼지는 곳에 있던 전사들의 갑주가 터져 나가면서 피와 살점이 허공으로 비산하였다.

"공격하라! 네놈을 반드시 죽인다!"

"능력이 있다면 얼마든지."

이를 갈며 달려드는 베로얀의 검격을 부신귀영을 펼쳐 슬쩍 피한 헤럴드의 샤벨이 공간을 단축해 들어갔다. 공기가 찢어지는 기파를 느낀 베로얀이 번개같이 몸을 틀었다.

그러나 이미 피하기는 늦었다. 순간, 옆에서 달려들던 최상급의 전사 3명이 오러 블레이드를 뿌리며 품자형으로 맹렬하게 덮쳐들었다. 오직 주인을 위해 싸우게끔 세뇌된 이들은 자신들의 생명에 대한 애착이 없었다. 양옆으로 날아드는 오러 블레이드를 피해 공중으로 날아오른 헤럴드의 샤벨이 방향을 바꾸어 최상급전사의 몸통을 훑고 지났다.

"큭!"

멈칫 멈춰 선 우측의 전사가 몇 발자국 비칠거리더니 얼굴에서부터 균열이 일어났다.

쩌저적! 푸확!

머리부터 사타구니까지 정확히 절반으로 갈라진 발키리 전사가 푸른 피를 왈칵왈칵 토하며 그대로 나동그라졌다. 그 순간 헤럴드의 왼 주먹이 뒤로 뿌려졌다.

우우웅! 콰쾅!

공기가 진동하는 소리가 나는 순간, 주먹처럼 생긴 혼돈의 기가 뒤에서 검을 찌르던 최상급전사의 얼굴을 들이쳤다.

퍽썩! 스르륵— 쿠웅!

전사의 얼굴이 썩은 토마토가 터지듯 물크러지고 맥없이 주저앉자 분노한 베로얀이 질풍처럼 달려들었다. 그의 롱 소드에서 붉은 오러 블레이드가 빨랫줄처럼 뻗어 나왔다.

그러나 헤럴드는 부신귀영의 마나 스텝으로 바람처럼 피하며 남은 한 명의 최상급전사의 투구를 발뒤축으로 내려쳤다.

콰직! 쿵!

투구가 바가지처럼 깨진 최상급전사가 허연 뇌수를 쏟으며 그대로 엎어졌다.

"이, 이놈! 반드시 죽인다!"

눈알까지 빨개진 베로얀이 달려드는 순간 번개처럼 오러

블레이드를 피한 헤럴드의 신형이 코앞에 불쑥 나타났다. 기겁한 베로얀이 물러서려는 순간 헤럴드의 손에서 파란 구슬이 화살처럼 얼굴로 날아들었다.

"커억, 이, 이게 뭐지?!"

베로얀은 미처 말도 끝내지 못하고 그대로 쓰러졌다. 눈도 감지 못하고 쓰러진 베로얀의 눈은 아직도 의혹에 찬 표정이었다.

"그건 천지무의 비주탄(飛珠彈)이다. 너는 들어도 뭔지 알 수도 없겠지만. 잘 가라."

말을 마친 헤럴드는 전장을 둘러보았다. 사방에서 치열한 싸움이 일어나고 있었다.

레나는 드워프들의 앞에 굳건히 버티고 서서 화살을 날리고 있었고 핸더슨과 도미니크는 힘에 겨운 싸움을 하고 있지만 그런대로 잘 싸우고 있었다.

힘과 능력은 떨어지지만 혈천검법을 이용해 적이 내려치는 검을 잘 막아내고 있었다.

"쌍! 이 괴물아, 이거나 받아라."

내려치는 검을 혈천검법의 묘리로 흘려버린 핸더슨이 혈천보법을 밟으며 측면으로 돌아서 대거를 박아 넣었다. 그런데 발키리 전사가 몸에 박힌 대거를 한 손으로 잡고 그대로 검을 쳐들었다.

당황한 핸더슨이 대거를 잡아당겼지만 어림도 없었다.

퍼억!

키익!

그 순간 발키리 전사의 얼굴이 벌떡 젖혀지더니 스르르 무너져 내렸다. 드워프들 앞에 버티고 선 레나의 화살이 빗살처럼 날아와 전사의 눈을 뚫고 뇌수까지 깊숙이 박혔던 것이다.

"고맙습니다, 주모님."

히쭉 웃으며 대거를 뽑아 든 핸더슨이 기세가 올라 달려갔다. 발키리 전사들을 막아선 이레인의 친위전사들은 거의 다 쓰러지고 이제 8명이 남아 분투하고 있었다. 그것도 이레인이 독으로 수많은 전사들을 쓸어 눕히지 않았다면 전멸했을 것이다.

이레인의 온몸에는 무슨 독침이 그렇게 많은지 연이어 독침들이 쏟아져 나오고 있었다.

정말 레드 스콜피언 같은 모습이었다. 하지만 그녀도 이제는 독이 떨어진 모양이었다.

"지겨운 놈들."

독침이 떨어진 이레인이 양손에 새카만 색깔의 망고슈를 뽑아 들었다. 저것도 독으로 만들어진 모양이다. 그녀가 달려드는 전사들을 향해 그대로 몸을 날렸다.

챵! 챵! 챵!

"지부장님, 위험합니다!"

친위대의 대장이 이레인을 향해 달려드는 발키리 전사의

검을 쳐내고 막아섰지만 이미 늦었다. 이레인은 한 놈의 검을 막고 왼손에 들린 망고슈로 복부를 찔렀지만 다른 놈이 내려치는 검을 피할 새가 없었다. 그녀가 그만 눈을 감았다.

더 이상 피할 힘도, 남아 있는 마나도 없었다.

촤확!

커억!

갑자기 얼굴에 푸른 피가 뿌려지는 바람에 정신이 번쩍 든 그녀가 눈을 떠보니 검을 내려치던 키메라가 머리부터 사타구니까지 일직선으로 갈라져 쓰러지고 있었다.

"뒤로 물러서시오."

남자의 굵은 목소리에 옆을 보니 헤럴드가 샤벨을 쥐고 성큼성큼 다가오고 있었다.

그의 뒤로 베로얀과 최상급의 발키리들이 죽어 넘어진 게 보였다.

"감사합니다, 명예상단주님."

그녀가 허리를 굽히는데 헤럴드의 차가운 말소리가 들렸다.

"지금 감사를 표할 때가 아니오. 모두 물러서라."

말과 함께 한 걸음에 앞으로 나선 헤럴드의 검이 횡으로 그어졌다. 샤벨에서 죽음의 파란 빛이 길게 선을 그리며 빨랫줄처럼 뿜어져 나왔다.

촤촤촤촤!

그때부터 헤럴드의 일방적인 도살이 벌어졌다. 헤럴드는 가차없었다. 마치 오크 무리 속에 뛰어든 미노타우로스처럼 종횡무진하는 헤럴드의 샤벨이 휘둘러질 때마다 오러 블레이드가 빛을 뿌렸고 자욱한 피바람이 일어났다.

"새끼들, 어딜 감히 덤벼들어."

온몸이 피투성이인 핸더슨이 숨을 헐떡이며 하는 말에 도미니크가 옆으로 다가왔다.

"상처에 바르게."

그가 내놓는 약을 본 핸더슨이 눈을 흘겼다.

"아니, 지금 약을 바를 때요? 주군이 지금……."

"어서 발라. 주군이 우리 때문에 나서지 않았는가? 자네가 다친 것을 보면 가슴 아파할 거야."

그 말에 찔끔한 핸더슨이 약을 받아 들었다. 도미니크의 말이 옳았다. 자신들은 너무 약했다. 약을 받아 든 핸더슨이 얼굴을 찡그리고 중얼거렸다.

"젠장, 오늘부터는 잠도 안 자고 수련해야겠어. 온통 괴물들뿐이니……."

"그래도 주군이 주신 혈천검법 때문에 우리가 살아난 거야. 이전 같으면 우리가 저런 괴물들을 상대할 수가 있겠어?"

"그야 그렇지. 어? 이젠 끝났네!"

헤럴드의 검에서 천지폭멸참(天地爆滅慘)이 시전되고 있었다. 푸른 번개가 일고 대기가 부르르 떨린다.

우르릉— 콰콰쾅! 콰쾅!

폭멸참이 시전된 곳은 끔찍하였다. 대지에 거대한 구덩이가 움푹 패었고 찢겨지고 떨어진 팔다리가 사방에 널렸다. 폭발의 여파로 바위들이 부서져 내리고 피비가 우박처럼 떨어져 내리며 회오리가 몰아쳤다. 사람들은 아연하여 입을 딱 벌리고 서 있었다. 이건 사람의 검술이라고 하기에는 도저히 믿을 수가 없었다. 레드 스콜피언 이레인의 눈가가 파르르 떨린다.

사람들이 숨을 죽이고 바라보는 가운데 자욱한 먼지가 사라지자 샤벨을 땅에 짚고 거연히 서 있는 헤럴드가 보였다.

"용사님 만세!"

"구원자님 만세!"

드워프들이 자리를 차고 일어나 환호를 올렸다. 그들의 눈에서 눈물이 걷잡을 수 없이 흘러내렸다. 은인이, 용사가 무사하다! 그것은 자신들, 드워프들이 살았다는 것을 뜻했다.

"큭, 쿨럭."

샤벨을 짚고 있던 헤럴드가 털썩 한쪽 무릎을 꿇었다. 그의 입에서 피분수가 울컥 터져 나왔다. 그것을 본 레나가 비명을 지르며 달려갔다.

"오빠!"

"주, 주군!"

"구원자님!"

　바람처럼 달려가는 레나의 뒤로 핸더슨과 도미니크, 이레인이 따라가고 드워프들이 밀려갔다. 주저앉은 헤럴드를 와락 그러안은 레나가 울먹이며 소리쳤다.

　"오빠, 정신 차려! 오빠!"

　"으음, 레나니? 나를 방으로 좀 옮겨줘."

　"알았어, 오빠."

　"주군, 괜찮습니까?"

　핸더슨이 턱을 덜덜 떨며 울부짖었다. 하늘 같은 주군이 쓰러지다니, 그에게는 천만뜻밖의 일이었다. 드워프들이 눈물이 그렁해 소리없이 오열을 터뜨렸다. 저분은 보잘것없는 노예들인 자신들을 살리려고 피를 토하고 있었다.

　"어서 방으로 모셔요."

　이레인의 말에 친위대원들이 어깨를 들이밀었다.

　"비켜! 주군은 내가 업겠다!"

　핸더슨이 눈을 부라리며 헤럴드를 업었다. 핸더슨의 큰 눈에서 눈물이 뚝뚝 떨어지고 있었다. 등에 업힌 헤럴드가 손을 내저었다.

　"오빠, 왜 그러세요?"

　"이레인을, 이레인을……."

　힘겹게 말하는 헤럴드를 보고 이레인이 황급히 다가왔다. 그녀의 눈에 다급함이 어려 있었다.

　"지금 즉시 지부의 안팎을 봉쇄하시오. 내가 내상을 입었다는 것이 알려지면 안 되오.”

“알겠습니다, 명예상단주님.”

즉시 대답을 한 이레인이 고개를 돌렸다.

“친위대장은 남은 전사들을 데리고 지부를 철저히 봉쇄하라. 단 한 사람도 내보내지 말고 들여보내지도 말라. 알았느냐?”

“옛, 지부장님! 가자!”

친위대장이 부하들을 데리고 달려가자 헤럴드가 힘겹게 입을 열었다.

“지부장, 내가, 혁… 명예상단주로서 한 가지 부탁을 하겠소. 들어주겠소?”

“무엇이든 말씀만 하세요. 명예상단주님의 명을 따르겠습니다.”

이레인의 말에 헤럴드가 힘겹게 드워프들을 가리켰다.

“저들을 쥬신 영지에 데려가고 싶소. 가능… 윽, 하겠소?”

“그렇게 하십시오.”

“고맙소.”

말을 끝낸 헤럴드가 핸더슨의 등에 얼굴을 묻었다. 이레인의 눈에 땀방울이 맺히는 헤럴드의 모습이 보였다.

아이스 왕국의 겨울은 밤이 빨리 찾아온다. 해가 떨어지자 차가운 바람이 몰려오고 추위가 매섭게 몰아쳐 온다. 헤럴드가 누워 있는 방 앞에 드워프들이 무릎을 꿇고 인사를 드리고 있었다.

"이 은혜를 영원히 잊지 않겠습니다, 용사시여."

"부디 완쾌하시기를 바라옵니다."

드워프들은 차디찬 땅바닥에 머리를 박고 인사를 드리고 일어섰다.

"자, 이제는 떠납시다. 드워프 여러분은 우리가 캄노스 부족까지 보호하겠습니다."

드워프들의 주변에는 300명의 블랙울프 전사들이 창검을 들고 서 있었다. 이들은 헤럴드의 명을 받고 미리 이곳 테오코름 시에 들어와 있던 전사들이었다. 3~4명씩 장사꾼이나 빈민으로 가장하여 들어와 명령을 대기하고 있던 이들은 레나의 지급 명령을 받고 순식간에 모여들었던 것이다. 그러나 헤럴드는 이들에게 드워프들을 캄노스 부족까지 안전하게 데려가라는 명을 내렸다. 전사들은 주군의 옆에 있고 싶었지만 어쩔 수가 없었다.

몇 번씩이나 인사를 올린 드워프들이 길을 떠났다.

"주모님, 주군을 부탁드립니다."

핸더슨이 레나에게 허리를 굽히며 인사를 드렸다.

"걱정 말고 가세요. 이곳은 이레인 언니도 있고 오빠도 인차 회복될 거예요."

"그래요. 걱정 말고 떠나세요."

지부장 이레인도 핸더슨과 도미니크를 안심시켰다. 이제 핸더슨과 도미니크는 드워프들을 캄노스 부족에서 쥬신 영지로 데려가는 임무를 맡았다. 떠나기 싫었지만 주군의 명이었다.

어둠이 깃든 밤, 드워프들이 블랙울프 전사들의 호위 아래 길을 떠났다.

"모두 갔어?"

방에 들어선 레나의 귀에 헤럴드의 전음이 들렸다.

"응, 그런데 정말일까?"

"아니기를 바라야겠지. 하지만 좀 기다려 봐."

헤럴드의 전음에 레나는 안타까운 표정을 짓고 잠든 것처럼 눈을 감고 있는 헤럴드를 내려다보고 있었다. 헤럴드는 부상을 당한 것도 아니었고 내상을 입은 것도 아니었다.

"나를 죽이려면 지금이 제일 좋은 기회다. 반드시 어떤 움직임이 있을 거야. 기다리고 있어."

헤럴드의 전음에 레나가 침대에 누워 있는 헤럴드의 손을 꼭 잡았다. 누가 보면 연인의 부상에 속을 태우는 모습으로 보일 것이다.

똑똑.

밤이 이슥해졌을 때였다. 갑자기 문밖에서 노크 소리가 들려왔다. 레나의 얼굴에서 언뜻 긴장한 빛이 스쳤다.

"레나, 긴장 풀어."

헤럴드의 전음에 마음을 놓은 레나가 일어섰다.

"누구세요?"

"저, 이레인입니다. 약을 가져왔어요."

"들어오세요."

레나의 말에 문이 열리고 이레인과 두 명의 시녀가 쟁반을 들고 들어섰다.

"이건 마나의 역류에 좋다는 약을 구해온 것입니다."

이레인이 내미는 쟁반에서 짙은 약내가 풍겼다. 그 순간 헤럴드의 기가 주변을 잠식했다.

독이라면 혼돈의 기는 귀신같이 감지한다. 하지만 이 약은 독 성분이 없었다.

"받아."

머릿속을 울리는 전음에 레나는 밝게 웃었다.

"고마워요, 언니."

"아뇨. 오히려 제가 죄스러워요. 제가 일을 잘못해서 명예 상단주님이 다쳤는걸요. 어떻게 해야 이 죄를 씻을지 모르겠어요."

이레인의 눈에 깊은 수심이 어렸고 금방이라도 눈물이 떨어질 것 같았다. 그것을 본 레나도 가슴이 찌르르해졌다. 이 언니는 정말로 헤럴드의 부상을 가슴 아파하고 있는 것이다.

"괜찮아요. 언니 잘못이 아니에요."

"아니에요. 이마뉴엘을 죽이고 가장하고 있었을 줄이야.

다시 생각해도 소름이 끼쳐요. 만약 헤럴드님이 아니셨다면 우리 상단은 큰 봉변을 당했을 거예요.”

한숨을 내쉰 이레인이 약을 가리켰다.

“식기 전에 약을 드셔야 해요.”

“예, 알겠어요.”

레나가 헤럴드를 깨우기 시작하였다.

“오빠, 좀 일어나요. 이레인 언니가 약을 가져왔어요. 오빠.”

한참을 흔들자 잠에서 깨어난 헤럴드가 눈을 떴다. 이레인을 본 헤럴드가 빙긋이 미소를 지었다. 그건 힘이 빠진 자의 허탈한 웃음이었다.

“고맙소, 지부장.”

“아닙니다. 제가 죽을죄를 지었습니다.”

이레인이 꽃술처럼 긴 속눈썹을 내리깔고 사죄의 말을 하자 헤럴드는 힘없이 고개를 저었다.

“이제 그 말은 그만 합시다. 나쁜 놈은 잡았고 지부의 일도 바로잡았으니 상단주님께서도 책망하시지는 않을 것이오. 내가 일어나면 연락을 드리겠소.”

“고맙습니다.”

헤럴드는 레나가 받쳐 주는 약을 단번에 마셨다. 약간 씁쓸하면서도 향긋한 냄새가 난다.

하지만 독은 없었다.

"좀 자고 싶구려."

헤럴드의 말에 이레인이 황급히 자리에서 일어나며 얼굴을 붉혔다.

"죄송합니다. 편히 쉬십시오."

이레인이 인사를 하고 나가자 레나가 헤럴드를 자리에 눕혔다.

"푹 자요."

머리맡에 지키고 앉은 레나는 눈을 감고 있는 헤럴드에게 전음을 보냈다.

"독이 아니라면 무슨 짓을 꾸미고 있을까요, 오빠?"

"독은 분명히 아니야. 다만 뭔가 이상한 향이 있어."

"괜찮아요?"

"응, 별로. 지금 천장에 두 놈이 있어. 그리고 밖에도 최상급 수준이 10명이나 돼. 레나도 자는 척해. 알겠지?"

"알았어요."

끄덕끄덕 졸고 있던 레나의 머리가 점점 숙여지더니 헤럴드의 머리에 기대어 잠이 들었다.

그러자 천장 속에서 은밀한 움직임이 일어났다.

화려한 방에 눈을 감고 앉아 있는 레드 스콜피언 이레인은 인기척에 눈을 떴다. 그녀의 눈에서 비수 같은 빛이 뿜어져 나왔다. 그것은 지금까지 온화하고 공손하던 이레인의 눈빛이 아니었다. 날카롭고 사람을 죽여본 자만이 풍길 수 있는 살기가 물씬 풍겨 나왔다.

"왔느냐?"

"옛, 블랙 클라우드님. 놈은 지금 잠들어 있습니다. 지금 공격한다면 놈은 힘을 쓰지 못할 것입니다."

붉은 갑주를 입은 부하가 이레인의 뒤에, 아니, 검은 탑의 특급 어쎄신 블랙 클라우드의 뒤에 시립하고 서 있었다.

"호호호, 너는 그게 가능하다고 생각하느냐? 내가 보기에 그는 그랜드 마스터 초급은 된다. 아무리 약에 취해도 드래곤이 오크로 되지는 않아. 기다려라. 싸움은 힘으로만 하는 게 아니다. 조금 있으면 그는 발작을 할 것이고 그것이 그의 마나를 역류시키게 될 것이다."

블랙 클라우드의 말에 붉은 갑주가 고개를 숙였다.

"알았습니다, 블랙 클라우드님."

부하가 밖으로 나가는 것을 본 이레인의 아름다운 눈에 고뇌의 빛이 어렸다. 하지만 그녀는 머리를 흔들었다.

"그는 나의 척살 대상일 뿐. 블랙 클라우드야, 정신을 차려라."

블랙 클라우드는 입속으로 중얼거렸다. 블랙 클라우드 이레인, 어릴 때 검은 탑의 어쎄신으로 들어가 죽음의 수련을 겪었고 지금의 특급 어쎄신으로 성장했다.

그녀에게 세상은 죽일 자와 죽는 자로만 분류되어 있었다.

헤럴드도 그녀에게는 죽일 자에 불과했다.

그런데 이번에 본 헤럴드는 다른 귀족들과는 달랐다. 드워프들을 구해서 그들에게 땅을 주겠다는 것에 충격을 받은 것이다.

그녀가 지금까지 본 귀족들은 온몸의 세포가 욕심으로 만들어진 짐승들이었다. 그런데 그 애송이 헤럴드가 마음을 흔들어놓았다. 이레인이 머리를 흔들었다.

삼단처럼 늘어진 푸른 머리칼이 그의 심정을 말해주듯 사방으로 흔들렸다.

"위선이야. 그도 귀족이다. 죽이면 그뿐."

중얼거린 이레인이 방 안을 뱅뱅 돌던 걸음을 멈추었다.

"1호 있느냐?"

그러자 천장에서 검은 그림자가 떨어져 내렸다.

"1호, 명을 받습니다."

"즉시 공격 준비를 하라. 오늘 밤 헤럴드를 척살한다."

"옛, 블랙 클라우드님."

검은 그림자가 바람처럼 밖으로 사라지자 이레인은 붉은 장갑을 손에 끼었다. 조금만 있으면 약효가 발휘될 것이다. 그때 공격하면 헤럴드는 피할 길이 없다. 블랙 클라우드가 전투 준비를 하고 밖으로 나왔다.

CHAPTER 02

괴멸

THE Warrior
Gale of Wind

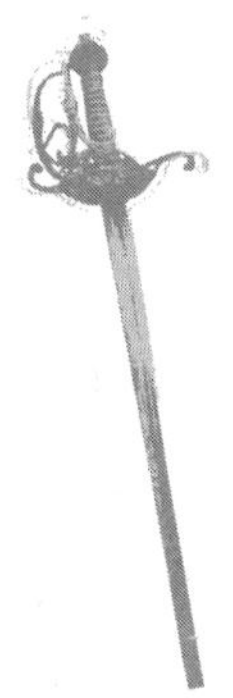

블랙 클라우드가 부하들을 데리고 별채를 포위하는 그 시각, 헤럴드는 곤혹스런 심정에 당황하고 있었다. 온몸에서 이상한 열기가 피어오르고 아무리 제어를 하려고 해도 혼돈의 기가 말을 듣지 않았다. 마치 거대한 대해에 폭풍이 일어나듯 단전으로부터 시작된 뜨거운 기가 중단전으로 치고 올라왔다.

"오빠, 왜 그래? 무슨 일이야?"

레나는 헤럴드의 호흡이 거칠어진 것을 보고 자리를 차고 일어났다. 아무래도 심상치가 않았던 것이다. 얼굴까지 시뻘게진 헤럴드의 눈에 레나가 확대되어 왔다.

그런데 이건 뭔가 이상하였다. 지금까지 헤럴드는 레나를 여동생으로 생각했지 다르게 생각한 적은 추호도 없었다. 그런데 그 레나가 여자로 안겨오고 욕정이 물밀듯이 올라온다.

"크으, 이건 혹시 만드라인(색욕을 발동시키는 음약)?"

그러나 헤럴드는 머리를 흔들었다. 만드라인 정도로는 자신의 몸을 이 정도로 통제 불능으로 만들 수는 없었다. 이건 엄청나게 강한 음약 같았다.

"만드라인이라니… 그럼 오빠, 음약에 당한 거야?"

레나는 어이가 없었다. 전사에게 음약 같은 치졸한 방법을 쓰다니. 하지만 지금은 뭘 어떻게 해야 할지 갈피를 잡을 수 없었다.

"레나, 밖을 감시해. 적들이 다가오는 것 같다. 그동안 나는 이 약을 해소해 보겠다."

헤럴드의 말에 레나가 각궁을 꺼내 들었다.

"알았어, 오빠."

주먹을 움켜쥔 레나가 방문을 열어젖혔다. 밖을 내다보던 레나의 눈이 가느스름하게 좁혀졌다. 주위를 둘러싼 하얀 눈 속에서 이쪽을 향한 살기가 은은하게 느껴지고 있었다.

레나의 눈에서 선홍색의 빛이 번쩍이기 시작하였다. 분노한 레나가 천지뇌전심법을 일으킨 결과였다.

"흥, 쥐새끼 같은 놈들. 감히 그런 치졸한 방법을 쓰다니. 오빠를 해치려 한 네놈들을 나 레나가 절대로 살려두지 않을 것이다."

레나의 손에 쥐어진 각궁이 당겨졌다. 하지만 숨어 있는 자들은 절대로 움직이지 않았다.

저들은 아직도 레나의 솜씨를 우습게 알고 있었다.

"아직도 안 나와? 오냐, 어디 숨어 있어봐라."

쩌저정!

레나의 작고 통통한 손이 시위를 놓자 대기가 찢어지는 듯한 날카로운 음향이 울려 퍼졌다.

작은 활에서 시작된 뇌전의 빛이 10여 개로 갈라져 후원의 눈 속을 향해 폭사했다.

그것은 정말 번개가 날아가는 것 같았다.

"으앗, 피해라!"

"크악! 컥!"

그러나 레나가 괜히 뇌전의 궁사가 아니다. 빛이 번쩍이는 순간 10여 곳을 동시에 강타했고 뛰쳐나온 붉은 갑주들은 낭패한 몰골들이었다.

어깨까지 매끈하게 팔이 잘려 버린 자, 가슴이 시커멓게 구멍이 뚫린 자, 뇌전이 번쩍이는 순간 공중으로 몸을 솟구쳤던 자는 땅에 발을 디디자 그대로 쓰러져 뱅글뱅글 돌며 비명을 질렀다.

"으악! 내, 내 다리! 크윽!"

다리가 무릎 위까지 없어졌던 것이다. 고기가 익는 매캐한

노린내가 뛰쳐나온 전사들의 코로 스며들어 온몸에 오한이 치솟는다.

"지독한 계집이군. 한 치의 망설임도 없이 부하들을 해치다니."

어둠 속에서 중얼거리며 나타난 자는 블랙 클라우드의 숨은 공격대인 레드 스콜피언 전대 전대장인 조이다. 조이는 어이가 없었다. 순식간에 부하 7명이 즉사했고 세 명이 중상을 입었다. 아니, 이건 완전한 폐인이나 다름이 없었다.

팔과 다리가 잘린 자들이 무슨 쓸모가 있겠는가?

"흥, 감히 음약을 쓰는 놈들에게 인정을 베풀 레나가 아니다."

레나의 말에 조이는 얼굴이 붉어졌다. 사실 조이는 최상급의 전사다. 그에게 비겁하게 음약이나 써서 공격하는 것은 적성에 맞지 않았다. 하지만 자기의 주군은 블랙 클라우드이고 명을 받으면 집행해야 했다.

"전사는 어떤 경우에도 이긴 자만이 할 말이 있다. 계집, 네가 우리를 이길 수 있다면 그때는 비겁한 자들이라고 해도 될 것이지만 죽으면 끝이다. 그게 이 세계의 법칙이고."

조이가 하는 말에 레나는 코웃음을 쳤다.

"그래? 그럼 오늘 네놈들을 모두 죽여주마. 나 레나가 어떤 여자인 줄 네놈들은 알게 될 거야. 모두 덤벼라."

레나의 말에 조이는 열이 뻗쳤지만 절대로 덤비지 않았다.

방금 전의 솜씨는 결코 우습게볼 것이 아니었다. 그가 부하들에게 명을 내렸다.

"포위하라."

"옛!"

부하들이 검을 비껴들고 서서히 포위망을 조이기 시작하였다. 이곳에 있는 레드 스콜피언 전단은 모두 30여 명, 그들은 10명이 상급전사이고 모두 발키리 전사들이다.

저 레나가 아무리 뇌전의 궁사라고 해도 당해낼 수는 없었다. 그리고 방 안이 조용한 것을 보니 헤럴드는 음약에 당한 것이 분명했다.

조이의 얼굴에 비릿한 웃음이 어렸다. 광풍의 전사 헤럴드, 대단한 자였지만 그는 오늘 이곳에서 절대로 살아남지 못할 것이다.

헤럴드가 먹은 음약은 신계의 대천사들까지 색의 노예로 만들어 버린다는 마왕 플레이너스의 발정향이다. 신마전쟁 때 이 발정향 때문에 수많은 대천사들이 낭패를 본, 정말 엄청난 음약이었다.

플레이너스의 발정향에 당하면 방법은 오직 한 가지뿐이다. 색욕이 멈출 때까지 여자를 안고 또 안아야 한다. 그러나 그 후과는 더욱 엄청났다. 여자를 안으면 몸의 마나가 모조리 여자에게 넘어가고 본인은 미라처럼 말라 죽는다.

조이는 블랙 클라우드의 방법이 마음에 들지는 않았지만

헤럴드는 검은 탑의 적이었고 어떻게든 죽여야 할 자였다.

"놈, 너의 죽음은 피할 수 없는 일이다. 쳐라."

그의 말이 떨어지자 붉은 갑주들이 바람처럼 달려들기 시작하였다.

"이 레나가 있는 한 그 누구도 오빠를 건드릴 수 없다. 차앗."

레나의 몸이 공중으로 도약을 하며 시위가 당겨졌다.

"그들은 방금 네가 죽인 발키리들과는 다르다. 모두 상급의 전사들이… 어헉?"

히죽거리며 뒷짐을 지고 중얼거리던 조이는 헛바람을 들이켰다. 공중으로 도약한 레나가 있는 곳에서 푸른 섬광이 눈이 멀 듯이 터져 나왔다.

위험하다고 생각하는 순간 레나의 낭랑한 목소리가 대기를 뚫고 들려왔다.

"천지뇌전폭(天地雷電爆)."

우르릉— 버언쩍! 콰쾅! 콰쾅!

그것은 무시무시한 뇌전의 폭발이었다. 새파랗게 빛나는 빛의 뇌전이 무서운 속도로 쏟아져 나왔고 일직선으로 발키리 전사들을 향해 뻗어나갔다.

"피하라!"

생전 처음으로 당황한 조이가 벼락같이 소리를 질렀지만 이미 늦었다.

콰콰쾅! 콰쾅!

거대한 폭음이 일고 발키리 전사들의 몸이 폭죽처럼 터져 올랐다. 비명도 없었다. 찢어진 갑주들과 부러진 뼈, 주먹만 한 살점들이 하얀 눈을 파란색으로 물들이며 떨어져 내렸다.

조이는 너무도 어처구니없는 현실에 온몸이 부르르 떨렸다. 세상에, 상급의 발키리 전사 10명이면 소드 마스터도 쉽사리 제압한다. 그런데 이건 할 말이 없었다.

단 한 번의 공격에 10명의 상급 발키리들이 어육이 되어버렸다.

"네년을 갈가리 찢어주마."

스르렁.

조이는 자신의 애검인 바스타드 소드를 뽑아 들었다. 지금까지 경시했던 마음은 모두 버렸다. 저 은발의 어린 아가씨는 자신이 대적해도 이길 수 없는 강자였다. 뇌전이 날아가 폭발을 일으키다니, 과연 소드 마스터라면 이길 수 있을까?

"흥! 오라! 오빠의 레나가 어떤 여자인지 똑똑히 알려주마!"

레나의 각궁이 다시 쳐들렸다. 그녀의 손에 궁이 들리자 조이의 옆에 서 있던 발키리들의 눈에 두려움이 어렸다. 조이는 그런 발키리들을 보고는 한숨을 쉬었다.

키메라들은 본능적으로 강자를 귀신처럼 알아맞힌다. 하물며 상급의 발키리들이 전멸한 마당에 이런 2급의 발키리들로 저 여자를 죽인다는 것은 힘든 일이다.

그러나 조이는 믿는 것이 있었다. 지금쯤 블랙 클라우드가 이곳으로 오고 있을 것이다. 그녀가 오면 저 레나는 끝이었다. 자기는 시간만 끌어주면 그뿐. 그는 레나를 둘러싸고 빙빙 돌고 있는 발키리들에게 소리쳤다.

"포위하고 빠져나가지 못하게 하라!"

"흥, 그 여우 같은 지부장 년을 기다리는 것 같은데, 그전에 죽여주마."

레나의 말에 흠칫한 조이는 부하들에게 명을 내렸다.

"공격하라!"

이젠 어쩔 수가 없었다. 부하들을 다 죽여도 시간을 벌어야 했다. 발키리들이 공격을 시작하자 레나의 신형이 바람처럼 스며들었다. 그녀의 손에 들린 활이 곧게 펴져 마치 자처럼 되었다.

"천지뇌전참."

촤악! 촤악!

레나의 손에 들린 자에 푸른 기운이 어리더니 가차없이 발키리들을 베어버렸다. 조이는 눈을 부릅떴다. 저건 분명히 오러 블레이드였다. 그렇다면 저 여자는 소드 마스터!

"으으, 이, 이게 대체?!"

입에 거품을 문 조이는 무엇에 홀린 것처럼 종횡무진하며 발키리들을 베어버리는 레나를 바라보았다. 은발을 기폭처럼 휘날리며 레나가 지나가는 곳은 어김없이 발키리들의 비명이 터져 나왔다.

"키익! 크액!"

괴상한 비명을 지르며 발키리들의 팔다리가 하늘로 날아오르고 푸른 피가 쏟아지는 비처럼 떨어져 내렸다. 그 사이로 레나의 손에 들린 자(杵)에 서린 푸른 기운은 한 자루의 날카로운 보검이 되어 무자비하게 키메라들을 베어내고 있었다.

"멈춰라!"

조이는 이를 악물었다. 이 상태로 간다면 전멸할 것이다. 조이의 신형이 벼락 치듯 앞으로 튕겨 나갔다. 그의 손에 들린 롱 소드에서 마나 블레이드가 뿜어져 나왔다. 비록 소드 마스터에 이르지는 못했지만 결코 쉽게 볼 수 없는 검사(劍絲)들이 부챗살처럼 뿜어 나왔다.

그 순간, 옆에서 달려드는 키메라의 목을 베어버린 레나의 자가 타원형으로 말려들어 갔다.

철컥. 피잉. 피잉. 핑.

"컥, 이 교활한 년……."

조이는 가슴을 부둥켜안은 채 비틀거렸다. 측면으로 달려드는 자신을 향해 레나는 자를 궁(弓)으로 전환시켰고 뇌전의 화살을 발사했던 것이다. 푸른 빛이 번쩍이는 순간, 번개처럼 피했지만 뇌전은 가슴을 꿰뚫어 버렸다. 겨우 최상급의 전사 수준으로 뇌전을 피한다는 것은 어불성설이었다.

"흥, 겁없이 달려든 네놈이 어리석지."

레나는 피가 흐르는 가슴을 움켜쥐고 쓰러지는 조이를 보며 차갑게 내뱉었다. 사실 뇌전폭을 운용하면 이놈들을 한 번에 쓸어버릴 수가 있었지만 그건 내공을 너무 많이 잡아먹는다.

지금도 단 한 번의 내공을 쓴다면 레나는 버틸 힘도 없었다.

그래서 궁을 자로 변형시켜 키메라들을 베어버렸고 조이를 유인하여 일격을 가한 것이다.

어떻게 하든 오빠가 운기를 마칠 때까지 막아야 했다.

하지만 레나의 위험은 이제 시작이었다. 뽀얀 눈보라 속으로 50여 명의 키메라들과 4명의 사람이 정원으로 날아내렸다. 그들 앞에 붉은 옷을 입은 미모의 여인이 서 있었다.

"흥! 드디어 오셨네, 붉은 여우."

레나의 이죽거리는 말에 블랙 클라우드의 좌우에 서 있던 자들 중에 수염이 기다란 남자가 한 발 내디뎠다.

"입을 닥쳐라! 감히 이분이 누구신 줄 알고 함부로 입을 놀리느냐?"

험악한 얼굴로 벽력같이 소리치는 살롯은 소드 마스터이다. 살롯과 콜슨, 이들 두 명은 60이 넘은 전사들로 어쎄신의 세계에서는 공포의 대명사들이다. 그런 사람들이 블랙 클라우드의 호위전사였다.

"흥, 늙은이들은 비켜. 치사하게 음악이나 쓰는 더러운 계집, 내가 여자들을 망신시키는 너를 끝장내 주마."

레나의 쏘아보는 눈에 이레인이 방그레 웃는 것이 보였다.

"뇌전의 궁사 레나, 많이 듣던 소리야. 그러나 광풍의 전사가 없는 너는 이 사람들을 당하지 못해. 그리고 나는 어떤 것도 가리지 않는 어쎄신이야. 음악을 쓰든 독을 쓰든 상대를 죽이면 되는 것이 어쎄신이지. 샬롯, 콜슨, 저 여자를 잡아요. 죽이지 말고."

"알았습니다, 블랙 클라우드님."

샬롯과 콜슨이 검과 쿠마데를 들고 앞으로 나서는 것을 본 레나는 활을 잡아당겼다.

"내가 살아 있는 한 오빠에게 덤비지는 못해."

파앗! 번쩍! 크르릉―

레나의 활에서 우렛소리가 나며 푸른 빛이 뿜어 나왔다. 그 순간 샬롯이 마나 스텝을 밟으며 검을 들어 후려쳤다.

푸른 빛과 검은 오러 블레이드가 공간에서 충돌하며 폭발을 일으켰다.

콰앙! 쾅!

그것을 보고 있던 콜슨이 쿠마데를 휘두르며 달려들었다. 콜슨이 쓰는 쿠마데는 자루에 기다란 갈고리가 3개나 달려 있었다. 마치 오거의 발톱처럼 스산하게 생긴 갈고리는 걸리는 모든 것을 잡아뜯고 찢어버리는 잔인한 무기다.

휘이익— 쩌저정! 콰앙!

레나의 뇌전과 두 소드 마스터의 오러 블레이드가 맹렬한 충돌을 일으키며 정원은 마나의 회오리 속에 말려들었다. 붉은 갑주를 입은 키메라들과 데몬 전사들은 감히 곁에 다가가지도 못하고 있었다. 저 마나 속에 말려들면 온몸이 가루가 되어 부서질 것이다.

"흠, 대단해. 뇌전의 궁사라는 말이 결코 헛말이 아니었어!"

이레인은 두 소드 마스터를 상대로 대등하게 싸우는 레나를 보며 감탄을 금치 못하고 있었다. 이제 겨우 막내 동생뻘이 될 만한 어린 레나가 저 정도라는 것은 그만큼 헤럴드가 강자라는 뜻이다. 정보에 의하면 헤럴드를 만나 저렇게 성장했다니 이레인은 고개가 저어졌다.

자신도 강하지만 그 짧은 시간에 저렇게 강해진 것은 아니었다.

"하지만 헤럴드는 오늘 죽는다."

혼자 중얼거린 이레인은 방으로 다가갔다. 레나는 뿌연 먼지와 마나의 폭풍 속에서 두 사람과 격돌하느라 이레인을 막을 수가 없었다.

문을 열자 침대 위에 가부좌를 틀고 앉은 헤럴드가 보였다.

"역시……."

헤럴드의 온몸은 지금 괴이한 기운에 싸여 온통 시뻘겋게 변해 있었다. 그것을 보며 이레인은 천천히 검을 뽑아 들었다. 플레이너스의 발정향은 여자를 안아야만 해소된다.

그런데 저자는 레나를 품에 안지 않았다. 그걸 보면 정보에 있는 대로 은발의 레나는 애인이 아닌 것 같았지만 오히려 그 편이 더 좋은 것일지도 몰랐다.

플레이너스의 발정향은 여자를 안는 순간에 온몸의 마나가 여자에게 넘어간다. 그건 누구도 막을 수 없는 마왕의 마력이었다. 그리되면 헤럴드는 미라처럼 말라 죽었을 것이다.

"네가 보기 드문 남자인 것은 내가 인정하마! 대신 내 손으로 깨끗이 죽여준다."

이레인의 숏 쇼드가 하얀빛을 뿌리며 헤럴드의 머리로 떨어져 내렸다.

헤럴드는 지금 죽을 맛이었다. 온몸을 치고 돌아가는 이 괴이한 열기는 도저히 억제를 할 수가 없었다. 처음에는 혼돈의 기로 제어하려고 했지만 시간이 지날수록 단전에서 숏는 열기는 점점 하체를 감당하지 못하게 했고 자꾸만 레나의 얼굴이 환영처럼 떠올랐다.

"안 돼, 헤럴드. 네가 이 정도밖에 안 된단 말이냐?"

헤럴드의 의지로 일어선 혼돈의 기가 마왕의 발정향을 향해 물밀듯이 밀려들었다. 그리고 순식간에 섞여 들어갔다.

쿠쿠쿠쿠!

온몸의 경맥들이 당장 터져 나갈 것처럼 아우성을 친다. 헤

럴드의 몸에 들어온 발정향은 사실 플레이너스의 마력의 한
종류다. 그것이 혼돈의 기와 부딪치자 서로 주도권을 잡으려
고 경맥들을 헤집고 다니며 온몸의 세 맥까지 샅샅이 깨워놓
았다.

"크윽!"

헤럴드의 입으로 피가 쏟아져 나왔다. 하체가 터질 것 같
다. 이미 온몸을 수십 바퀴 휘돈 두 마력이 팽창할 대로 팽창
하여 분출구를 찾고 있었다.

그 순간, 이레인의 검이 머리로 떨어져 내렸다.

퍼엉!

"엇?"

이레인은 튕겨져 나오는 숏 쇼드를 보고 눈이 둥그레졌다.
하얀 오러 블레이드가 어린 검이 마치 솜뭉치를 벤 것처럼 허
전했고 다음 순간 강력한 반탄력이 느껴지며 튕겨 나왔다.

"이런 일이?!"

이레인은 찢겨진 손아귀를 보며 헤럴드를 쳐다보았다. 분
명 정신이 없다. 하긴 플레이너스의 발정향에 견딜 사람은 인
세에 있을 수가 없을 것이다.

그런데 반탄력이라니? 그녀가 다시 검을 쥐려는 순간이었
다. 헤럴드의 눈이 번쩍 뜨였다.

"헉!"

이레인은 숨을 들이켰다. 저건 사람의 눈빛이 아니었다.

붉은 불길 속에 검은 어둠의 심연 같은 눈알이 무표정하게 이
레인을 쏘아보았다. 얼굴에 실핏줄이 툭툭 튀어나온 헤럴드
의 모습은 보기에도 끔찍했다.

"폭발 직전이다. 마력이 팽창하고 있어!"

이레인은 지금 헤럴드의 상태를 짐작했다. 플레이너스의
발정향은 욕정을 풀지 못하면 온몸이 폭발을 일으킨다. 그것
은 플레이너스의 발정향이 강력한 극양의 성질을 가진 마력
이기 때문이다. 만약 폭발하면 사방 수십 미터가 가루로 변해
버린다.

"빨리 죽여야 해."

검을 집으려고 몸을 날리던 이레인은 입을 딱 벌렸다. 눈에
서 붉은빛을 뿜어내는 헤럴드의 몸이 마치 공간 이동을 하듯
눈앞에 나타났다.

"크크크크."

헤럴드의 입에서 기괴한 소리가 흘러나왔다. 이레인은 손
을 칼날처럼 세워 헤럴드의 옆구리에 쑤셔 박았다. 그녀의 장
갑에는 여러 가지 기능이 있는데 독을 발출하고 암기를 뿌릴
수도 있고 면도처럼 날카로운 칼날을 나오게 할 수도 있었다.

드워프들이 만든 이 장갑에 설치된 날카로운 칼날은 어떤
갑주도 종잇장처럼 베어버리는 무서운 무기였다.

콰직!

"악!"

이레인은 비명을 질렀다. 손끝에서 무서운 통증이 전해졌고 장갑에 달린 칼날이 부서져 나가는 것이 보였다. 헤럴드의 손이 장갑에 달린 칼날을 으깨어 버렸고 이레인의 목을 그러쥐었다.

"커컥! 컥!"

이레인은 도저히 숨을 쉴 수가 없었다. 헤럴드가 이레인의 목을 잡아 눈앞에 대고 들여다보더니 침대로 집어 던졌다.

철써덕. 출렁.

침대에 떨어진 이레인의 얼굴이 하얗게 질렸다. 정신은 없지만 저자는 지금 본능대로 욕정을 해소하려 하고 있었다.

"아, 안 돼!"

이레인은 공중으로 도약하려 했지만 어림도 없었다. 한줄기 빛처럼 나타난 헤럴드가 그녀의 몸을 누르더니 사정없이 옷을 찢어발겼다.

찌이익! 찌직!

"크크크크."

"안 돼, 이 자식아!"

하지만 그녀의 목소리는 헤럴드의 손에 잡혀 있어서 밖으로 새어나가지 못했다.

그녀의 희미해지는 눈동자 속에 헤럴드의 다부진 몸매가 들어왔고 자신의 옷이 모두 벗겨지는 것을 느꼈다. 그러나 어떻게 된 것인지 몸이 움직여지지 않았다.

헤럴드의 점혈에 걸린 이레인은 알 수가 없었던 것이다.

'아아, 이렇게 되다니…….'

이레인은 기가 막혔다. 놈을 죽이려다가 몸을 내놓게 되었다. 물론 헤럴드는 자신에게 모든 마나를 넘겨주고 죽게 되겠지만 이레인은 지금까지 순결한 처녀였다. 자신의 순결을 죽이는 자에게 당해 내준다는 것이 억울하기 짝이 없었다.

그러나 이제 물은 엎질러진 상태였다.

"으윽!"

이레인의 입이 딱 벌어졌다. 무언가 뜨겁고 이글거리는 거대한 기둥 같은 것이 자신의 비처로 무지막지하게 헤집고 들어왔다. 온몸을 파들파들 떠는 그녀는 지금 이 순간만큼은 블랙 클라우드가 아닌 연약한 여자일 뿐이었다.

"으윽, 억, 억."

이레인은 밑에서 치고 들어오는 강력한 충격에 저도 모르게 신음을 질렀다.

이레인은 뜨거운 마나가 자신의 몸으로 들어오고 있다는 것을 알았지만 지금 정신이 하나도 없었다. 거대한 불기둥이 한번 치고 들어올 때마다 목구멍까지 꿰뚫리는 것 같았고 뜨겁고 아득한 희열이 온몸을 환희로 끓게 하고 있었다.

"하윽, 하악."

그녀의 코로 비음이 새어 나온다. 방 안에 실오라기 하나 걸치지 않은 두 남녀가 미친 듯이 정사를 벌이고 있었다.

콰쾅! 콰앙! 쾅!

"크악!"

샬롯은 한쪽 팔이 잘려 나가는 통증에 비명을 질렀다. 비명을 지르는 샬롯의 목에 레나의 발이 벼락처럼 날아들었다.

퍼억! 쿠다당!

샬롯이 한쪽으로 튕겨져 날아가자 콜슨의 쿠마데가 바람을 일으키며 쏘아져 들어왔다. 레나는 가까스로 옆으로 몸을 날렸지만 이미 마나가 바닥을 드러내고 있었다. 지금까지 싸운 것도 천지뇌전심법이 아니었으면 벌써 죽었을 것이다.

촤악.

"악!"

날카로운 갈고리가 잔등을 격타하자 레나의 몸이 공중으로 날아올랐다가 떨어져 내렸다.

"으윽, 지독한 년."

콜슨은 부러진 한쪽 팔을 쥐고 정신을 잃은 레나를 노려보았다. 저년은 정말 무서운 전사 혼을 지니고 있었다. 샬롯과 자신은 소드 마스터 중급이다. 그런 자기들을 상대로 이제 솜털이 보송보송한 어린 여자가 대등하게 싸웠다. 아니, 일 대 일이라면 자신은 이미 죽었을 것이다.

겨우 숨을 몰아쉬며 돌아선 콜슨의 귀에 이상한 소리가 들렸다.

“하악! 아흑!”

“이, 이건!!”

어리둥절해서 귀를 기울이던 콜슨이 몸을 날렸다. 이건 분명히 남녀가 정사를 하는 소리다.

저 안에는 여자가 없다. 그렇다면……!

와장창!

문이 콜슨의 몸에 맞아 폭발하듯 부서져 흩어졌다.

“이, 이게!”

방 안에는 두 명의 남녀가 실오라기 하나 걸치지 않고 그러안고 있었다. 여자와 남자를 번갈아 보던 콜슨은 모든 것을 알아차렸다. 블랙 클라우드가 놈에게 제압된 것이다.

그런데 놈은 사람이 들어온 것도 모르고 정신없이 블랙 클라우드의 몸을 탐하고 있었다.

“이놈, 죽어라!”

휘익! 퍼엉!

콜슨의 쿠마데가 헤럴드의 잔등을 강타하자 상상할 수 없는 반탄력이 일어나 그대로 날려 버렸다.

“크윽!”

철써덕.

문밖으로 내동댕이쳐진 콜슨은 피를 토하며 방 안을 들여다보았다.

“허억!”

콜슨은 천천히 일어서는 헤럴드를 보고는 전신에 소름이 끼쳤다. 헤럴드의 온몸에는 핏줄들이 툭툭 불거져 나왔고 눈에서는 붉은 핏빛이 야수처럼 뿜어져 나왔다. 그것을 본 순간 콜슨은 온몸이 나른해졌고 거미줄에 걸린 것처럼 꼼짝할 수가 없었다.

"크앙!"

갑자기 헤럴드의 몸이 사라졌다. 그리고는 콜슨은 목이 터져라 비명을 질렀다.

"크악!"

우두둑. 콰지직.

번쩍하는 순간에 콜슨의 앞에 나타난 헤럴드가 그의 목을 무자비하게 비틀고 있었다.

콜슨의 목이 등 뒤로 돌아가고 고통에 못 이겨 눈과 혀가 길게 빠져나왔다.

철써덕.

콜슨의 시체를 집어 던진 헤럴드가 얼굴을 돌렸다. 그건 무서운 마왕의 눈동자였다. 헤럴드의 눈에서 뿜어지는 빛은 사람의 눈이 아니라 검은 심연 속에 있는 마왕의 눈빛 같았다.

"도, 도망쳐라! 마왕이다!"

기겁한 전사들이 무기를 집어 던지고 도망치기 시작하였다. 그러나 발키리들은 하나도 살아날 수 없었다. 헤럴드의 신형이 그들을 덮쳐 갔고 참혹한 도살이 벌어졌다.

손에 걸리면 그대로 찢어졌고 발길에 맞으면 머리가 수박
처럼 터졌다. 그 누구도 막을 수 없는 사신이 지금의 헤럴드
였다.

"크크크."

움직이는 생명체는 모조리 죽여 버리고 온통 시체와 선혈
로 가득한 정원을 둘러본 헤럴드가 핏빛 눈을 번쩍이며 방 안
으로 들어갔다.

스윽.

그리고는 점혈되어 꼼짝도 못하고 누워 있는 이레인을 끌
어당겼다.

"아흑."

헤럴드의 무지막지한 공격에 이레인은 비명을 질렀다. 핏
빛 눈을 번들거리며 헤럴드는 오직 본능적으로 이레인의 몸
을 유린하고 있었다. 그녀의 눈에 눈물이 흘러내렸다. 지금까
지 자신을 지켜주었던 샬롯과 콜슨이다. 아버지 같던 그들이
죽어나가는 소리를 들으면서도 자신은 움직일 수 없었다. 이
제 복수의 방법은 하나뿐이다. 이놈은 마음껏 욕정을 풀고 나
면 미라가 되어 죽을 것이고 자신은 엄청난 마나를 가지게 될
것이다.

이젠 그것으로 위안을 삼을 수밖에 없었다.

'미안해요, 샬롯, 콜슨.'

피와 시체가 널려 있는 괴괴한 정원에 두 사람의 살과 살이

부딪치는 소리가 야릇하게 울려 퍼졌다.

"아흑, 아하."

물밀듯이 밀려들어 오는 거대한 마나는 이레인의 몸과 정신을 천상의 나락으로 밀어 올렸다.

*　　　*　　　*

'이걸 어쩌지?

헤럴드의 머릿속에 있는 골드 드래곤 파흐비츠는 지금 안절부절못하고 있었다. 헤럴드가 정신을 차단하여 바깥 상황을 볼 수는 없지만 알 수는 있었다.

지금 헤럴드의 몸속에서는 플레이너스의 마력과 혼돈의 기가 치열한 싸움을 벌이고 있었다.

그러나 헤럴드가 제정신이 아니어서 혼돈의 기는 힘을 발휘하지 못하고 있었다.

'음, 방법이 없을까?

오랫동안 궁리를 하던 파흐비츠는 결론을 내렸다. 이젠 최후의 방법을 쓸 수밖에 없었다. 이 상태로 헤럴드가 정사를 계속 벌인다면 그 결과는 불 보듯 뻔했다. 온몸을 휘돌고 있는 거대한 마나가 모두 여자에게 넘어가고 헤럴드는 죽을 것이고 저 여자 또한 엄청난 마나를 제어하지 못해 폭발할 것이다.

파흐비츠에게 인간 여자 따위야 죽든 말든 상관이 없지만 헤럴드가 문제였다. 그가 죽는다면 자신도 죽는다. 그렇게 되면 만 년을 기다려 온 동족들의 꿈이 수포로 돌아간다.

'안 돼! 그럴 수는 없지. 네놈이 살아야 드래곤들도 산다.'

캄캄한 머릿속에서 비명처럼 외마디 소리를 지른 파흐비츠가 헤럴드의 정신력을 가늠해 보았다. 지금 상태에서 헤럴드의 기는 쓸 수가 없다. 그러나 정신력을 깨운다면? 그러면 이 상황은 오히려 화가 복이 될 수도 있었다.

파흐비츠가 보기에도 천지심법은 천고의 무공이었다. 그 심법이 운기되면 이레인의 음의 마나를 섭취해 혼돈의 기는 완벽해질 것이고 놈은 한 단계 높은 경지로 오를 것이다.

그러나 정신력을 깨우는 일은 자칫하면 죽음을 동반할 수도 있었다.

'죽으면 너와 나도 함께 없어지겠지. 난 네놈의 정신력을 믿는다. 파워 워드 킬, 위시.'

드래곤 최후의 마법인 위시, 이것은 어떤 소원이든 이루어지는 신의 마법이다. 그러나 파흐비츠도 사람의 정신력을 이용해 펼치기는 처음이었다. 만약 정신력이 약하다면 헤럴드의 뇌는 붕괴될 것이고 그것은 둘 다 파멸에 이르게 될 것이다.

"크으으."

온몸에 땀을 흘리며 짐승처럼 이레인의 몸만 공격하던 헤럴드의 몸이 중풍을 만난 것처럼 흔들렸다. 이미 이레인은 눈을 하얗게 뒤집고 정신을 잃고 있는 상태였다.

‘제발 깨어나라, 이 바보 같은 놈아.’

파흐비츠가 중얼거리며 헤럴드의 뇌를 살피고 있었다.

“으으.”

헤럴드 몸의 진동이 점점 심해졌다. 헤럴드는 지금 꿈을 꾸고 있는 것 같았다. 거대한 화마가 쥬신 공작가를 집어삼키고 사방에 처참하게 죽어가며 지르는 사람들의 비명 소리뿐이다.

촤악! 촤악!

“피하십시오, 공작각하!”

공작가의 기사들이 이를 악물고 몰려드는 적들을 막아서고 온몸이 두 동강 나 쓰러지며 피를 뿌린다. 그것을 보는 아버지의 얼굴에 처절한 눈물이 흘러내린다.

“똑똑히 봐둬라, 헤럴드야. 저놈들이 바로 니힐리스 제국의 기사들이다. 언젠가는 이 원한을 돌려주어야 한다.”

아버지의 가슴과 다리에도 피가 물처럼 흐른다. 놈들의 공격에 더 이상 버틸 힘이 없는 것이다.

“안 돼! 아버지! 안 돼! 죽지 마!”

헤럴드의 피 타는 듯한 목소리에 아버지의 눈에 희망의 빛이 어렸다.

“난 너를 믿는다. 아들아, 이 원한을… 크윽!”

아버지가 힘없이 쓰러진다. 헤럴드는 벌떡 일어섰다.

"으아악! 모두 죽여 버릴 테다!"

그런데 이게 웬일인가? 흐릿한 불빛 사이로 온몸이 자꾸만 빨려 들어간다. 그리고 아름다운 여자가 미소를 지으며 생글거린다.

"저건 이레인?"

갑자기 이레인의 얼굴이 크게 확대되더니 머리에 뿔이 나 있는 마족의 형상으로 덤벼들었다.

"죽인다, 헤럴드. 우리 마계의 만년대업을 네놈이 망치고 있으니 살려둘 수가 없다. 크아앙!"

마왕이 달려들어 자신의 몸을 칭칭 휘감는다. 거대한 흑색의 몸뚱이에 날개가 달린 코아틀(전설의 거대한 뱀)이 온몸을 휘감고 조여든다.

"크으."

헤럴드는 온몸의 기가 코아틀에게 빠져나가는 감을 느꼈다.

"안 돼! 네놈에게 질 수 없어. 난 복수를 해야 한단 말이다."

이를 악물고 중얼거린 헤럴드가 천지심법의 구결을 읊조렸다. 그러자 코아틀이 흠칫했다. 혼돈의 기가 몸속을 회전하며 세맥 속에 잠들어 있던 모든 잠력을 격발시켰고 무서운 힘으로 대항하기 시작하였다.

"흥, 어림도 없다. 나는 마왕 플레이너스의 힘을 받은 코아틀이다. 죽어라, 숙적."

점점 조여드는 힘이 강해졌다. 헤럴드는 지그시 이를 악물고 운기에 배가의 힘을 더했다.

꿈속처럼 정신이 몽롱한 속에 헤럴드의 몸에 아지랑이 같은 빛이 감싸고돌기 시작했다. 온몸에 잠들어 있던 혼돈의 기가 깨어나 무서운 속도로 마력을 흡수하고 있었다.

쿠쿠쿠쿠!

잠에서 깨어난 혼돈의 기는 무서웠다. 순식간에 마왕 플레이너스의 마력을 집어삼켰고 이레인의 몸속을 휘돌며 음기를 흡수하기 시작하였다. 그리고 그것에 그친 것이 아니었다.

온몸을 감고 돌던 혼돈의 기는 주변의 모든 마나를 빨아들이기 시작하였다.

퍼엉! 콰콰콰콰!

헤럴드의 목에 걸려 있던 차이데루의 지팡이가 혼돈의 기에 대항하다 폭발을 일으키며 12색의 빛이 쏟아져 나왔다. 그것은 차이데루의 지팡이에 봉인되어 있던 드래곤들의 거대한 마나였다.

쿠아아!

12색의 마나의 폭풍이 쏟아지자 방 안의 모든 것이 터져 나갔다. 뽀얗게 비산하는 마나의 폭풍 속에서 헤럴드의 몸이 12색의 빛에 싸여 천천히 공중으로 떠올랐다.

　그리고 온몸의 허물이 벗어지고 새로운 피부가 돋아나기 시작하였다. 드디어 천지심법이 12성에 도달하면서 환골탈태를 시작한 것이다.

　'이, 이런. 마나의 봉인이 열렸다. 이 빌어먹을 자식아!'

　헤럴드의 머릿속에서 상황을 감지하고 있던 파흐비츠가 비명을 질렀다. 저 마나가 모조리 헤럴드의 몸속으로 흡수됐으니 파흐비츠는 더 이상 세상에 나올 수가 없었다.

　차이데루의 지팡이 속에 있는 마나는 파흐비츠가 다시 태어날 수 있는 힘의 원천이었고 드래곤들을 깨울 수 있는 열쇠였다. 이제 파흐비츠는 영원히 헤럴드의 몸을 떠날 수 없는 것은 물론 종속되게 되었다.

　'끄어억.'

　파흐비츠가 너무도 극심한 정신적 타격으로 그만 기절하고 말았다.

　"이게 어떻게 된 일이지?!"

　헤럴드는 눈을 뜨고 주위를 둘러보았다. 자신의 몸은 벌거벗은 상태고 온 정원에 시체가 널려 있었다. 그제야 헤럴드는 상황이 인식되기 시작하였다.

　"그래, 난 그 이상한 기운 때문에 운기를 하였었지!"

　그 후는 잘 떠오르지 않았다. 마치 꿈을 꾼 기분이었다. 그러나 꿈속에서 만났던 여인은 눈에 선명하게 떠오른다.

　"그녀는 분명 지부장 이레인이었는데……."

지붕이 날아간 방 안을 스윽 둘러보던 헤럴드의 눈이 커졌다. 온몸에 실오라기 하나 없는 이레인이 한쪽에 쓰러져 있었다.

"이건 설마?!"

이레인의 몸에 가득한 피멍, 그리고 하체를 물들인 붉은 피! 헤럴드는 자신의 몸을 내려다보았다. 자신도 벌거벗은 상태다. 헤럴드는 다시 한 번 정신을 가다듬었다.

"이럴 수가! 그렇다면 내가?"

헤럴드는 급히 이레인에게 다가갔다. 저 여자는 자신이 저렇게 만든 것이 분명했다.

황급히 다가가 맥을 짚어보니 다행히 숨은 쉬고 있었다. 그러나 온몸의 마나가 극히 불안정한 상태였다. 그럴 수밖에 없는 것이, 그녀의 음기는 거의가 헤럴드의 기와 혼합이 되었고 상상할 수 없는 혼돈의 기가 몸속에서 소용돌이치고 있었기 때문이다.

"그렇군. 내 운기가 이 여자의 몸까지 변화시켰어."

문제는 이 여자가 자신의 힘으로는 이 힘을 진정시킬 수가 없다는 것이다. 헤럴드는 그녀의 등에 손을 붙였다. 아무리 자신을 죽이려 했다고 해도 이 여자 때문에 기연을 얻은 셈이었다. 헤럴드는 지금 그랜드 마스터 최상급에 이르렀고 온몸이 솜털처럼 가벼워져 있었다.

"네가 나를 살려줬으니 나 역시 너를 살려준다."

헤럴드의 몸에서 일어난 혼돈의 기가 이레인의 몸으로 들어가 날뛰는 그녀의 마나를 자리 잡아주기 시작하였다. 이제 헤럴드는 마음만 먹으면 저절로 기가 발동되는 상태에 이르러 있었다.

"으으."

이레인의 입에서 가는 신음 소리가 새어 나왔다. 그녀의 꽃술 같은 눈썹이 번쩍 뜨여지더니 헤럴드를 멍하니 바라보았다.

"이제 정신이 들었다면 옷을 입으시오."

헤럴드의 말에 멍하니 쳐다보던 이레인이 후다닥 일어섰다.

"아흑."

그녀가 풀썩 주저앉으며 비명을 질렀다. 하체가 어떻게 된 것인지 걸을 수가 없었다.

그때야 그녀는 간밤의 일이 떠올랐다. 이레인의 이빨이 오도독 소리를 내며 갈렸다.

저놈에게 순결을 잃었고 샬롯과 콜슨이 죽었다. 이레인의 눈에 지독한 살기가 어렸다.

"죽어, 이 색마!"

이레인의 신형이 번개처럼 날아들며 두 손이 뿌연 원을 그리며 헤럴드의 몸을 강타했다. 그런데 그녀의 손에 은은한 12색의 오러 블레이드가 이글거렸다. 헤럴드의 혼돈의 기가 그녀의 마나를 모두 바꾸어 버렸기 때문이었다.

퍼엉!

"악!"

하지만 헤럴드의 몸을 격타한 이레인은 강력한 반탄력에 그대로 튕겨져 나갔다.

그녀의 눈이 둥그레졌다. 헤럴드의 몸을 둘러싼 찬연한 강기가 순식간에 나타났다 사라지는 것이 보였다. 그건 스스로 몸을 보호하는 혼돈의 기였다.

"저건 오러막!"

이레인은 너무도 놀라운 사실에 입만 벙끗거렸다. 오러막이라니, 생각만 해도 놀라운 사실이었다. 천지심법이 12성에 오르면서 몸 자체가 반응하는 경지가 되었다.

헤럴드가 멍해 바라보는 이레인을 보며 입을 열었다.

"네가 누군지, 왜 나를 죽이려 했는지 묻지 않겠다. 그러나 다시는 내 앞에 나타나지 마라. 이번에는 서로 주고받은 셈이니 보내주지만 다음에 만나면 용서하지 않는다."

헤럴드가 말을 끝내고 정원으로 걸어가자 이레인은 입술을 잘근잘근 씹었다. 죽이고 싶은데 자신의 능력으로는 어림도 없었다. 그녀가 악이 받친 소리를 질렀다.

"언제든지 너를 죽이고 말 거야! 기억해 둬! 난 검은 탑의 블랙 클라우드다!"

헤럴드가 멈칫 서더니 고개도 돌리지 않은 채 입을 열었다.

"기억해 두지. 그리고 어쨌든 고맙다."

그리고는 쓰러져 있는 레나를 안아 일으켰다. 그것을 본 이레인은 눈물이 핑 돌았다. 왜서인지 그의 품에 안겨 있는 레나가 미웠다.

"이잇!"

이레인은 뻐근한 하체의 통증을 참아내며 푸름푸름 밝아오는 어둠 속으로 몸을 날렸다. 이를 악물고 달리는 그녀의 눈에서 맑은 이슬이 줄줄이 흘러내렸다. 레나를 일으켜 안은 헤럴드는 뽀얀 눈가루를 날리며 사라져 가는 그녀를 복잡한 시선으로 바라보았다.

*   *   *

하얀 눈으로 덮인 이른 아침, 아이스 왕국의 주도 테오코름 시의 정적을 깨며 두 필의 말이 교외로 달려가고 있었다. 질풍처럼 달려가는 말 위에서 검은 가죽옷을 입은 아름다운 아가씨의 은발 머리가 햇빛에 빛을 뿌리고 있었다.

"그런데 오빠, 그 여우가 왜 우릴 죽이지 않고 그냥 갔지?"

말을 타고 달리는 두 사람은 헤럴드와 레나였다. 정신을 차린 순간부터 레나는 뭐가 이상한지 꼬치꼬치 캐묻는다.

"글쎄, 정신을 차리고 보니 아무도 없었어."

헤럴드는 아까부터 묻는 레나의 말에 이렇게 대답하곤 했

다. 그런 헤럴드를 레나는 의심쩍은 눈초리로 힐끔 쳐다보았
다.

'그 여우가 왜 그냥 갔을까?

레나는 아무래도 이상했다. 자신들을 죽이려고 했던 여자
다. 그런데 부하들을 다 죽이고 왜 도망쳤는지 레나로서는 이
해가 안 되었다. 분명 뭔가 일이 생긴 것은 맞는 것 같은데 오
빠는 모르쇠를 놓고 있었다.

두다닥. 두다닥.

머리를 흔드는 레나의 눈앞에 거대한 백색의 성이 들어오
기 시작하였다. 바로 저곳이 이곳 테오코름 시에 둥지를 틀고
있는 데몬 전사단의 본부다.

"오빠, 바로 칠 거야?"

"그래, 받았으면 돌려줘야지."

헤럴드가 문 앞에 서 있는 데몬 전사들을 보며 말에 박차를
가했다.

"쩌어~"

두두두두!

"하아~ 쩌어."

헤럴드의 뒤로 레나가 힘차게 말에 박차를 가하는 소리가
들렸다. 데몬 전사단의 성문이 점점 크게 확대되어 다가왔다.
성문 앞에 있던 두 명의 파수가 검을 앞으로 쳐들었다.

"서라. 누군지 신분을 밝혀라."

데몬 전사가 앞으로 나서자 헤럴드의 얼굴에 싸늘한 기운이 어렸다.

투루륵. 투루르.

맹렬하게 달려온 말들이 투레질을 하는 소리가 정적을 깨 버렸다.

"나는 헤럴드 후작이다. 너희 데몬 전사단장에게 전하라, 나 헤럴드가 데몬 전사단에 죄를 물으려 왔다고."

헤럴드의 말에 파수를 서고 있던 두 명의 전사가 흠칫 뒤로 물러섰다. 저자가 그 이름도 유명한 타판파스 동부의 헤럴드 후작이라고 한다.

"겨, 결투?!"

두 전사의 눈이 서로를 쳐다보았다. 그들의 얼굴에 황당하다는 기색이 역력히 비쳤다. 겨우 둘이 와서 결투를 하겠단다. 그것도 한 명은 아직 어린 아가씨다.

"크크크, 하하하!"

두 전사는 이빨을 드러내고 크게 웃음을 터뜨렸다. 이것들은 이름을 날리고 싶어하는 햇병아리 기사들 같았다. 아니면 어느 철모르는 귀족의 자제일 수도 있었다.

이따금, 정말 이따끔이지만 귀족의 자식들이 기사수업을 한다고 대결을 주장하며 올 때도 있었다. 그러나 그들은 모두 반병신이 되어 돌아갔다.

그만큼 데몬 전사단은 이름이 높았고 실력도 있었다.

"어이, 귀족으로 호강하면서 살고 싶으면 돌아가라. 여긴 데몬 전사단이야."

한 전사가 호통을 치자 다른 전사가 흔들거리며 레나를 음탕한 눈으로 쳐다보았다.

"이봐, 아가씨. 괜히 겉멋만 든 저런 녀석을 따라다니다 험한 꼴을 보고 싶지 않으면 돌아가. 여긴 굶주린 남자들이 좀 많거든. 알겠나?"

전사들의 말에 레나의 얼굴에 분기가 떠올랐다. 이것들이 좋게 하려고 했더니 감히 오빠를 우습게 알고 있다. 그녀의 손에 각궁이 쥐어졌다.

작고 깜찍한 궁을 손에 드는 것을 본 전사들은 너털웃음을 터뜨렸다.

"흐흐흐! 레이디, 그 활로 쥐새끼나 잡겠수?"

"그러게 말야. 히히히."

그들이 몸을 흔들며 웃는 것을 보고 있던 레나의 손이 활의 시위를 잡아당겼다. 그때 헤럴드의 말소리가 들렸다.

"레나, 성문을 파괴해."

그냥 두면 저들은 레나의 활에 맞아 새카맣게 타버릴지도 몰랐다. 레나는 충분히 그렇게 하고도 남을 여자였다.

"오빠 때문에 산 줄 알아, 어리석은 놈들. 천지뇌폭시(天地雷爆矢)."

조용하게 중얼거린 레나가 화살의 방향을 성문 쪽으로 돌리고는 활시위를 놓았다.

"저것 봐. 활로 성문을 쏘는구만. 크크크."

"글쎄 말이… 으응?"

키득거리며 비웃고 있던 두 전사의 얼굴이 하얗게 질렸다. 갑자기 주변의 공기가 일렁이고 귀청이 터질 듯한 우렛소리가 터진 것이다.

우르릉! 콰콰콰콰! 쏴와악!

새파란 빛과 천둥소리를 동반한 뇌전시가 벼락처럼 성문을 향해 날아갔다. 그리고 푸른 섬광과 함께 무서운 폭발이 일어났다.

콰콰쾅! 콰쾅!

뇌폭시에 맞은 성문이 굉음을 울리며 터져 나갔고 부서진 성문의 파편들이 하늘 높이 비산하였다. 그것을 본 두 전사는 온몸이 굳어져 부들부들 떨었다.

그들의 퀭하니 풀린 눈동자에 드래곤을 만난 것 같은 공포가 어렸고 침이 질질 흐르는 입에서 한마디 말이 흘러나왔다.

"뇌전의 궁사 레나!"

"으악! 뇌전의 궁사다!"

두 전사가 퀭해서 부르짖는 그 순간, 폭발 소리에 잠에서 깨어난 파수막의 전사들이 달려나왔다.

"뭐, 뭐야?"

뽀얀 연기가 가라앉고 공중으로 날아올랐던 성문의 부서

진 파편들이 후드득 소리를 내며 떨어져 내리는 것이 보였다.

"세, 세상에?!"

전사단의 성을 언제나 든든하게 막고 있던 성문이 있던 자리에는 휑하니 뚫린 자리만 보였고 찢겨지고 조각난 잔해들만 사방에 떨어져 내리고 있었다.

파수장이 말을 타고 있는 한 쌍의 남녀를 바라보았다. 햇빛에 은발이 찬연히 빛나는 저 여자가 뇌전의 궁사라면 저 남자는 분명 광풍의 전사 헤럴드일 것이다.

"이, 이건 너무한 것 아니오?"

"흥! 뭐가 너무하지? 너희 데몬 전사단은 키메라들을 동원해 오빠와 나를 죽이려고 했다. 모두 죽여 버릴까 하다가 사정을 봐주었어. 당장 달려가 우리가 왔다고 전해라."

레나의 서릿발 돋은 말에 파수장은 몸을 부르르 떨었다. 참으로 광오한 말이었다.

세상 누가 감히 데몬 전사단에 와서 이런 소리를 거리낌없이 할 수 있을까? 없을 것이다.

그런데 이자들은 단 두 명이 와서 당당하게 외치고 있었다. 파수장은 울컥하는 분노가 목구멍까지 올라왔지만 이를 악물고 참았다. 들리는 소문이 사실이라면 자신들로는 이들을 당할 수가 없다. 그리고 대체 무엇으로 저 성문을 파괴했는지 아직 알 수가 없었다.

"당신들이 결투를 하러 왔다면 여기서 기다리시오. 안에 보고를 하겠소."

"아니, 난 결투를 하러 온 것이 아니라 데몬 전사단을 세상에서 지우려고 왔다. 가자, 레나."

"예, 오빠."

두 필의 말이 성을 향해 다가오자 파수장이 검을 뽑아 들었다. 저 사람이 아무리 무서운 광풍의 전사라고 해도 여기를 통과시킬 수는 없었다.

"저들을 막아라! 으힛!"

소리치던 파수장은 기겁한 비명을 질렀다. 갑자기 자신의 몸이 줄에 묶인 것처럼 붕 떠오르더니 그대로 날아갔다. 파수장의 공포에 질린 눈에 헤럴드의 손아귀가 보였다.

터억!

"커컥!"

헤럴드의 허공섭물에 끌려와 목을 잡힌 파수장의 얼굴이 하얗게 질렸고 전사들은 바짓가랑이 사이로 오줌을 지렸다. 저자가 손을 들어 당기자 파수장이 횡하니 날아가 목을 잡혔다.

그들은 데몬 전사단에 있는 소드 마스터들의 싸움도 봤지만 이런 것은 태어나 처음이었다.

데몬 전사들은 숨도 제대로 못 쉬고 온몸이 굳어져 있었다.

"다시 덤비면 네 목을 부러뜨린다. 명심하도록."

휘익! 철써덕!

“쿨럭, 쿨럭.”

헤럴드가 집어 던지는 바람에 눈 바닥에 떨어진 파수장은 그제야 막혔던 숨을 쉬며 연신 콜록거렸다.

두거덕, 두거덕.

헤럴드와 레나가 탄 말이 그들의 앞을 지나 성안으로 들어갔다. 다리맥이 일시에 풀려 버린 전사들이 스르르 주저앉았다. 마치 드래곤의 입에 들어갔다가 살아난 기분이었다.

그들은 멍한 눈으로 말을 타고 들어가는 두 남녀를 바라보았다.

“히익!”

갑자기 안으로 들어가던 레나가 목을 홱 돌려 바라보자 전사들은 기겁하여 머리를 돌려 버렸다. 온몸에 오한이 들고 식은땀이 순식간에 솟구쳐 올랐다.

“짜식들, 그러게 왜 까불어.”

레나는 전사들이 주저앉아 있는 것을 보고는 쌩긋 웃었다. 왠지 기분이 좋아서 얼굴을 돌리던 레나의 손이 각궁을 잡았다. 사방에서 붉은 갑주를 입은 자들이 쏟아져 나오고 있었다.

뎅뎅뎅!

저 멀리서 은은한 종소리가 울린다. 아마도 데몬 전사단의 비상을 알리는 소리 같았다.

“네놈들은 누구냐? 감히 데몬 전사단의 성문을 부수고 들어오다니, 죽으려고 환장했구나."

성안으로 들어서니 거대한 광장이 나왔다. 평시에 전사들이 모이는 곳이고 데몬 전사단이 수련을 할 때면 사용하는 연무장이다. 지금 그곳에 300~400명의 전사들이 서슬 푸른 눈동자를 굴리며 두 남녀를 쏘아보고 있었다.

"난 헤럴드 후작이다. 너희들에게 목숨 값을 받으러 왔으니 전사단장을 나오라고 해라."

"그 입 닥쳐라! 네가 아무리 광풍의 전사라고 하지만 이곳은 데몬 전사단이다! 그리고 우리 단장님은 아무나 만날 수 없다!"

몸집이 오거처럼 커다란 자가 앞에 나서서 바스타드 소드를 들고 소리를 지르는 것을 본 헤럴드의 몸에서 차가운 기운이 뿜어졌다.

지금 이곳에 있는 자들은 겨우 2급의 전사들뿐, 진짜 적은 눈에 보이지 않는 곳에 숨어 있는 키메라들인 발키리 전사들이다. 헤럴드의 몸에서 쏟아지는 살기가 더욱 강해져 갔다.

"개를 두들기면 주인이 나오겠지."

헤럴드의 말에 커다란 덩치를 자랑하는 수련교관이 검을 쳐들었다. 이놈이 지금 자신의 전사단장을 모욕하고 있었다. 그도 소문으로 광풍의 전사가 강하다는 소리를 들었지만 코웃음을 쳤다. 사람이 아무리 강해도 이 많은 전사들을 감당할 수는 없는 것이다.

게다가 자신들의 뒤에는 상급의 발키리 전사들이 있다. 두려울 것이 하나도 없었다.

그가 앞으로 달려나왔다.

"네놈이 감히 단장님을 모욕하다니, 단칼에 베어주마! 이얏!"

수련교관이 휘두르는 바스타드 소드가 뿌연 원을 그리며 날아들었다. 커다란 검날이 헤럴드의 머리를 향해 짓쳐들어왔다.

콰드득!

"헉!"

수련교관은 그만 기겁하였다. 머리로 떨어지는 바스타드 소드를 보며 방금 전까지 쾌재를 부르던 그의 눈이 커졌다. 바스타드 소드가 머리를 내리찍는 순간에 왼손이 올라와서 검을 쳐냈는데 그렇게 강도가 강한 검이 유리처럼 부서져 내렸다.

그러나 수련교관은 더 이상 생각을 할 새가 없었다. 헤럴드의 주먹이 면상을 후려갈겼던 것이다.

"크악!"

목이 터지는 듯한 비명을 지르며 수련교관의 오거 같은 몸이 횡하니 날아갔다.

철써덕. 쿠웅!

전사들의 앞에 날아와 떨어진 수련교관이 피를 울컥 토하더니 그대로 쓰러져 버렸다.

데몬 전사들은 부르르 몸을 떨었다. 자신들을 가르치던 수련교관이 찍소리도 지르지 못하고 죽었다. 그들도 광풍의 전사가 어떤 사람인지를 잘 알고 있었다.

달려들어야 달걀로 바위 치는 격, 그들의 눈이 힐끔힐끔 뒤를 돌아보았다.

"더 보겠는가? 이들이 모두 죽어야 나오겠는가?"

헤럴드의 내공을 실은 잔잔한 말소리가 모든 전사들의 귀에 또렷하게 들렸다.

"크하하, 역시 광풍의 전사! 하나 너는 이곳에 잘못 왔다!"

귀를 울리는 광량한 소리와 함께 건물 위에서 5명의 사람이 날아내렸다. 그들의 몸에서 하나같이 위맹한 기세가 풍겨 왔다.

"골드 전사들이시다!"

그들이 날아내려 오자 전사들의 입에서 감탄사가 터져 나오고 안도의 빛이 어렸다. 골드 전사는 데몬 전사단의 후원에 있는 금지 구역에서 살고 있는 데몬 전사단의 원로들이었다.

하나하나가 소드 마스터 중급 이상이고 실질적인 데몬 전사단의 힘이다. 일명 골드 전사라고 부르는 저들이 나선 이상 광풍의 전사는 오늘이 제삿날이었다.

척척척!

그들뿐이 아니었다. 붉은 갑주를 몸에 걸치고 음울한 기운을 사방에 뿌리는 300여 명의 전사들이 무표정한 모습으로 광장을 둘러쌌다. 바로 상급의 발키리들이었다.

그들의 몸에서 쏟아져 나오는 괴이한 기운이 주변을 싸늘하게 냉각시켰다.

"오늘 광풍의 전사의 신화는 여기서 끝나게 될 것이다."

얼굴에 주름살이 가득하고 눈알에서 검은 기운이 물씬 풍기는 노인이 한 발 앞으로 나서며 롱 소드를 쳐들었다. 그의 검에서 검은 오러 블레이드가 선명한 빛을 발하며 3미터나 솟아올랐다. 최소한 소드 마스터 상급 이상이다.

"그건 두고 보면 알 일이고, 다 함께 덤비겠나? 당신들의 힘만으로는 부족할 텐데……."

헤럴드가 발키리 전사들을 보며 하는 말에 골드 전사 위타킨은 화가 머리끝까지 솟구쳤다.

감히 자신들을 보고 저따위 키메라들과 합공하라고 하다니, 이건 자신들 골드 전사에 대한 모욕이었다.

"재미있는 아이로구나. 내가 130년을 살면서 너 같은 애는 처음 보았다. 그러나 너는 나 혼자서도 충분하다."

위타킨이 앞으로 나서려는 순간, 마나 메시지가 전해졌다.

'혼자서는 안 되오. 합공하시오.'

부하들의 뒤에 숨어 있는 감찰관 세이드의 마나 메시지였다. 위타킨의 얼굴이 보기 싫게 일그러졌다. 감히 자기를 보고 이래라저래라 하다니, 위타킨의 불을 뿜는 것 같은 눈이 뒤로 돌아갔다.

"감찰관 세이드, 착각하지 마라. 우리 형제들은 너의 부하도 아니고 검은 탑의 명령을 받는 처지에 있지도 않다. 한 번만 더 나서면 너부터 베어버리겠다."

위타킨의 비수 같은 말에 세이드는 그만 꿀 먹은 벙어리가 되었다. 위타킨의 말대로 저들 5형제는 검은 탑의 부하가 아니다. 지금으로부터 60년 전, 저들은 아케이드 전사단과의 싸움에서 중상을 입었고 그 보답으로 60년 동안 데몬 전사단을 지켜주었다.

저들이 떠나간다고 하여도 막을 사람도 없었고 막을 수도 없었다.

'빌어먹을 늙다리들.'

세이드가 찍소리도 못하자 위타킨은 머리를 돌렸다.

"자, 그럼 우리 한번 겨루어보지."

말이 끝나는 순간 위타킨의 몸이 헤럴드를 향해 날아올랐다.

쏴악.

바람을 가르는 날카로운 소리와 함께 검은 오러 블레이드가 빨랫줄이 뻗어나가듯 쇄도해 들었다. 헤럴드의 몸이 말 위에서 날아올랐고 날아드는 오러 블레이드들을 주먹으로 마주쳐 갔다.

"쯧쯧."

위타킨은 혀를 찼다. 광풍의 전사 헤럴드라고 하여 한번 원 없이 싸워보자고 이 자리에 나왔다. 본래 검은 탑에 몸을 의탁할 때 30년간 빚을 갚기로 했고 이제 그 기간이 끝난 지도 어언 30년이나 되었다. 그동안 매일같이 수련을 하여 소드 마스터 최상급에 이르렀지만 적수가 없었다. 그러다가 오늘 광풍의 전사가 쳐들어온다는 소식을 듣고 기쁘게 달려왔다.

그런데 저자는 강철도 무처럼 베어버리는 오러 블레이드를 주먹으로 쳐내려고 하고 있었다.

그가 아무리 강해도 오러 블레이드를 이길 수는 없었다. 아무래도 소문이 잘못된 것 같았다.

위타킨이 오러 블레이드를 거두어들이려고 할 때였다.

"어엇?!"

헤럴드의 신형이 갑자기 눈앞에 나타나더니 그대로 오러 블레이드를 들이쳤다. 위타킨은 그만 아연했다. 어찌나 빠른지 미처 오러 블레이드를 거두어들일 새도 없었다.

콰콰쾅! 콰쾅!

주먹과 부딪친 오러 블레이드가 폭발하며 사방으로 불꽃을 튕겨냈다. 주변의 공기가 연속으로 들이치는 오러 블레이드의 폭발로 일그러지고 모든 것을 휩쓸어 버렸다.

'강자다!'

위타킨은 자신의 모든 힘을 개방하였다. 처음 보았던 것과는 달리 헤럴드는 강자였다. 인간의 살로 된 주먹으로 오러 블레이드를 쳐내고 그 무서운 폭발 속에서도 끄떡없었다.

"역시 강자로군. 좋아, 이제부터 나도 최선을 다하지."

말이 끝나는 순간 위타킨의 롱 소드가 수십 개로 분열하며 헤럴드의 전신을 찔러 들어왔다.

마치 수십 수백 개의 검이 빽빽이 공격해 들어오는 것 같았다. 그러나 헤럴드의 무표정한 얼굴은 여전하였다.

쏴아악! 촤자작!

공기가 너무도 빠른 검의 공격에 비단 필이 찢어지는 듯한 비명을 지르고 헤럴드는 검의 물결 속에 휩쓸리는 것 같았다. 부하들의 뒤에서 보고 있던 감찰관 세이드는 환성을 질렀다.

수십 개의 검이 헤럴드의 전신을 난자하는 것이 보였다.

"역시!"

감탄을 하던 세이드의 눈이 둥그레졌다. 검에 찔린 헤럴드의 몸이 스르륵 사라져 버리는 것이 아닌가?

"응? 저게 뭐지?"

세이드가 얼떨떨해서 보는 사이에 헤럴드의 신형이 다시 나타났다.

"대단하군. 그렇게 빠르게 움직이다니. 또 간다."

위타킨이 진심으로 감탄하며 맹렬한 속도로 달려갔다. 위타킨의 신형이 수십 개로 나타나며 온 광장을 에워싸고 헤럴드를 공격했다. 그건 수십 명의 위타킨이 포위한 것 같았다.

"우와~!!"

마나의 파동 때문에 멀찍이 떨어져서 보고 있던 데몬 전사들이 환성을 질렀다. 지금의 검술은 하급전사들인 그들이 보기에 상상을 초월하는 실력이었다.

하지만 검갑을 쥔 채 보고 있는 위타킨의 형제들은 얼굴을 일그러뜨리고 있었다. 그들의 눈에 보인 헤럴드는 간단한 움직임만으로 자신들의 대형인 위타킨의 모든 공격을 피해내고 있었다. 단 한 번도 공격을 한 적이 없었다. 만약 그가 공격을 한다면? 생각만 해도 끔찍하였다.

대형의 빠름은 여기 있는 그 누구도 따르지 못한다. 그런데 저자는 여유있게 피하고 있었다.

아니나 다를까, 번쩍이는 오러 블레이드 속으로 헤럴드의 주먹이 곧추 내지르는 것이 보였다.

"피하시오, 형님!"

위타킨의 결의형제들 중에 첫째인 위나타가 맹렬한 속도로 뛰어들었다.

콰쾅! 콰앙!

"컥, 쿨럭!"

폭음이 일고 먼지가 뿌옇게 소용돌이치는 곳에서 두 명의 사람이 튕겨져 나왔다. 바닥에 내동댕이쳐진 두 사람이 쿨럭거리며 입으로 피를 쏟아냈다.

"크윽, 대단하군. 우리 둘을 동시에 쳐내다니!"

위타킨은 검을 짚고 자리에서 일어서며 머리를 흔들었다.

저 남자는 자신들이 상대할 수 없는 강자였다.

"자넨 그랜드 마스터가 틀림없군. 우리가 졌네."

위타킨의 말에 광장이 조용해졌다. 특히 데몬 전사들의 충격은 말 못할 지경이었다.

그랜드 마스터라니! 전설에 의하면 그랜드 마스터는 드래곤과도 맞짱을 뜬다고 한다. 그렇다면 자신들 같은 하급전사들 수천 명이 달려들어도 저 사람에게는 상대가 안 된다. 그들의 눈에는 공포가 짙게 어렸고 레나는 자랑스러운 얼굴로 헤럴드를 쳐다보았다.

"당신들도 대단하였소. 검은 탑과 관계없다면 당신들과의 싸움은 이것으로 끝냈으면 하는데, 어떻게 하겠소?"

헤럴드의 말에 위타킨이 동생들을 돌아보았다. 동생들이 머리를 끄덕이자 위타킨의 얼굴이 밝아졌다. 동생들의 뜻을 짐작한 것이다.

"자네가 우리를 보내준다면 우린 이곳을 떠나겠네. 그렇게 해줄 수 있는가?"

헤럴드가 다섯 명을 둘러보고는 고개를 끄덕였다.

"가시오. 나는 저들과 빚진 것을 청산해야 하오."

"고맙네. 우린 그만 가자."

위타킨의 말에 동생들이 옆으로 모여들었다.

"예, 형님. 이젠 세상 구경이나 합시다."

그들이 걸음을 옮기려고 하는 순간이었다.

"감히 검은 탑을 배신하려고 하다니, 너희들은 가지 못한
다!"

감찰관 세이드가 어느새 발키리 전사들의 뒤에 서서 소리
를 지르고 있었다. 그것을 본 위타킨이 머리를 흔들었다. 그
리고는 무겁게 입을 열었다.

"세이드, 우리를 막지 마라. 너희들과 우리는 계약이 끝났
다."

"흥, 어림도 없는 소리! 너희들은 살아서도 검은 탑 사람이
고 죽어서도 검은 탑 사람이다! 배신을 한다면 그 값을 치르
게 해주지! 아유시리 헤메즈타(깨어나라, 깨어나)."

세이드가 이상한 단어를 읊조리자 어이없어 웃던 위타킨
과 동생들이 전신을 부르르 떨기 시작하였다. 그리고 온몸을
비틀며 괴롭게 몸을 뒤틀었다. 그건 참을 수 없는 무서운 고
통이었다.

"크으윽, 이건 마계의 종속충!"

"끄윽, 간교한 놈들."

다섯 명이 온몸을 뒤틀자 세이드가 너털웃음을 지었다.

"크하하, 우리가 네놈들을 그냥 먹이고 입힌 줄 아느냐! 네
놈들의 몸에는 이미 종속충이 들어 있었고 배신을 한다면 이
렇게 죽이라는 마스터의 명이 있었다. 잘 가라."

세이드가 번들거리는 눈을 들어 헤럴드를 쳐다보았다. 그
의 눈에는 원한이 가득 차 있었다.

저놈을 죽이지 못하면 자신도 종속충에 의해 죽는다. 임무에 실패하면 마스터는 자신을 키메라로 만들 것이고 그건 피할 수 없는 운명이었다.

"살려둘 수 없는 놈이로군. 레나, 저들을 지켜."

"알았어, 오빠."

레나가 활을 쥐고 온몸을 비틀며 하얀 거품을 토하고 있는 위타킨과 그의 형제들 앞을 지켜 섰다.

"자, 얘들아, 저놈을 죽여라. 갈가리 찢어버려라."

세이드의 명이 떨어지자 무표정한 발키리들이 천천히 다가오기 시작하였다. 그들이 뽑아 든 검에서 붉은 마나 블레이드가 주변을 환히 밝히며 이글이글 타올랐다.

척척척!

둥그런 원진을 형성한 그들의 몸에서 싸늘하고 음울한 기운이 대지를 적셔온다.

"모두 없애주마. 마계의 희생물들을. 비주연환탄."

헤럴드의 양손에서 솟아난 구슬들이 허공으로 두둥실 떠올랐다. 10개, 20개, 50개. 12색의 빛을 뿌리며 솟아오른 둥근 보석 같은 구슬들이 헤럴드를 휘감고 빙빙 돌아갔다.

"저, 저건?!"

헤럴드는 찬란한 빛을 뿌리는 신계의 대천사 같았다. 주위가 온통 환해지고 데몬 전사들은 입을 쩍 벌리고 바라보았다.

하지만 저 구슬들은 무서운 살상무기였다.

“가라.”

헤럴드의 손이 붉은 갑주들을 가리키자 빙빙 돌아가던 구슬들이 맹렬한 속도로 날아갔다.

쐐애액! 쐐액!

“저, 저저……?”

눈이 둥그레진 세이드가 기겁한 소리를 지르는 사이에 발키리들에게 쇄도한 구슬들이 부딪치는 소리가 들렸다.

퍽퍽퍽.

키액. 킥킥.

구슬들이 발키리들의 머리를 관통하자 어이없는 일이 벌어졌다. 창칼에도 잘리지 않는 발키리들이 허무하게 무너져 내리기 시작하였다.

철썩! 쿠웅!

앞에 선 발키리들부터 썩은 울바자가 넘어지듯 우수수 쓰러지자 세이드는 턱을 덜덜 떨었다.

그가 눈을 까뒤집고 소리쳤다.

“모두 한꺼번에 달려라! 모두!”

화다닥. 타다닥.

앞줄이 연이어 쓰러지고 있지만 발키리들은 명받은 대로 한꺼번에 달려오기 시작하였다.

그러나 헤럴드의 사방 10미터를 빙빙 돌고 있는 구슬들은 용서가 없었다. 누구든 그 안에 들어서는 자는 그대로 공격해 들어갔다. 발키리들이 계속 쓰러지고 그들이 흘리는 푸른 피에서 썩은 시궁창 냄새가 지독하게 풍겨왔다.

"안 되겠어. 모두 태워 버려야지."

헤럴드는 죽어도 달려드는 키메라들을 보고 생각을 바꿨다. 이번 기회를 이용하여 비주탄의 성능을 시험해 봤지만 저들이 흘리는 썩은 냄새 때문에 참을 수가 없었다.

그가 화격을 시전하려고 하는 순간이었다. 두 손을 높이 쳐든 세이드의 고함 소리가 들렸다.

"터져라! 터져라!"

그리고 끔찍한 일이 벌어졌다.

콰앙! 콰앙! 콰앙!

달려들던 발키리들의 몸이 그대로 폭발을 일으켰고 쓰러져 겹겹이 쌓여 있던 키메라들도 대폭발을 일으켰다.

콰콰쾅! 콰쾅!

"아하하! 이놈 죽어라! 이건 몰랐지? 으하하!"

키메라들이 폭발하며 뼈와 살점들이 날카로운 파편이 되어 주위를 초토화시켰다. 온 광장이 죽어가는 사람들의 비명 소리로 가득하였다. 미처 피하지 못한 데몬 전사들이 온몸이 찢겨 무리로 쓰러지고 있었다.

헤럴드는 키메라들이 대폭발을 일으키는 순간, 레나를 그러안고 호신강기를 일으켰다. 12색의 찬연한 강기의 막이 레나와 고통 속에 몸부림치는 위타킨 형제들을 감싸 안고 있었다.

후두둑, 치지직, 치익.

오르막의 위로 뼈와 살점들이 빗발처럼 날아들었고 그대로 타서 재가 되고 있었다.

"으윽, 쿨럭! 이놈, 헤럴드! 나도 죽지만 네놈도 살아나지 못한다! 지금쯤 네놈이 살려 보낸 드워프들도 내가 보낸 발키리들에게 모두 죽음을 당할 것이다! 크하하!"

죽어가면서 지르는 세이드의 광기 어린 말에 헤럴드는 흠칫하였다. 에리세드 상단에서 떠나보낸 드워프들, 그들을 발키리들이 공격한다면 결코 살아남지 못할 것이다.

이제야 이곳의 키메라들이 적은 이유를 알 것 같았다. 정보에 의하면 이곳 데몬 전사단에 있는 발키리들은 천여 명이 된다고 하였었다. 그들이 드워프들을 공격하러 떠난 것이다.

헤럴드의 입에서 분노에 찬 고함이 터져 나왔다.

"천지건곤파!"

휘이익!

하늘과 땅의 모든 마나가 한꺼번에 모여든다. 공간과 공간을 일그러뜨리며 밀려든 마나들이 헤럴드의 의지에 따라 일시에 폭발을 일으켰다.

콰콰쾅! 콰쾅!

헤럴드가 서 있는 주변을 중심으로 모든 것이 부서져 버렸다. 달려들던 발키리들도, 바위도, 건물도 모조리 터져 버렸고 가루로 화해 스러져 내렸다. 12성의 천지건곤파는 상상을 초월하는 무공이었다. 아무것도 남지 않았다. 휘몰아치던 먼지가 사라지자 광장에는 하얀 잿가루만 흩날렸다.

"이건 너무 강해."

헤럴드는 머리를 흔들고는 고통에 몸부림치고 있는 위타킨 형제들을 바라보았다.

헤럴드는 멍해서 보고 있는 레나의 시선에는 아랑곳하지 않고 그들에게 다가갔다. 일단은 종속충을 제거해서 이들을 살려야 했다. 뇌호혈에 손을 올려놓은 헤럴드는 천천히 혼돈의 기를 주입하기 시작하였다.

어떻게 될지는 모르겠지만 종속충이라면 분명 뇌 안에 자리를 잡고 있을 것이고 그놈을 죽여야 이들이 살 수 있었다.

땀이 송골송골 돋은 헤럴드는 눈을 감고 위타킨의 뇌 속을 관조하기 시작하였다.

수많이 뻗어간 뇌 속의 핏줄들과 마나의 흐름이 눈앞에 있는 것처럼 안겨온다.

"흠, 이것이다."

위타킨의 뇌 속에 들어간 혼돈의 기가 수천 수만 개의 미세한 줄이 되어 꿈틀거리는 종속충을 그러쥐기 시작하였다. 만약 저것이 죽어버리면 그 독성으로 위타킨의 뇌는 걷잡을 수 없이 썩을 것이다. 은밀하게 종속충을 그러잡은 혼돈의 기를 통해 극양의 기운이 들어가기 시작하였다. 갑자기 뜨거운 기운이 몰려들자 종속충이 발버둥 치며 독을 뿜기 시작하였지만 이미 늦었다. 완벽하게 종속충을 그러잡은 혼돈의 기는 모든 독을 차단하고 태우기 시작하였다.

"후우~ 이젠 됐다."

종속충을 제거하고 헤럴드가 땀을 씻자 레나가 급히 물었다.

"이젠 됐어요?"

"그래, 조금만 더 주위를 경계해라."

"알았어요."

헤럴드가 다른 사람의 머리에 손을 올려놓자 레나는 활을 쥐고 주변을 날카로운 눈으로 감시하였다. 그러나 사실 감시할 필요도 없었다. 세이드를 비롯한 키메라들은 모두 가루로 변해 버렸고 살아남은 데몬 전사들은 발키리들이 폭발할 때 모두 도망쳐 버렸다.

위타킨의 얼굴은 평온해졌고 숨소리가 고르게 들리고 있었다.

"하여튼 오빠는 못하는 것이 없어!"

레나는 위타킨의 형제들을 치료하는 헤럴드를 정이 듬뿍 담긴 눈으로 바라보며 중얼거렸다.

CHAPTER
03
파빌사그 부족의 최후

THE Warrior
Gale of Wind

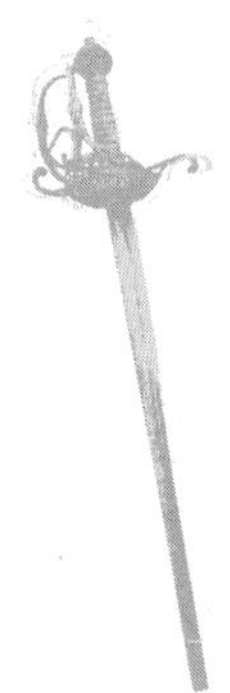

먼지만이 수북이 쌓여 있는 데몬 전사단의 광장에 위타킨을 비롯한 다섯 명의 형제가 무릎을 꿇고 앉아 있었다.

"난 당신들보다 나이도 어립니다. 그러니 당신들이 가고 싶은 곳으로 가시오."

헤럴드의 말에 위타킨이 고집스럽게 말하였다.

"주군이 되는 데 나이는 상관이 없습니다. 저희들을 부하로 받아들이지 않으시려면 차라리 종속충을 다시 살려주십시오."

"하 참."

헤럴드는 지금 어이가 없었다. 살아난 위타킨과 그의 동생들이 무조건 무릎을 꿇고는 부하가 되겠다고 자청하고 있었다. 목숨을 살려줬으니 그 은혜를 갚아야 한다는 것이다.

하지만 헤럴드는 부담스러웠다. 이건 나이도 어느 정도여야지 모두 120살부터 130살이 넘은 사람들이다. 아무리 헤럴드가 부인해도 저들은 막무가내였다. 그리고는 죽인 종속충을 다시 살려내라고 한다. 죽은 종속충을 어떻게 살린단 말인가?

"오빠, 받아주어요. 나도 할아버지가 생기게……."

"으음, 쩝."

레나의 말에 헤럴드는 입맛을 다셨다. 저들을 받으면 전력은 강화된다. 저들 네 명은 소드 마스터 상급이고 위타킨은 최상급이다. 그러나 그놈의 나이가 문제였다.

증조할아버지뻘들에게 명을 내릴 수는 없지 않은가?

"받아주십시오. 어떤 명이라도 받아들이겠습니다."

헤럴드는 머리를 흔들었다. 할 수 없었다.

"좋아요. 받아들이지요. 대신 제 명을 어길 때는 무조건 떠나야 합니다."

"당연합니다, 주군."

"주군께 인사를 드립니다."

위타킨의 말에 동생들이 잽싸게 인사를 올린다. 할 수 없이 인사를 받은 헤럴드가 말에게 다가갔다.

"모두 말을 가져와요. 빨리 드워프들을 구해야 합니다."

“알겠습니다, 주군. 제꺽 가져오겠습니다.”

위타킨이 말을 하자마자 벼락처럼 달려갔다. 다섯 명의 형제가 먼지를 뽀얗게 일으키며 순식간에 시야에서 사라졌다.

“호호. 오빠, 할아버지들 같지 않네.”

레나가 번개처럼 사라지는 그들을 보고는 좋아서 깔깔거렸다.

“그렇게 좋니?”

“응, 할아버지가 있었으면 했거든. 고마워, 오빠.”

“그래, 좋으면 됐다.”

헤럴드는 레나의 은발을 쓸어주었다. 언제나 당차고 용맹한 레이디지만 마음속으로는 정에 굶주려 하는 연약한 아가씨가 레나였다.

*　　　*　　　*

테오코름 시에서 세이지 부족으로 가는 관도에 검은 옷을 입은 300여 명의 기마병들이 길게 늘어선 대오의 앞뒤를 호위하며 천천히 말을 몰아가고 있었다.

하얀 눈이 가득 쌓인 설산을 굽이도는 산골짜기에 드워프들이 짧은 다리로 열심히 걷는 것이 보였다. 이들은 에리세드 상단에서 일하던 검은 모루 부족의 드워프들이다.

상단에서 떠난 후 부지런히 길을 재촉했지만 드워프들의 짧은 다리로는 한계가 있어 이제야 이곳까지 왔다. 하지만 드워프들은 비록 몸은 힘들어도 얼굴에는 밝은 표정이 어려 있었다.

그럴 수밖에 없었다. 그렇게 오랫동안 바라고 바라던 소원이 풀려 이제는 노예의 운명을 벗어던지고 새로운 곳, 드워프들이 살 신천지로 가고 있는 것이다.

그곳은 신의 구원자께서 약속하신 희망의 땅이었다.

대열의 맨 앞에서 블랙울프 별동대를 이끌고 가던 별동대장 탄타로브가 손을 펴들었다.

"모두 전투 준비! 제1전대장은 저들이 누군지 확인하라!"

탄타로브의 얼굴이 잔뜩 긴장돼 있었다. 하얀 눈이 덮여 있는 골짜기 입구에 300명가량의 사람들이 붉은 갑주를 입고 삼엄한 기세로 노려보고 있었다. 아무리 봐도 저들은 자신들을 공격하려는 것 같았다.

'붉은 갑주! 설마 데몬 전사단?'

탄타로브가 롱 소드를 꽉 틀어쥐며 전방을 노려보았다. 말을 타고 앞으로 달려나간 제1전대장이 소리를 질렀다.

"우린 쥬신 영지의 블랙울프 전사단 별동대요. 당신들은 누구요?"

제1전대장의 말에 맨 앞에 서 있던 얼굴이 매끈한 사내가 통쾌한 웃음을 터뜨렸다.

"크하하! 드디어 오는구나, 블랙울프! 난 데몬 전사단의 부단장 알프레드다. 너희들이 이곳을 통과한다고 하여 기다렸지. 오늘 이곳은 너희들의 무덤이 될 것이다."

알프레드는 지금 통쾌하기 그지없었다. 블랙울프, 저들 때문에 데몬 전사단은 곳곳에서 참패를 겪었다. 저들이 이번 전쟁에 참가하지 않았다면 캄노스 부족과 세이지 부족은 파빌사그 부족에게 무너졌을 것이고 데몬 전사단은 아이스 왕국을 완벽하게 장악했을 것이다.

그러나 저들이 나타난 후부터 모든 것이 엉망이 되었다. 그러나 이제부터는 놈들에게 쓴맛을 보여줄 것이었다. 이미 헤럴드인지 뭔지 하는 애송이는 검은 탑의 전설적인 어쎄신인 블랙 클라우드의 공격을 받고 죽었을 것이다.

자기는 여기서 저놈들을 쓸어버리고 그대로 세이지 부족으로 쳐들어가 모조리 죽여 버리면 곧 반격이 시작될 것이다. 이곳에 온 발키리 전사들은 600명, 일반 데몬 전사들이 1천 명에 달한다. 반면 블랙울프 전사들은 300여 명, 블랙울프 전사들이 강력하기는 하지만 600명의 발키리 전사들에게는 역부족이다.

이제 피로 목을 축일 시간이 되었다.

"알프레드라고 했나? 어리석구나. 우린 헤럴드님의 블랙울프들이다. 감히 너희 같은 키메라들이 넘볼 상대가 아니다. 전원 돌격 준비."

“블랙!”

“무적!”

촤앙! 촹! 촹!

눈을 부릅뜨고 적들을 노려보고 있던 블랙울프들이 일제히 고함을 지르고는 검을 뽑아 들었다. 그들이 뽑아 든 검에서 서릿발 같은 기운이 뻗어 나오고 고함 소리가 골짜기를 뒤흔들었다. 1600명의 데몬 전사들이 그들을 포위하고 있지만 블랙울프들은 놀라는 기색이 없었다.

“역시 블랙울프로구나! 하나 만용은 죽음뿐, 발키리들은 저놈들을 쳐라!”

알프레드의 명에 발키리들이 무표정한 얼굴로 말을 달려 나오기 시작하였다.

두두두두!

하얀 눈보라가 공중으로 말려 올라가고 붉은 갑주들을 입은 발키리들이 파도처럼 공격해 들어왔다. 굳어진 표정으로 그것을 보고 있던 탄타로브가 거센 고함을 질렀다.

“샤크(상어)를 만들어라!”

“충!”

탄타로브의 명에 블랙울프들이 일사불란하게 움직이더니 각 20명씩 상어의 형상으로 뭉치기 시작하였다. 헤럴드가 이들에게 수련시킨 샤크합벽진이다. 이 샤크합벽진은 적은 수로 다수의 적이 공격하는 것을 분쇄하는 방법으로 수비와 공격이 무서운 진법이다.

샤크합벽진은 20여 명의 마나가 진 안에서 맴돌며 맨 앞에 있는 상어의 입을 이루고 있는 두 사람에게 전이된다. 두 사람은 매번 공격 시마다 20명의 마나를 동시에 쓰는 것과 마찬가지여서 소드 마스터 중급 이상의 힘을 내고 공격해 들어오는 적을 부서 버린다.

탄타로브는 적이 키메라들인 것을 감안해 샤크진을 펼쳤고 그것은 주효했다. 드워프들이 서 있는 곳의 전방에 12개의 샤크진이 펼쳐졌고 질풍처럼 공격해 들어오는 발키리들을 맞받아 나갔다.

"저게 대체 뭐지?"

알프레드는 눈을 크게 뜨고 이상한 형상의 물고기처럼 보이는 사람들의 연결 고리를 바라보았다. 20명의 사람들이 모여 서자 불그스름한 기운이 휘감기 시작했고 맨 앞에 선 두 명은 어깨에 메고 있던 그레이트 엑스를 치켜들었다.

"저, 저건 샤크!"

알프레드는 저도 모르게 신음성을 내었다. 붉은 기운이 넘실거리는 샤크가 질풍처럼 달려들어 가는 발키리들을 맞받아 나오더니 충돌이 일어났다.

콰직! 콰자작!

키엑! 켁!

거대한 상어의 이빨처럼 쳐들린 그레이트 엑스가 발키리

들을 무자비하게 박살 내고 있었다.

12개의 샤크들은 살아 있는 거대한 생명체들이었다. 3개의 상어들이 발키리들의 전열을 흐뜨려 놓으면 뒤에 있는 샤크들이 붉게 빛나는 그레이트 엑스로 무자비하게 내리찍는다.

콰작! 와지직!

그레이트 엑스에서 붉은 오러 블레이드가 찬연하게 빛을 뿌릴 때마다 발키리들의 머리가 박살이 나고 푸른 피가 눈 위에 뿌려졌다. 알프레드는 부르르 몸을 떨었다.

저들은 20명이지만 한 몸이었다. 게다가 개개인의 마나가 앞의 두 사람에게 전이되어 소드 마스터 급의 힘을 내고 있었다.

그레이트 엑스가 내려찍고 휘둘러질 때마다 발키리들의 몸통이 두 동강이 나 쓰러지고 머리들이 사정없이 박살이 났다.

"한 놈도 살려두지 마라! 블랙울프의 무서움을 보여줘라!"

탄타로브의 명에 전사들이 발을 구르며 외쳤다.

"블랙무적!"

"블랙무적!"

촤앙! 촹! 촹!

천천히 돌진해 나오는 샤크진은 몸서리치는 공포를 안겨 주었다. 비록 숫자는 상대가 안 되었지만 저들은 깰 수 없는 괴물들 같았다.

“찾아야 해. 저들에게도 약점이 있을 것이다.”

부르르 떨며 전장을 쏘아보던 알프레드의 눈에 이채가 스쳤다. 저들은 300명이나 되었지만 실제로 싸우는 사람은 150명 정도, 나머지는 드워프들을 둘러싸고 있었다.

바로 저 드워프들이 저들의 약점이었다. 알프레드의 얼굴에 잔인한 미소가 어렸다.

“크크크, 그렇군. 저들이 약점이야!”

이 좁은 골짜기 안에서 저들은 빠져나갈 수가 없었다. 자신에게는 1,600에 달하는 전사들이 있는 것이다.

“적들을 협공하라! 드워프를 공격하라!”

알프레드의 명을 따라 데몬 전사들이 양쪽의 협곡에서 몸을 일으켰다. 그들의 손에 들린 활들이 빛을 뿌렸다. 그것을 본 탄타로브가 즉시 소리쳤다.

“두 개의 진만 방어하고 나머지는 드워프들을 지켜라! 움직여라!”

“충!”

한마디로 외친 블랙울프들이 맹렬한 속도로 드워프들에게 달려가기 시작하였다.

하지만 이미 늦었다. 알프레드가 손을 내려쳤다.

“쏴라! 공격하라!”

양쪽의 협곡에 매복하고 있던 데몬 전사들의 화살이 날카로운 소리를 내며 날아갔다.

핑— 피잉— 피잉—

"아악! 크윽!"

드워프들이 있는 곳에서 대혼란이 일어났다. 빗발처럼 날아오는 화살들이 무방비 상태의 드워프들을 무더기로 쓸어 눕히고 있었다. 활에 맞아 쓰러지는 드워프 아이들, 그것을 몸으로 막다가 그대로 절명하는 드워프 여인들, 골짜기가 삽시간에 붉게 물들어가고 있었다.

300명의 블랙울프 전사들로는 그 많은 드워프들을 모두 막아낼 수가 없었다.

그것을 보던 알프레드는 희열에 부르르 몸을 떨었다. 바로 이것이었다. 그는 약자들이 죽어가면서 지르는 애절한 비명 소리와 고통에 몸부림치며 피를 흘리는 모습이 그렇게 좋을 수가 없었다.

"발키리들은 정면을 공격하라."

그러자 발키리들이 맹렬한 속도로 밀려들어 갔다. 그들이 휘두르는 붉은 마나 블레이드들이 허공을 수놓기 시작하였다. 탄타로브는 부하들을 지휘하며 결사적으로 발키리들을 막아내고 있었지만 도저히 승산이 없었다. 이미 적들은 사방에서 달려들고 있었고 죄없는 드워프들이 무리로 쓸어지고 있었다.

"막아라! 주군이 주신 명령이다! 목숨으로 드워프들을 지켜라!"

“와~!”

블랙울프 전사들의 분노한 검에서 마나 블레이드들이 치솟아올랐고 사방에서 비릿한 혈향이 피어나기 시작하였다.

촤앙! 촹! 촹!

“이 쌍! 괴물 같은 놈들, 죽어라!”

분노한 핸더슨이 대거를 뽑아 들고 그대로 달려나갔다. 빗발치는 화살을 뚫고 온몸이 육탄이 되어 돌진한 핸더슨이 데몬 전사들을 마구 찌르고 베기 시작했다.

“이 시발 놈들아, 너 죽고 나 죽자!”

눈에 불이 펄펄 이는 핸더슨은 보이는 것이 없었다. 그의 옆으로 도미니크가 뛰어들었다.

그의 손에 들린 바스타드 소드가 무자비하게 휘둘러졌다.

촤악! 촤악!

“큭! 악!”

데몬 전사들이 결사적으로 달려드는 블랙울프들에게 밀리기 시작하였다. 그러나 수가 너무 적었다. 골짜기는 난전이었다. 블랙울프 전사들이 하나둘 피를 뿌리며 쓰러지고 점점 숫자가 줄어들기 시작하였다.

“아나카, 우리도 싸우세. 어차피 저들이 죽으면 다음은 우리야.”

공포에 떨고 있는 드워프들을 둘러보던 족장 타도르의 말에 아나카가 머리를 끄덕였다.

“예, 족장님! 노예로 사느니 차라리 죽겠습니다!”

아나카가 쓰러진 블랙울프 전사의 검을 집어 들었다. 죽을 바에는 핏값이라도 하고 싶었다. 그가 검을 집어 들고 핏발 선 눈으로 움츠리고 있는 드워프들을 둘러보았다.

“노예로 살겠는가? 아니면 자랑스러운 드워프답게 싸우다 죽겠는가?”

그러자 죽은 딸을 그러안고 눈물을 흘리고 있던 드워프가 몽둥이를 들고 일어섰다.

“싸우다 죽겠소! 저들은 구원자님의 부하들, 저들은 우리를 지키려고 죽어가고 있소! 나는 구원자님의 은혜를 갚고 죽겠소!”

그가 소리치자 드워프들의 눈에 열기가 이글거리기 시작했다. 노예로 짐승처럼 살고 싶지는 않았다. 더는 아내와 딸들이 키메라들을 만드는 제물이 되고 싶지는 않았다.

“노예는 싫다! 차라리 싸우다 죽자!”

“싸우자!”

드워프들이 손에 잡히는 대로 무기를 들었다. 어떤 드워프는 쓰러진 블랙울프 전사들의 검을, 어떤 드워프들은 몽둥이와 돌을 손에 잡히는 대로 집어 든 드워프들이 한꺼번에 밀려 나오기 시작하였다.

“죽여라! 괴물들을 죽여라!”

“죽여라!”

그것은 성난 파도였다. 아이, 어른, 여자, 남자 할 것 없이 밀려 나온 드워프들이 데몬 전사들에게 달려들었다. 데몬 전사들은 기겁하였다. 새카맣게 달려든 드워프들이 검에 맞고 화살에 맞아 쓰러지면서도 전사들의 팔다리를 잡고 매달렸다.

"놔! 이런 노예 놈들이! 크악!"

드워프들이 매달린 데몬 전사의 가슴에 검이 깊숙이 박혀들었다. 붉은 피를 꾸역꾸역 토하며 쓰러지는 데몬 전사를 보며 아나카는 침을 탁 뱉었다.

"우린 노예가 아니다. 검은 모루 드워프들이다. 퉤."

아나카는 가슴이 후련해졌다. 이놈들도 찌르면 죽는 인간에 불과했다. 저런 놈들에게 어릴 때부터 노예로 살아온 것이 분하고 원통했다. 그의 눈에 눈물이 번들거렸다.

"드워프들아, 적들을 죽여라!"

"와~!"

드워프들이 달려들면서 데몬 전사들은 혼란에 빠졌다. 그것을 본 알프레드는 이를 부드득 갈았다. 감히 노예 따위들이 전사들에게 달려들다니, 기가 막힐 일이다. 그러나 지금은 전장이다. 빨리 대책을 세워야 했다.

"모두 물러서라! 발키리들은 선두에 서라!"

한차례 피의 폭풍이 지나간 골짜기는 참혹했다. 수많은 드워프들이 골짜기를 덮었고 100여 명의 블랙울프 전사들이 쓰러졌다.

하지만 데몬 전사들은 수적으로 우세했다.

"공격하라!"

두두두두!

발키리들을 선두에 세운 데몬 전사들이 맹렬한 속도로 짓쳐들기 시작했다. 그러자 부상을 입은 탄타로브도 샤크진을 형성하고 맞받아 나갔다. 그리고 데몬 전사들의 뒤에 서 있던 검은 로브들이 손을 들어 수인을 맺기 시작하였다. 여태껏 전투를 보며 기다리고 있던 검은 탑의 마법사들이 전장에 개입한 것이다.

"어둠의 의지로 명하노니 오라, 마왕 플레이너스의 힘이여! 스틴킹 클라우드!"

마법사들이 일제히 부르는 영창에 검은 안개가 골짜기에 회오리치기 시작하였다. 그것은 검은 독의 안개였다.

"가라! 가서 나의 적들을 녹여 버려라!"

파앗! 휘위잉!

독이 밀려오기 시작하자 블랙울프 전사들이 당황하기 시작하였다. 여태껏 전투를 하면서 이런 상황은 처음이었다. 하나 그것으로 끝이 아니었다. 검은 로브를 입고 보기만 하던 자가 허공으로 솟구쳐 올랐다. 그의 몸을 받치고 있는 유령군마가 샤크진이 있는 곳으로 날아왔다,

"크크크, 검은 탑의 이름으로 너희들을 죽여주마. 일어나

라, 나의 종들아. 일어나서 내 명을 받아라.”

기괴한 소리로 외치는 그의 말에 기가 막히는 일이 벌어졌다.

쓰러져 있던 데몬 전사들과 블랙울프 전사들, 드워프들까지 비칠거리며 일어섰다. 그들의 눈이 암흑으로 번들거리고 희멀건 눈으로 블랙울프 전사들을 노려보았다.

“가라, 나의 종들아! 저들을 죽여 살을 씹고 피를 빨아라!”

키키키키.

참으로 진저리쳐지는 장면들이었다. 팔이 잘린 드워프, 가슴이 뜯겨져 나간 블랙울프 전사들이 미친 듯이 달려오기 시작하였다.

“흑마법사다!”

눈을 부릅뜬 블랙울프 전사들의 눈에 공중에 뜬 자가 휘젓는 손길에서 쏟아져 나온 검은 마나가 언데드로 변한 시체들에 마왕의 인장을 새기는 것이 똑똑히 보였다.

저건 최소한 7서클의 흑마법이었다.

“시발! 오라, 이 저주받은 언데드들아!”

악에 받친 핸더슨이 대거를 비껴들고 맞받아 나갔다. 그제야 정신이 번쩍 든 탄타로브는 입술을 힘껏 깨물었다. 그랬다. 저들은 방금 전까지는 동료였지만 이젠 적이다. 그것도 언데드로 변한 적. 죽이지 않으면 내가 죽어야 했다.

“정신 차려라! 저들은 더 이상 동료가 아니다! 죽여라! 샤크진 발동!"

"충!"

블랙울프 전사들이 이를 악물고 검에 마나를 주입했다. 그리고 처참한 살육이 시작되었다.

거대한 마나의 회오리가 몰아치고 그레이트 엑스가 다시금 휘둘러지기 시작하였다.

촤악! 촤악! 콰작! 우지직!

언데드들이 블랙울프 전사들이 휘두르는 검에 맞아 박살이 나서 쓰러지기 시작하였다.

"크크, 역시 블랙울프로구나. 하나 재롱은 거기까지다. 나 카즈라드의 손에 걸린 이상 죽어야 한다. 체인지 턴 본."

파앗!

공중에 둥둥 뜬 카즈라드의 몸을 중심으로 검은 회오리가 몰아치며 샤크진을 향해 뻗어나갔다.

"앗! 아악!"

그리고 참혹한 비명이 일어났다. 맹렬하게 돌진하며 검을 휘두르던 블랙울프 전사들의 몸이 머리부터 녹아내리기 시작하였다. 처음에는 살갗이 지글지글 끓으며 기포가 생기고 순식간에 뼈가 드러나며 지독한 악취가 풍기기 시작했다. 그것은 막을 수 없는 재앙이었다.

"피하라! 뒤로 후퇴하라!"

탄타로브는 명령을 내리고 그대로 도약했다. 저놈을 죽이지 못하면 블랙울프 전사들은 전멸이다.

그러나 탄타로브는 뜻을 이룰 수가 없었다. 카즈라드의 손에서 거대한 바람의 주먹이 생성되더니 벼락처럼 날아들었다.

콰앙! 철써덕!

탄타로브는 바닥에 떨어져 망연한 눈으로 허공에 떠 있는 놈을 바라보았다. 자신들의 힘으로는 놈을 당할 수가 없었다. 한쪽 팔이 부러져 덜렁거리는 그의 눈에 뜨거운 눈물이 주르륵 흘러내렸다.

"주군, 탄타로브, 명령을 완수하지 못했습니다."

그가 검을 뽑아 들고 주위를 둘러보았다. 사방에서 독과 언데드들, 발키리들의 공격으로 블랙울프 전사들이 쓰러져 가는 것이 보였다. 드워프들도 데몬 전사들의 검에 맞아 피를 흘리며 쓰러지는 것이 보였다. 이곳은 참혹한 지옥의 도살장이었다.

"이젠 재미도 없구나. 모두 죽어라. 블랙 썬더 크로스."

카즈라드의 손이 휘저어지자 하늘에서 검은 번개들이 뇌우와 함께 울부짖었다.

우르릉! 콰쾅! 번쩍!

수십 줄기의 검은 뇌전이 무서운 속도로 지상을 향해 내리꽂혔다. 탄타로브는 눈을 질끈 감았다. 저것에 대항할 전사는 이곳에 아무도 없다.

촤촤촤촤촤!

대기를 찢는 검은 뇌전이 내리꽂히고 귀를 찢는 듯한 폭음이 일어났다.

콰콰쾅! 콰쾅!

"크억! 네, 네놈은 누구냐?"

눈을 질끈 감고 있던 탄타로브의 귀에 흑마법사의 비명이 들려왔다.

"네놈이 감히 내 부하들을 죽이다니, 네놈을 갈가리 찢어 죽이리라!"

"주, 주군!"

탄타로브는 눈을 번쩍 떴다. 그것은 자신의 주군 헤럴드의 목소리였다. 그의 눈에 허공에 천신처럼 버티고 선 헤럴드가 보였고 땅에 떨어져 비칠거리며 물러서고 있는 흑마법사가 보였다.

"구원자님께서 오셨다!"

"만세!"

드워프들이 지르는 함성 소리가 우레처럼 터져 올랐다. 구사일생으로 살아난 그들은 하늘을 쳐다보며 발을 구르고 있었다. 이젠 살았다! 신의 전사가 오셨다!

"위타킨."

"옛, 주군. 명을 내리십시오."

위타킨과 5형제들이 허리를 굽혔다. 분노에 찬 헤럴드가 발키리들을 가리켰다.

"모조리 죽여라. 단 한 놈도 살려두지 마라."

"명을 받듭니다, 주군. 가자."

위타킨이 롱 소드를 뽑아 들자 5형제가 무기를 쳐들고 그대로 몸을 날렸다.

좌악! 좌악!

"크엑! 아악!"

"골드 전사들이다!"

"으악! 도망쳐라!"

데몬 전사들은 그만 혼비백산하여 뒷걸음치기 시작하였다. 기다란 수염을 날리며 발키리들을 무자비하게 베어버리는 저들은 분명 데몬 전사단의 골드 전사들이었다. 그들의 검에서 뻗어 나온 검은 오러 블레이드가 사방을 난자하고 있었다.

"으으, 저들이 왜?"

알프레드는 그만 정신이 오락가락하였다. 어제까지만 해도 데몬 전사였던 골드 전사들이 지금은 자기들을 공격하고 있었다. 저들은 모두 소드 마스터 중급 이상이다. 게다가 블랙울프 전사들과 드워프들마저 기세충천하여 달려들고 있었다. 사방에서 발키리들과 데몬 전사들이 비명을 지르며 쓰러졌다.

드디어 알프레드는 판이 기운 것을 눈치 챘다. 저 헤럴드라는 놈의 단 한 번의 공격에 7서클 마스터 카즈라드가 일격에 패퇴하였다. 빨리 도망치지 않는다면 목숨을 보존하지 못할 것이다.

"어서 공격하라, 어서!"

발키리들과 부하들을 공격으로 내몬 알프레드가 슬금슬금 도망치기 시작하였다.

그러나 그는 도망칠 수가 없었다. 드워프들의 앞에 서서 전장을 예리하게 살피던 레나의 궁이 힘껏 당겨졌다.

"쥐새끼 같은 놈! 도망 못 간다! 해동뇌전시."

쩌저정!

"크악!"

레나의 활에서 쏘아진 푸른 뇌전이 알프레드를 향해 기다란 빨랫줄처럼 뻗어왔다.

"으으, 사, 살려줘!"

알프레드는 새카맣게 타서 없어진 두 다리를 보고는 공포에 질려 울부짖었다. 그의 하체는 뇌전시에 맞아 잿가루로 변해 버렸다.

"검은 탑의 흑마법사냐?"

헤럴드의 말에 10여 명의 마법사들과 카즈라드는 몸을 부르르 떨었다. 저놈의 눈에서 쏟아지는 살기가 온몸을 꽁꽁 옭아매고 있었다. 이건 마치 드래곤의 피어 앞에 노출된 것 같았다.

입술을 깨물어 피를 흘린 카즈라드가 마법을 영창했다.

"네놈이 강하지만 나 역시 7서클 마스터다. 견뎌봐라. 블랙 썬더 볼트."

카즈라드의 최후의 비전인 마왕의 화염이 초고온의 열을 안고 몰려들었다.

콰콰콰콰!

번쩍거리는 검은빛과 화염의 기운을 향해 샤벨이 휘황찬란한 빛을 뿜으며 휘둘러졌다.

"천지뇌전파(天地雷電破)."

찬란한 빛이 검은 뇌전과 부딪쳐 대폭발을 일으켰다.

콰콰쾅! 콰쾅!

"크악! 아악!"

사람들의 눈을 멀게 하는 강력한 섬광이 번쩍이는 속에서 카즈라드의 비명이 처절하게 울렸다. 싸우던 모든 사람들의 눈이 헤럴드가 있는 곳을 바라보았다. 빛이 사라지자 카즈라드가 있던 곳은 까맣게 탄 잿가루만이 날리는 것이 보였다. 그곳에는 아무것도 없었다. 카즈라드도, 알프레드도, 검은 탑의 마법사들도 모두 흩날리는 검은 가루로 변해 버렸다.

철컥.

헤럴드의 샤벨이 검갑에 들어가는 소리가 조용한 골짜기의 정적을 깼다. 살아남은 데몬 전사들이 무릎을 꿇고 손을 들었다. 대가리들이 죽어버리자 전의를 상실한 것이다.

          *   *   *

　망가이 강 상류에는 파빌사그 부족의 두 번째 도시인 망가
이 시가 있다. 이곳이 바로 파빌사그 부족이 마지막으로 버티
고 있는 도시였다. 인구 3만이 살고 있던 망가이 시는 지금
수많은 사람들이 몰려들어 몸살을 앓고 있었다. 파빌사그 부
족의 수많은 귀족들이 마지막으로 남은 이곳으로 몰려들었고
군사들의 수가 12만이 넘는다. 도시는 민간인들보다 군사들
이 더 많았고 매일같이 칼부림과 약탈, 강간이 도시의 곳곳에
서 자행되었다.

　도시의 서북쪽에 있는 후라이 산은 천연의 기암괴석으로
이루어진 거대한 산이다. 그곳에 하나의 커다란 성채가 오만
하게 도시를 내려다보고 있었다. 이 성이 바로 파빌사그 부족
의 족장인 아타메드의 여름별장으로 지금은 부족의 주성이
된 곳이다.

　"그럼 데몬 전사단이 괴멸했단 말이오?"

　내성의 한 넓은 방에 얼굴이 초췌해진 사내가 의자에 앉아
힘없이 고개를 끄덕이고 있었다.

　"그렇소. 감찰관 세이드님도, 발키리 전사들도 모두 전멸
했소. 놈은 사람이 아니오."

　말하고 있는 사람은 구사일생으로 도망친 데몬 전사단장

필립이었다. 아들마저 드워프들을 습격하러 갔다가 잃은 필립은 복수심으로 이를 갈고 있었다. 둥그런 원탁에 검은 로브를 입은 사람과 파빌사그 부족장 아타메드가 서로를 쳐다보고 있었다. 이제 데몬 전사단의 지원은 더 이상 받을 수가 없었다.

"어떡하면 좋겠소? 지금 망가이 산의 전투도 쉽지 않소. 쥬신 동맹군은 조금이라도 틈이 보이면 공격해 들어올 것이오."

아타메드의 말에 검은 로브를 입고 있는 자가 고개를 들었다. 그의 몸에서 검은 기운이 강맹하게 쏟아져 나왔다.

"헤럴드라……. 흠, 이번 기회에 제거해야겠지."

그가 원탁을 그러쥐자 시커먼 연기가 솟아오르고 한쪽 귀퉁이가 순식간에 잿가루가 되어버렸다. 그것을 보던 필립은 소스라치게 놀랐다. 저 정도의 수준이면 최소한 8서클은 되리라.

그랬다. 검은 로브는 검은 탑의 3대 대마도사 중 한 명인 파타토니였다. 일명 화염의 마도사라 불리는 파타토니는 8서클 마스터다. 파빌사그 부족이 여태껏 망가이 산에서 쥬신 동맹군의 공격을 막고 있는 것은 바로 파타토니의 힘이었다.

"방법이 있겠소?"

간절하게 묻는 아타메드를 슬쩍 건너다본 파타토니가 히죽 웃었다. 그에게는 아스톤 제국으로부터 들어온 마법 통신이 있었다.

"타판파스 초원 왕국의 마틴 공작이 드디어 우리에게 기마병들을 파견했소. 이틀 후면 3만 기마병이 이곳으로 올 것이오."

그가 원탁 위에 펼쳐진 지도를 가리켰다. 지도에 구불구불 뻗어간 하나의 선, 그것은 망가이 강이었다. 아타메드의 얼굴에 희열이 떠올랐다. 현재 쥬신 동맹군과 파빌사그 부족이 전투를 벌이는 망가이 산의 측면으로 흐르는 망가이 강은 중립 지대나 같았다.

"하지만 아타메드 족장, 마틴은 욕심이 많은 자요. 그가 이번 출정의 대가로 황금 3,000kg을 요구했소. 그리고 또한 드워프제 무기도 줘야 할 것이오."

파타토니의 말에 필립은 입을 딱 벌렸다. 황금 3톤, 엄청난 양이다. 하지만 아타메드는 서슴없이 고개를 끄덕였다. 그에게는 드워프 노예들을 동원해 수년 동안 캐낸 황금이 바로 이 성에 쌓여 있었다.

"내놓겠소. 파빌사그 부족이 망하면 황금이 무슨 필요가 있겠소. 놈들을 멸망시킬 수 있다면 아내와 딸이라도 내어줄 것이오."

파빌사그 부족장 아타메드의 눈에서 증오의 불길이 줄기줄기 뻗어 나왔다. 그것을 본 파타토니는 만족한 미소를 지었다. 사실 마틴은 3만 기병을 파견하는 대가로 황금 1,000kg을 요구했을 뿐이지만 파타토니는 거기에 2,000㎏을 더 불렀다. 이곳 후라이 성에 3,000㎏의 황금이 있다는 것을 그는 알고 있었기 때문이다.

"쥬신 동맹 놈들은 절대로 망가이 산을 넘지 못하오. 내 마법진은 무적이니까."

파타토니의 말에 아타메드는 고개를 끄덕였다. 지금까지 파타토니의 마법진 덕에 파빌사그 군은 망가이 산을 지키고 있었다. 그만큼 파타토니의 마법진은 무서웠다.

'이제 마틴 공작의 기병들이 도착하면 네놈들을 모두 죽여준다. 캄노스 부족도, 세이지 부족도 짐승 한 마리 살려두지 않을 테다.'

아타메드의 눈에서 복수의 불길이 이글거리고 있었다. 지금 이 성에는 200명의 발키리 전사들이 있었다. 그들은 모두 마법 키메라들로 강력한 마법을 지니고 있었고 파타토니의 명이라면 물불을 가리지 않는 말 그대로 무적의 살인 병기들이었다.

그들과 파빌사그 부족의 6만 기병들, 그리고 마틴의 3만 기병을 합치면 무서울 것이 없었다. 전쟁은 머릿수로 하는 것이 아니라 얼마나 많은 정예들이 있는가에 따라 결정되는 것이다.

아타메드의 얼굴에 어느덧 희열이 넘치고 있었다. 두 부족의 남자들은 모두 노예로 만들 것이고 여자들은 화류계로 보낼 것이다. 그뿐이랴, 자신은 아이스 왕국의 초대 국왕이 되는 것이다. 황홀한 꿈속에 잠겨 있는 아타메드를 파타토니는 비릿한 눈으로 바라보았다.

'흐흐흐, 아이스 왕국을 정리한 다음 너는 나의 키메라가 될 것이고 이 땅의 초대 왕은 바로 나 파타토니가 될 것이다.'

파타토니가 눈으로 덮인 저 멀리 슈마라이 산을 보며 속으로 중얼거렸다. 검은 탑은 이 땅을 파타토니에게 맡긴 것이다.

공기마저 바짝바짝 얼어붙던 밤이 지나가자 망가이 산의 앞에 펼쳐진 평원에 따뜻한 햇살이 피로 물든 대지를 골고루 비추기 시작하였다. 자연은 수만 년 동안 그래 왔던 것처럼 일상을 반복하고 있지만 망가이 평원에는 오늘도 피가 쏟아지고 팔다리가 날아가는 치열한 살육의 전쟁이 벌어지고 있었다.

"뭐 하느냐? 투석기를 쏘아라!"

검은 갑주를 입은 기사의 악에 받친 고함에 땀을 비 오듯 흘리며 드워프 노예들이 돌이 가득 담긴 투석기를 쏘아댔다. 이 투석기는 드워프들이 만든 것으로 한 개의 돌덩이를 날려 보내는 것이 아니라 거대한 그물에 수백 개의 돌을 담아 한 번에 날려 보냈다.

참으로 아이러니한 것은 저곳에서 질풍처럼 공격해 오는

기병들이 바로 이들, 드워프 노예들을 해방시키러 오는 쥬신 동맹군이라는 데 있었다. 드워프들은 한숨을 쉬면서 투석기를 쏘아대고 있었다.

조금이라도 수상한 기미를 보이거나 느리게 행동하면 검을 쥐고 있는 파빌사그 부족의 기사들이 가차없이 목을 베어버린다. 이미 수십 명의 드워프들이 목이 잘려 쓰러져 있었다.

"너, 어디서 한눈을 파느냐? 죽고 싶으냐?"

기사의 사납게 부릅뜬 눈을 본 쿠쿠체리는 허리를 굽실했다.

"아닙니다, 기사 나리. 거리를 재보던 중입니다."

"조금이라도 딴생각을 한다면 네놈뿐만 아니라 저 드워프들도 모두 죽는다. 어서 움직여라."

"예, 걱정 마십시오."

공손하게 대답한 쿠쿠체리가 돌을 쌓기 시작했다. 그의 수염이 가득한 얼굴에 근육이 꿈틀거렸다. 쥬신 동맹이 드워프들의 해방자라는 것을 모르는 드워프들은 없었다. 테오코름 시에서 데몬 전사단을 전멸시킨 구원자께서 이곳으로 오고 있다는 소식이 드워프들 사이에서 은밀히 퍼지고 있었다. 그리고 지금도 저 앞에서 공격하고 있는 블랙울프 전사들이 그분의 부하들이라는 것도 알고 있었다. 그러나 당장 어떻게 할 수가 없었다. 저들은 아직도 이곳을 돌파하지 못했고 파빌사그 부족 기사들의 검은 등 뒤를 겨누고 있었다.

"이보게, 쿠쿠체리. 우린 지금 구원자님의 부하들을 죽이고 있어."

친구인 텐텐구이의 말에 쿠쿠체리는 주위를 살피며 작게 중얼거렸다.

"하지만 어떻게 하겠나. 자칫하면 저놈들은 우리 가족들을 모두 죽여 버릴 거네. 후~"

쿠쿠체리의 말에 다른 드워프들도 고개를 떨어뜨렸다. 놈들은 말을 안 들으면 자신들뿐 아니라 죄없는 가족들까지 무참하게 죽이고 있었다.

'제발, 오늘은 저 마법진을 돌파하시길.'

쿠쿠체리는 눈보라를 일으키며 달려오는 쥬신 동맹군의 기마병들을 보며 간절히 기도했다.

두두두두!

파르몽은 눈에 보이는 것이 없었다. 오늘까지 일주일째, 이곳을 공격하고 있지만 저 산 언덕을 돌파하지 못하고 있었다. 파빌사그 부족의 군사들은 저곳에 각종 장애물을 설치했고 수백 대의 투석기를 동원해 돌벼락을 퍼붓고 있었다. 게다가 간신히 돌파하면 무서운 마법진을 만난다. 대체 어떻게 파빌사그 부족에 저런 강력한 마법사들이 있는지 모르겠지만 매번 저기서 좌절되어 수많은 부족의 기병들이 잿가루가 되어

갔다.

"공격하라, 캄노스의 전사들아! 죽어간 동료들의 원한을 갚자!"

"와~ 나가자!"

두두두두두!

캄노스 부족의 기병들이 창검을 번뜩이며 함성을 지르고 그대로 내달렸다. 말 위에 바싹 등을 구부린 기병들이 빛살처럼 달려나갔다. 캄노스 부족과 세이지 부족의 5만 기병들이 구릉을 새카맣게 덮고 파도처럼 밀려갔다. 옆에서 달리는 아모리나도 이를 악물고 선두에서 채찍을 휘두르고 있었다.

'여기만 벗어나면, 여기만.'

속으로 중얼거리던 아모리나는 공기를 찢어발기는 소리에 허공을 쳐다보았다. 하늘에 수많은 새 떼들이 까맣게 날아오는 것이 보인다. 그러나 저것은 새 떼가 아닌 투석기로 날려 보낸 돌덩이들이다.

"전속으로 달려라! 투석기다!"

두두두두!

기병들이 말에 죽어라고 채찍을 안겼다. 그러나 공중으로 날아든 돌덩이들이 우박처럼 떨어지기 시작했다.

콰작! 후두둑!

투르르!

"악! 컥!"

돌들이 말과 사람을 짓뭉개는 소리, 기병들의 비명 소리, 말들의 투레질 소리. 삽시간에 고요하던 망가이 계곡이 지옥의 아수라장으로 변했다. 돌에 짓이겨진 기병들과 말들에서 흘러나온 핏물들이 눈판을 붉게 물들이고 있었다.

"달려라, 달려!"

파르몽은 목이 터져라 고함을 질렀다. 매번 블랙울프 군에게 선수를 양보했지만 오늘만은 자신들이 저 계곡을 돌파해야 했다. 동맹군 사령관인 네모는 절대 자유행동을 금했지만 파르몽은 참을 수가 없었다. 하여 약혼자인 아모리나와 협의하여 두 부족의 기마병들을 전부 동원했다. 이 한 번의 돌격으로 저기를 돌파하고 파빌사그 부족을 끝장내고 싶었던 것이다.

그러나 하늘은 그의 편이 아니었다. 수많은 사상자를 내며 투석기의 공격 지대를 벗어난 기병들의 눈앞에 잿가루만 날리는 계곡이 눈앞에 다가왔다. 이곳이 바로 지난 일주일 동안 쥬신 동맹군을 가로막은 공포의 마법 지대였다. 이를 악문 파르몽이 검을 들어 허공을 갈랐다.

"가자!"

"와~!"

기병들이 무서운 속도로 내달렸다. 그러나 괜히 공포의 마법 지대가 아니다.

퍼엉! 펑! 펑!

계곡에 기마들이 돌입하자 눈앞에서 불길이 일어났다. 뜨거운 고열을 내며 타오르는 불길은 사람과 말들을 한순간에 불고기로 만들고 있었다.

"아악! 으악!"

온몸에 불이 붙은 기병들이 지독한 냄새를 풍기며 온몸을 비틀며 죽어가고 있었다. 불에 타 죽어가는 기병들의 눈앞에 온몸에 붉은 갑주를 두른 자들이 나타났다. 바로 저들이다.

저들이 지난 일주일 동안 이곳에서 쥬신 동맹군의 진격을 저지한 공포의 마법사들이었다.

온몸에 붉은 갑주를 두른 200명의 마법사들이 건틀렛이 붙은 팔을 쳐들었다.

"파이어 볼."

"파이어 랜스."

"파이어 버스트."

음울한 목소리로 200명의 마법사들이 일제히 마법의 시동을 외치자 불이 붙어 혼란해진 기병들의 대열에 불의 창과 구가 일제히 쇄도했고 화염의 폭발이 일어났다.

쇄애액! 콰콰쾅! 콰쾅!

치솟아오르는 불길, 캄노스 부족의 전사들이 불의 창에 꿰뚫렸고 화염의 폭발에 휩쓸려 온몸이 찢겨 날아갔다. 허공에 찢겨진 살점들과 붉은 피가 햇빛을 가르며 우박처럼 떨어져 내렸다. 파르몽은 턱을 덜덜 떨었다. 이 정도라니, 이제야 동맹군 사령관 네모가 절대 움직이지 말라고 한 뜻을 알 것 같았다. 계곡에 캄노스와 세이지 부족의 기병들이 무리로 쓰러져 시체가 작은 산을 이루었다.

"빨리 철수해요! 빨리요!"

아모리나가 피타게 외치는 소리에 그제야 정신이 번쩍 든 파르몽이 말을 달리며 외쳤다.

"철수하라! 모두 물러나라!"

마법의 불길과 빗발처럼 쇄도해 들어오는 화염의 창들을 피해 기병들이 퇴각하기 시작하였다. 저 마법 키메라들은 비록 4서클의 두세 가지 마법을 날리고 있지만 이 화염 속에서는 당할 자가 없었다. 분노로 얼굴이 일그러져 내달리고 있던 파르몽은 아모리나가 외치는 소리에 정신이 들었다.

"화살이에요!"

계곡의 양쪽에서 7~800명의 붉은 갑주들이 일렬로 늘어서 크로스 보우를 겨누고 있는 것이 보였다. 뒤에는 화염의 마법진이 입을 벌리고 있었고 퇴각하는 통로에는 죽음의 크로스 보우들이 이빨을 번뜩이고 있었다. 파르몽은 이를 악물었다.

"나를 따르라!"

파르몽이 검을 휘두르며 내달리자 기병들이 말을 몰아 달려나갔다. 이곳에서 머뭇거리면 그만큼 전사들이 죽을 것은 뻔했다. 방법은 하나, 화살의 빗속을 뚫고 나가는 방법이다.

두두두두!

질풍처럼 내달리는 기병들의 머리 위로 화살의 비가 쏟아지기 시작했다.

슈슈슈숙!

"컥, 크억!"

달리던 파르몽은 어깨를 쇠몽둥이로 후려치는 감을 느끼며 휘청하였다. 곧이어 불로 지지는 듯한 아픔이 뇌를 관통했다. 파르몽의 갑주를 뚫은 화살이 어깨에 깊숙이 박혀 있었다.

"저놈이 캄노스 부족의 소부족장이다! 쏴라, 죽여라."

궁수들의 사이에서 기사들이 악을 쓰는 소리가 들려왔다. 아모리나가 쏟아지는 화살을 검으로 쳐내며 옆으로 달려왔다.

"파르몽, 괜찮아요?"

"난 괜찮아. 어서 빠져나가, 어서!"

파르몽이 피가 흐르는 어깨를 부여잡고 소리쳤다. 아모리나는 말 위에서 몸을 날려 파르몽을 그러안았다.

"기사들은 파르몽님을 호위하라!"

아모리나의 외침에 기사들이 몸으로 방패를 만들기 시작하였다. 그리고 연이어 몸을 비틀며 쓰러졌다.

"으으, 내 잘못으로 아까운 기사들이 죽다니."

파르몽이 비칠거리며 검을 치켜들었다. 죽어도 이렇게 죽고 싶지는 않았다. 그가 달려나가려고 했지만 아모리나가 놓아주지 않았다.

"놔, 아모리나! 나 때문에 기사들이 죽어가고 있어!"

"정신 차려요, 파르몽! 당신은 저들의 주군이야! 빨리 군사들을 퇴각시켜야 해!"

골짜기의 능선에서 파빌사그 부족의 군사들이 쏟아져 나오는 것이 보였다. 저들의 합공까지 받으면 전멸이다. 그가 검을 들고 외치려는 순간이다. 대지가 흔들거리며 함성 소리가 들려왔다.

우우우우, 휘익! 휘익!

"죽여라! 쓸어버려라!"

그건 소름이 오싹 돋게 하는 광포한 외침 소리였다. 그리고 화염의 불 구름 속으로 검은색 바탕에 창공을 날며 포효하는 한 마리의 검은 새가 나타났다.

"블랙울프들이다!"

"블랙울프가 왔다!"

캄노스와 세이지 부족의 군사들이 희열에 차서 부르짖는 소리가 들렸다. 맹렬하게 달려오는 기병들은 온통 검은색 일색인 블랙울프들이었다. 천지를 진동시키는 말발굽 소리, 번쩍거리는 롱 소드들이 햇빛을 가린다. 그리고 그들이 뿜어낸 마나 블레이드들이 공포의 죽음을 안고 전장을 환하게 밝히고 있었다.

"군사들의 철수를 엄호하라! 천지연환참!"

갑자기 맨 앞에 선 검은 갑주가 허공으로 솟구치며 찬란한 빛이 반원을 그렸다. 그것은 마치 태양이 대지에 내려온 것 같은 찬란한 빛이었다.

샤샤샤샥.

수십 수백 갈래로 갈라진 오러 블레이드들이 궁수들을 향해 날아간다. 그리고 처절한 비명이 울려 퍼졌다.

"크악! 아악!"

"도망쳐라! 광풍의 전사다!"

궁수들이 우왕좌왕하며 엎어지고 흩어졌다. 하지만 오러 블레이드들은 사정이 없었다.

빛살 같은 오러 블레이드들이 지나는 모든 곳에서 몸통이 두 동강 난 군사들이 피를 뿜으며 꼬꾸라졌고 팔다리가 무수히 날아올랐다. 허공을 가득 메우는 피비가 쏟아지고 있었다.

"헤럴드 후작님이에요!"

기쁨에 찬 아모리나의 말소리가 귀를 울렸지만 파르몽은 고개를 떨어뜨렸다. 너무도 많은 전사들이 자신의 잘못 때문에 죽었다. 무슨 면목으로 형님을 대한단 말인가?

"뭐 해요! 빨리 퇴각하세요!"

말을 달려오는 은발의 레나가 보였다. 그녀의 화살에서 푸른 뇌전이 연이어 날아갔다.

우르릉— 콰콰콰콰!

뇌전이 번쩍이며 끝도 없이 밀려오는 군사들을 무자비하게 쓸어버리고 있었다.

"가요! 빨리!"

아모리나의 말에 흐릿해지는 정신을 가다듬으며 파르몽은 말을 달렸다.

두두두두!

"주군, 아예 저놈들을 쫓아가 전멸시킵시다!"

헤럴드의 뒤를 따라온 핸더슨이 의기양양해서 소리쳤다. 그는 앞에서 무리로 도망치는 파빌사그 부족을 보며 당장이라도 달려갈 듯 대거를 쳐들고 있었다.

"그만, 여기까지. 저곳은 함정이다."

헤럴드는 계곡 안으로 도망치는 적들을 보며 주위를 살피고 있었다. 이곳은 계곡뿐이 아니라 모든 곳이 마법진으로 겹쳐 있었다. 혼돈의 기에 포착된 곳을 보니 모든 대기의 마나들이 일그러져 있었고 거대한 힘을 내포한 채 숨을 죽이고 있었다.

만약 멋모르고 저곳에 들어서면 엄청난 폭발이 일어날 것이고 인간의 육체는 갈가리 찢길 것이다. 누군지는 모르겠지만 고 서클의 마도사가 있는 것만은 확실했다.

"네모, 철수하라."

"옛, 주군."

뒤에 서 있던 네모가 부하들을 데리고 철수하기 시작하였다.

"주군, 검은 탑에는 8서클에 도달했다는 3대 마도사가 있습니다. 아마도 여기에 그중 한 명이 온 것 같습니다."

뒤에 시립하고 있던 위타킨의 말에 헤럴드는 고개를 끄덕였다. 그의 말이 옳았다. 이 마법진들은 적어도 마나석들에 의한 마법진이 분명했다. 그리고 방금 공격하던 하위급 마법사들은 분명 키메라들이었다. 비록 몇 가지 마법밖에 구사하지 못하지만 수백 명이 마법진에 혼란을 일으킨 군사들을 공격한다면 치명적이다.

"돌아간다."

헤럴드의 말에 위타킨 형제들과 레나가 말을 돌려세웠다.

"치사한 놈들, 간계로 싸우려고 하다니. 퉤!"

핸더슨이 침을 뱉고는 말을 돌려 따라왔다. 그것을 본 도미니크는 빙그레 웃었다. 핸더슨이 저렇게 툴툴거리고 있지만 그도 느끼고 있을 것이다. 전쟁은 장난이 아니었고 어떤 수단을 쓰든 이긴 자만이 할 소리가 있는 것이다. 죽은 자는 말을 할 수 없기 때문이다.

"제가 공명심에 사로잡혀 수많은 군사들을 죽였습니다. 벌을 내려주십시오."

이곳은 쥬신 동맹의 군영이다. 수많은 군사들이 정렬하여 선 군영 안에는 숨소리 하나 없이 조용했다. 군사들이 퇴각한 후 헤럴드는 전군을 모이게 했고 지금 불려 나온 파르몽은 무릎을 꿇고 있었다. 차렷하고 선 두 족장과 기사들, 그리고 군사들은 모두 침묵을 지키고 있었다.

오늘 전투에서 죽은 군사만 3만에 달했다. 군령을 어기고 수많은 군사들을 죽였으니 목을 쳐도 할 말이 없었다.

"헤럴드 후작님, 죄는 저에게도 있습니다. 저에게도 벌을 내려주십시오."

부족의 원로들과 함께 서 있던 아모리나가 파르몽의 옆에 나와 무릎을 꿇었다.

"아, 아니, 저……."

세이지 부족의 원로들이 아연해서 발을 구르며 입을 뻥끗거렸다. 아모리나는 세이지 부족의 현 족장이다. 그녀가 무릎을 꿇는 것은 세이지 부족이 무릎을 꿇는 것이나 다름이 없었다. 뒷짐을 지고 서 있던 헤럴드가 천천히 돌아섰다.

"잘 들어라, 파르몽. 너는 부족의 소부족장이기 전에 쥬신 동맹의 제1군사령관이다. 전장에서 명령 불복종은 군령으로 그 죄를 묻는다. 오늘 너 때문에 3만에 달하는 군사들이 죽었다. 그들은 한 가족의 아버지이고 남편이며 오빠들이다. 그들을 기다리는 아내들과 아이들에게 너는 뭐라고 말하겠느냐? 내가 죽였다고 하겠느냐?"

헤럴드의 말에 파르몽은 머리를 눈판에 박았다.

"죽여주시오, 형님! 흐으윽!"

그러자 헤럴드의 벽력같은 일갈이 터져 나왔다.

"입을 닥쳐라! 나는 네 형이기 전에 쥬신 동맹의 총사령관이다! 공과 사는 엄연한 법, 너는 죄를 범했으니 100대의 채찍을 맞아야 하며 이후 사령관의 직책에서 해임한다! 일개 군사로 참전해 너의 죄를 부족민들 앞에서 씻어라! 알았느냐?"

"예, 총사령관님!"

머리를 땅에 박은 파르몽의 눈에서 자책의 눈물이 줄줄 흘러내렸다. 그것을 본 헤럴드가 소리쳤다.

"뭣들 하느냐? 어서 벌을 집행하라!"

"옛, 총사령관님!"

군율을 책임지고 있는 감찰부장이 대답하고 명을 내렸다.

"군사들은 죄인에게 형벌을 집행하라!"

촤악! 촤악! 촤악!

형틀에 묶인 파르몽의 잔등에 물에 적신 가죽 채찍이 날카로운 소리를 내며 떨어져 내렸다. 저 채찍은 오거의 가죽으로 만든 것으로 맞으면 살점이 뭉텅뭉텅 떨어진다. 이를 악물고 있는 파르몽의 잔등에서 살점이 떨어졌고 피가 흘러내렸다.

파르몽의 아버지인 테드가 차마 자식의 형벌을 보기 힘들어 머리를 돌려 버렸다.

그의 귀에 헤럴드의 차가운 말소리가 들렸다.

"그대 아모리나도 죄를 지었다. 때문에 그대를 제2군사령

관의 직책에서 해임하며 그대의 조부 에드워드를 제2군사령
관으로 임명한다. 내 명에 이견이 있는가?"

"없습니다. 아모리나, 군사로 참전하겠습니다."

그것을 보고 있던 세이지 부족의 원로들이 안도의 숨을 내
쉬었다. 그들은 아모리나가 형벌을 받을까 봐 노심초사했던
것이다. 비록 사령관의 직책은 해임됐지만 그녀는 세이지 부
족의 족장이다.

명을 모두 내린 헤럴드가 사령관의 막사 안으로 들어가 버
렸다.

휘이잉!

찬바람이 군사들이 정렬하여 선 군영을 휩쓸고 지나갔다.

"오빠, 마셔. 뜨거운 차야."

방으로 들어온 레나가 김이 나는 차를 헤럴드의 앞에 내놓
았다.

"고마워, 레나."

레나는 무거운 분위기인 헤럴드를 힐끗 보고는 입을 열었
다.

"오빠, 너무 걱정 마. 사람들은 이해할 거야."

헤럴드는 묵묵히 창밖을 보며 차를 마셨다. 테오코름 시에
서 조금만 빨리 왔다면 이 정도의 처참한 패배는 없었을 것
이다. 하나 이미 도착하니 일은 벌어졌고 수많은 군사들이

죽었다.

그것도 파르몽이 군령을 어기고 출전했다는 것에 분노했다. 이번 기회를 통해 군율을 세우지 않는다면 여러 부족이 모인 쥬신 동맹은 강철 같은 규율을 세우지 못할 것이다.

하여 친동생처럼 생각하는 파르몽이지만 가차없이 벌을 내린 것이다. 그래도 파르몽이 진심으로 죄를 뉘우치고 있는 것이 마음에 들었다.

캄노스 부족은 쥬신 동맹군의 1군이다. 1군 사령부의 막사에 피가 흥건하게 흐른 파르몽이 침대에 누워 있고 족장 테드와 참모들, 원로들이 안쓰러운 얼굴로 서 있었다.

"아무리 그래도 그렇지, 이건 너무합니다. 그래도 파르몽님은 소부족장이 아닙니까?"

부족의 병참 참모인 에게스가 피를 닦아내는 파르몽을 보며 분노를 토해냈다. 그러자 원로들이 서로를 쳐다보며 웅성거렸다.

"글쎄 말이야. 지금은 쥬신 동맹에 속해 있지만 우린 엄연히 캄노스 부족 사람들이야."

"그래, 이건 항의해야 될 일이야."

그들의 말을 듣고 있던 족장 테드가 노기를 띠고 고함을 질렀다.

"지금 무슨 소리를 하는가? 쥬신 동맹은 현재 우리의 집이

야! 그리고 말은 바른대로 해! 내 아들이 잘못하는 바람에 군
사들이 죽었어! 다신 그런 말을 하지 말게! 이건 원래 목을 칠
일이야!"

족장 테드의 말에 에게스가 앞으로 나섰다.

"하지만 족장님, 파르몽님은 우리 부족의 후계자입니다.
그런 분에게 타인이 벌을 내릴 수는 없습니다. 앞으로 계속
이런 식이라면 파빌사그 부족을 점령한 다음 아이스 왕국을
쥬신 영지가 장악할 수도……."

"닥쳐라, 에게스! 네가 감히 내 형님을 중상하느냐?"

상처를 치료하고 있던 파르몽이 분노에 차서 고함을 질렀
다. 에게스의 말에 참을 수가 없었던 것이다.

"죄송합니다, 파르몽님. 하지만 아이스 왕국은 이제 우리
부족의 것이나 마찬가집니다. 그런데 쥬신 영지가 주도권을
쥔다면……."

말을 하던 에게스는 눈을 부릅떴고 얼굴이 하얗게 질렀다.
자리에서 벌떡 일어선 파르몽이 검을 뽑아 들었던 것이다.

"왜, 왜 이러십니까? 전 우리 부족을 위해서……."

"그 입 다물라! 단칼에 베어버리기 전에! 헤럴드 형님은 나
와 아모리나의 생명의 은인이다! 그리고 우리 부족은 형님이
도와주지 않았다면 지금쯤 파빌사그 부족의 노예가 되었을
것이다! 그런데 뭐? 아이스 왕국의 주도권? 명심하라! 형님이
요구한다면 난 미련없이 이 땅을 내놓을 것이다! 지금 가지고

있는 영토만으로도 캄노스 부족은 만족이다! 알겠느냐?"

파르몽의 서릿발 같은 말에 에게스는 무릎을 털썩 꿇었다.

"제가 그만 실언을 했습니다. 용서해 주십시오, 파르몽님."

"꼴도 보기 싫다. 물러가라."

에게스가 비칠거리며 밖으로 나가자 파르몽이 원로들을 둘러보았다.

"여기 모인 원로님들은 잘 들으세요. 이건 다음 대 캄노스 부족의 후계자로 드리는 말입니다. 우리가 살길은 쥬신 영지와의 튼튼한 동맹에 있습니다. 우리가 독립하고 나면 아스톤 제국이 가만있을 것 같습니까? 그러나 우리의 뒤에 블랙울프들이 있다면 그들은 감히 덤비지 못합니다. 내 말뜻을 알겠습니까?"

파르몽의 말에 원로들이 고개를 끄덕였다. 아스톤 제국, 그들이 공격해 온다면 캄노스 부족은 하루아침에 박살이 날 것이다. 그러나 블랙울프들이 지원한다면 안심이다. 이번 전쟁에서 본 블랙울프들은 정말 무서운 힘을 가지고 있었다. 그들이 동맹으로 있는 한 아스톤 제국은 섣불리 덤비지 못할 것이다.

"내가 생각이 짧았네. 용서하시게, 소부족장."

"나도 잘못했네."

원로들이 사과하는 말을 들으며 족장 테드는 만족한 웃음을 지었다. 이제 아들은 다 컸다. 저 정도로 국제 정세를 판단하는 감각이면 족장을 해도 남음이 있었다.

"허허, 모두 부족의 앞날을 위해서 한 말이니 없던 일로 합시다. 그리고 이거 클클한데 한잔해야 할 것 같소. 어떻소?"

"좋습니다, 족장님. 한잔 거하게 합시다."

모두들 밝게 웃으며 말을 하는데 부관이 들어섰다.

"저, 족장님. 헤럴드 후작님의 보좌관인 레나님께서 오셨습니다."

"들여보내게."

방에 들어온 레나가 고개를 숙여 인사를 드렸다.

"안녕하세요, 족장님? 이건 오빠가 보내는 약입니다."

레나의 손에는 상처 회복에 좋은 치료제가 들려 있었다. 테드의 얼굴에 함박웃음이 어렸다. 역시 헤럴드는 벌을 내리고도 속으로 편치 않아 하고 있는 것이다.

"고맙습니다, 보좌관님."

테드가 약을 받자 레나가 파르몽에게 다가갔다.

"파르몽님, 상처는 어떠세요?"

"괜찮습니다, 형수님."

파르몽이 웃음을 짓고 말하자 레나가 그의 귀에 대고 속삭였다.

"파르몽님, 오빠는 지금 끙끙거리며 앓고 있어요. 호호."

그녀의 말에 파르몽은 웃음을 지었다. 형님의 속을 잘 알고 있기 때문이다.

"전 괜찮습니다. 그러니 가서 형님을 도와주십시오, 형수
님."
"걱정 말고 치료 잘하세요."
레나가 나간 문을 바라보는 족장 테드와 원로들의 얼굴에
흐뭇한 웃음이 감돌고 있었다.

*　　　*　　　*

"얏! 앗! 아아아!"
카사코브 시의 변두리에 자리를 잡고 있는 중소전사연합
의 거대한 연무장에서 함성 소리와 검들이 부딪치는 소리가
오늘도 변함없이 울리고 있었다. 창밖으로 그 모습을 보고 있
던 샤칸은 문소리에 고개를 돌렸다.
"부르셨어요, 언니?"
방에 들어선 여인은 방금 목욕을 끝낸 듯한 청초한 인상의
아름다운 여인이다. 이제 16~7세 정도의 나이로 비취색의
머리와 푸른 눈, 핑크색의 입술이 당장 안아주고 싶을 정도로
매력적인 미를 풍긴다. 바로 던전 길드의 길드장인 아울이다.
"아울, 이곳에도 아울의 길드원들이 있다고 했지?"
"예, 샤칸 언니. 무슨 일이 있어요?"
아울의 동그래진 눈을 보며 샤칸은 풀썩 웃었다. 초기에 아
울이 왔을 때 샤칸은 가슴이 철렁하였다. 그녀의 너무도 청초

한 모습 때문이었다. 그러나 지내보면서 샤칸은 그녀를 동생
으로 받아들였다. 생긴 것도 예쁘지만 마음 역시 비단처럼 아
름다웠기 때문이다.

"응, 요새 정보원들의 보고에 의하면 마틴 공작의 진영이
심상치 않아. 그래서 이 일을 동생이 좀 알아봐 주었으면 해
서. 할 수 있어?"

샤칸의 말에 아울의 얼굴이 환해졌다. 그동안 이곳 중소전
사연합에 와서 던전 길드장 아울인 루시는 수련만 했다. 조금
이라도 더 강해지기 위해서였다. 하지만 자신들을 누구도 써
주지 않았다. 하지만 샤칸이 일을 맡긴다는 것은 이제는 식구
로 인정한다는 뜻이 아닌가?

"고마워요, 언니. 힘껏 하겠어요."

루시의 눈에 눈물이 글썽해졌다. 그 모습을 본 샤칸도 왠지
가슴이 뭉클해졌다.

"그럴 줄 알았어. 은밀히 그들의 동태를 알아봐 줘. 그리고
검은 그림자 부대를 붙여줄게."

"검은 그림자 부대요?"

루시가 눈이 둥그레지는 것을 보며 샤칸은 손가락을 딱 소
리가 나게 꺾었다. 그러자 방의 한쪽 벽이 아른거리더니 검은
옷을 입은 사람이 솟아나듯 나타났다.

"뉴아랜, 샤칸님을 뵙습니다."

뉴아랜은 루시가 놀라든 말든 상관없이 샤칸의 앞에 머리

를 숙였다.

"뉴아랜, 너는 이제부터 루시의 일을 보좌해라. 그녀를 나처럼 생각해야 한다."

"충!"

간단하게 한마디 대답한 뉴아랜이 루시에게 돌아서 고개를 숙였다.

"신 뉴아랜, 오늘부터 루시님의 그림자가 되었음을 고합니다."

루시는 그만 얼굴이 빨개졌다. 무표정한 사내의 얼굴은 50대 정도의 나이였다.

차마 아버지 같은 뉴아랜에게 말을 놓기가 힘들었다.

"저기, 나, 난……."

"말을 놓으십시오, 루시님. 주군께서 아시면 경을 칠 일입니다."

무뚝뚝한 뉴아랜의 진심 어린 말에 루시는 간신히 입을 열었다.

"알았어… 요."

"그럼 전 이제부터 임무를 수행하겠습니다."

스르륵.

말이 끝나자마자 뉴아랜의 모습이 연기처럼 사라져 버렸다. 멍해서 두리번거리는 루시를 보고 샤칸은 방실거리며 웃었다.

“루시, 뉴아랜은 헤럴드의 그림자야. 헤럴드가 떠날 때 나에게 붙여줬어. 소드 마스터 급이지. 루시가 이번에 알아볼 일은 지극히 위험해. 하지만 뉴아랜이라면 마음을 놓을 수 있어.”

“고마워요, 언니.”

루시가 감격에 겨워 샤칸을 쳐다보았다. 하지만 샤칸은 속으로 미소를 짓고 있었다. 어차피 루시도 헤럴드의 여자가 될지 몰랐다. 그렇다면 미리 서열을 정해두는 것이 더 좋다고 생각한 것이다.

“자, 이것이 정보 자료야. 여길 봐.”

두 여인이 머리를 맞대고 열심히 토의를 하기 시작하였다.

카사코브 시에서 40㎞ 정도 떨어진 비오프라 강에는 수많은 장사꾼들이 드나드는 비오프라 항구가 있다. 이곳에서 배를 타면 망가이 강으로 갈 수 있고 망가이 강에 도착하면 아이스 왕국으로 갈 수도 있고 아스톤 제국과 니힐리스 제국으로도 갈 수 있는 배들이 떠난다. 긴긴 겨울이 끝나가는 비오프라 강에는 얼음들이 녹아 둥둥 떠내려 오고 있지만 각국에서 피륙을 사기 위해 수많은 배들이 모여들고 있었다. 겨우내 중단되었던 뱃길이 이때부터 열리는 것이다.

비오프라 항구에 있는 황혼의 저녁 식당에 사람들이 바글

바글하고 있었다.

"루시님, 다른 식당으로 옮길까요?"

식당에 앉아 음식을 먹고 있던 귀족가의 영애가 분명한 아가씨에게 뒤에 시립하고 있던 여자가 묻는다. 귀족가의 영애가 떠들썩한 소란에 이마를 찡그렸기 때문이다.

하지만 아가씨가 머리를 흔들었다.

"됐어, 베로니카. 어차피 내일이면 이 나라를 떠날걸."

영애의 핑크빛 입술이 열리고 맑은 목소리가 흘러나왔다. 그녀가 앉아 있는 곳에서 멀지 않은 곳에 앉아 있던 전사 차림의 남자들이 힐끔힐끔 건너다보고 있었다.

"아이, 정말 이 나라는 소란스러워요. 빨리 화이트 왕국에 돌아가야지."

시녀 차림의 아가씨가 종알거리며 주위를 둘러보았다. 식당에는 용병들과 각 나라에서 온 장사꾼들, 전사들, 기사들과 귀족들로 만원을 이루고 있었다.

"그나저나 야단이야, 베로니카. 배편을 얻지 못해서 어떡하지?"

루시라는 귀족가의 영애 말에 베로니카라는 시녀가 고개를 숙였다.

"죄송합니다, 아가씨. 최선을 다해서 알아보고 있지만 아직은 모르겠습니다."

시녀의 말에 영애가 시무룩하게 말했다.

"할 수 없지 뭐. 아버지가 기다리고 있겠지만 배가 없으니. 여관이나 알아봐."

"예, 아가씨."

지금 이 도시에 있는 배들은 모두 위드 전사단에서 통째로 계약을 맺는 바람에 사람들의 발목이 묶여 있었다. 위드 전사단은 이곳 타판파스 초원의 4개의 거대 전사단들 중의 하나로 막강한 힘을 가지고 있었다. 이곳 비오프라 시에 있는 위드 전사단의 지부는 실질적인 그들의 본거지나 마찬가지였다.

"이봐, 저 계집 어때?"

와인을 마시고 있던 3명의 전사 중 한 명이 눈을 찡긋하며 두 명을 바라보았다. 그러자 두 명의 전사가 침을 꿀꺽 삼켰다.

"케니스님, 하지만 저 계집은 귀족입니다. 만일 잘못되면."

"바보 같은 자식, 여긴 타판파스 초원이야. 방금 저 계집들이 하는 말을 들으니 화이트 왕국의 계집 같은데, 이곳에서 죽어도 누가 신경도 안 쓸걸."

케니스란 자의 말에 두 전사가 눈을 마주치고는 고개를 끄덕였다. 정말 이곳에서 납치를 하면 저 남쪽의 끝에 있는 작은 나라인 화이트 왕국에서는 속수무책이다. 그리고 지금 타판파스 왕국은 말만 왕국이지 왕도 없었고 3개의 세력이 서로 견제하고 있어 치안도 좋지 않았다.

"그럼 어떻게 할까요, 부지부장님?"

"저것들이 여관으로 갈 때 조용한 곳에서 납치를 해와. 아지트로……."

"호호! 알겠습니다, 케니스님."

두 전사의 눈이 몽롱해지고 입가에 허연 침이 흘러나왔다. 벌써부터 저 청초한 계집을 안을 생각을 하니 하초가 후끈 달아오르고 환상이 떠오른다.

케니스는 이곳 위드 전사단 지부장의 아들이다. 지부장이 나이를 먹어 난 아들이어서 너무 귀하게 길러 케니스는 안하무인이었다. 그는 이곳 비오프라 시에서 이름난 색마였고 말썽꾸러기이지만 누구도 막을 수가 없었다. 그의 뒤에는 귀족들도 피하는 위드 전사단이 있기 때문이었다. 거리에서 만나는 많은 처녀들이 케니스의 마수에 걸려 겁간을 당했지만 하소연할 곳이 없었다. 그런 케니스의 눈에 저 귀족가의 계집은 정말 눈이 뒤집힐 만하게 아름다웠다. 아니, 이건 아름다움을 떠나 청초한 하나의 보석 같았다.

"루시님, 여관을 정했습니다. 시내 여관은 만원이고 외곽에 있는 작은 여관이지만 깨끗하니 하룻밤 잘 만은 한 것 같습니다."

밖으로 나갔던 시녀가 들어와 하는 말소리가 케니스와 일당의 귀에 생생히 들린다.

"그래, 그럼 가자. 나 많이 피곤해."

“알았습니다, 아가씨.”

아가씨가 일어서 나가자 케니스 일당도 급히 자리를 차고 일어섰다. 저 앞에서 승용마차를 타는 일행이 보이자 케니스 일행도 마차에 올랐다.

달리는 마차의 뒤를 따라가면서 케니스는 흐뭇했다. 이번에 비오프라 시 위드 전사단은 비상령이 내려져 있었다. 사실 비오프라 위드 전사단 지부는 마틴 공작의 휘하에 있는 비밀 전사들이다. 이번에 수도로부터 3만의 기마병들이 들어왔고 그들은 내일 아이스 왕국으로 출전한다. 비밀을 위해 모두 전사로 가장하고 있었고 이곳 배들을 모두 징발하였다.

“후~ 그동안 굶었더니 참을 수가 없군.”

케니스는 계집의 아름다운 얼굴을 그려보며 하초를 잔뜩 움켜쥐었다. 조금만 있으면 저 아름다운 계집을 마음껏 유린할 수가 있었다. 그의 게슴츠레한 눈이 벌써 황홀한 생각으로 흐리멍덩해져 있었다.

“저기예요, 아가씨.”

마차에서 내린 루시의 눈에 작고 깨끗한 여관이 안겨왔다.

‘피치(복숭아)의 맛’ 이라고 쓴 여관의 간판이 보였다.

“어서 가자.”

“예, 아가씨.”

루시와 시녀들이 안으로 사라지자 케니스 일행이 모습을 드러냈다.

“흐흐! 자, 들어가자.”

“예, 부지부장님.”

세 명의 전사가 흔들거리며 안으로 들어섰다.

“어서 오세요. 자고 가시렵니까?”

안에 들어서자 늙은 노인이 앞으로 나서며 인사를 했다. 그러자 전사가 입을 열었다.

“영감, 방금 들어온 여자들 몇 호에 들었지?”

“왜, 왜 그러십니까?”

세 사람에게 나오는 좋지 않은 기색을 느꼈는지 노인이 한 발 물러서며 더듬거렸다.

촤앙!

“헉!”

노인의 목에 새파란 검날이 겨누어졌다. 하얗게 질린 노인을 바라본 케니스가 얼굴을 손가락으로 톡톡 건드렸다.

“우린 위드 전사단이야. 그리고 난 말이다, 케니스고. 내 이름 들어봤나?”

“허억, 케니스?”

노인이 눈을 부릅떴다. 그러자 케니스는 만족하게 웃었다.

“흐흐, 나 케니스는 내 일에 방해하는 자는 용서가 없어. 그냥 쓱싹해 버리지. 알겠나?”

케니스가 손으로 목을 베는 시늉을 하자 노인이 정신없이 고개를 끄덕였다.

"그래, 내 말을 잘 들으면 이건 네 돈이다. 주둥이를 함부로 놀리면 네놈의 목을 잘라 버리고 이 여관은 오늘 밤 불타 버릴 것이다. 자, 말해라. 그 여자가 어느 방에 들었지?"

케니스의 손에 들린 금화 하나를 본 노인은 침을 꿀꺽 삼키고는 입을 열었다.

"예, 입을 다물겠습니다. 2층 3호입니다. 시녀들은 4호와 5호에 들었습니다."

"흐흐, 좋아. 이건 네 것이다."

돈을 던져 준 케니스가 위층으로 기세등등해서 걸어 올라갔다. 늙고 초라한 노인이 바닥에 떨어진 돈을 줍더니 깨끗이 닦아 주머니에 넣었다. 그런데 그의 손은 결코 늙은이의 손이 아니었다.

"당신들은 누구죠?"

방에 들어와 자리에 앉기도 전에 문이 벌컥 열리더니 뱀눈의 사내가 들어왔다. 자리를 차고 일어선 루시의 입에서 새된 소리가 튀어나왔다. 하지만 케니스의 귀에는 분노한 듯한 그 말소리도 천상의 음률처럼 들렸다. 마치 신계의 천사가 하는 말처럼 온몸의 신경이 곤두선다.

"흐흐! 아가씨, 난 이곳 위드 전사단의 부지부장 케니스요. 이렇게 방문해서 미안하긴 하지만 어쩌겠소. 본시 여자란 나비가 날아들어야 꽃으로 피는 법이 아니겠소."

케니스가 어울리지 않는 동작으로 어깨를 으쓱거리며 하

는 느끼한 말에 뒤에 서 있는 두 부하들이 킬킬거렸다.

"호호호, 클클클."

그러자 아가씨의 얼굴이 붉게 물들었다. 그녀의 손이 쳐들리더니 문밖을 가리켰다.

"알고 보니 쓰레기들이구나! 감히 귀족에게 수작을 걸다니, 당장 나가지 않으면 네놈들을 능지처참할 것이다!"

아가씨의 통통한 핑크빛 입술이 열리고 위엄에 찬 호통이 터져 나왔지만 케니스는 개의치 않고 다가갔다. 이제 이 아름다운 꽃은 피할 곳이 없다. 여태껏 그랬던 것처럼 발버둥을 칠 것이고 자신의 몸에 짓눌려 천상의 즐거움을 선사할 것이다.

"크크, 그러면 안 되는데, 응? 아가씨, 순순히 말을 듣지 않으면 험한 꼴을 당해. 그러지 말고 우리 서로 좋게 하자고. 아가씨도 좋고 나도 좋고. 히히히."

"더러운 놈, 말로는 안 되겠구나! 베로니카, 이놈들을 잡아라!"

아가씨의 날카로운 호통이 떨어지자 케니스는 화들짝 놀랐다. 여관의 벽에서 갑자기 한 명의 여인이 솟아나듯 나타났다.

"인비져빌리티! 설마 마법사?!"

깜짝 놀란 케니스가 경악에 찬 소리를 지르는 새에 베로니카의 손가락에 끼워져 있는 반지에서 파란빛이 반짝이기 시작하였다. 그것을 본 세 명의 색마는 얼굴이 시꺼멓게 변해갔다.

"저건 마법의 반지!"

"흥, 알아보는구나. 하지만 늦었다. 감히 전사들 따위가 귀족가의 영애를 능멸하다니. 네놈들을 잡아 갈가리 찢어 죽이리라."

베로니카의 아름다운 입에서 온몸에 소름이 돋게 하는 살벌한 말이 흘러나왔다. 케니스는 순간적으로 정신이 아뜩했다. 그의 실력은 겨우 중급전사, 아버지의 덕으로 부지부장 자리를 차지하고 있지만 검술은 영 아니었다. 오히려 뒤에 있는 두 전사가 검을 뽑아 들며 앞으로 나섰다. 그들의 검에서 하얀색의 마나 블레이드가 솟구쳐 올랐다. 이들은 비록 파락호들이지만 실력만은 당당한 상급전사들이었다.

"부지부장님, 저희들이 처리하겠습니다."

"그, 그래, 그년을 죽이지 말고 제압해라. 나이는 먹었어도 먹음직하구나. 흐흐."

그제야 정신적인 공황 상태에서 벗어난 케니스가 뒤로 물러서며 베로니카의 무르익은 몸매를 아래위로 훑어보았다. 베로니카는 아름다운 얼굴과 30대의 농염한 몸매를 모두 소유하고 있어 케니스의 색욕을 자극했고 군침을 삼키게 했다.

"참으로 가관이구나. 루시님, 더러운 것들은 제가 처리하겠습니다."

갑자기 뒤에서 들리는 남자의 말소리에 케니스의 머리가 확 돌아갔다. 그곳에는 여관 주인의 주름진 얼굴이 노려보고 있었다. 그런데 그의 몸에서 강력한 살기가 폭풍처럼 밀어닥치고 있었다.

"너, 너는! 으으!"

케니스는 말을 하려다가 온몸에 덮쳐 오는 살기로 부들부들 떨었다. 노인이 얼굴 가죽을 잡아당기자 새로운 얼굴이 나타났다. 약간 길쭉한 50대 중반의 얼굴은 냉혹한 살기로 번들거리고 있었다.

"위드 전사단의 색마 케니스, 네가 무슨 짓을 했는지 아느냐? 저분은 광풍의 전사 헤럴드 후작님의 부하이시다. 네놈은 그 죄로 세상에서 가장 지독한 고통 속에서 죽게 될 것이다. 나를 원망 마라."

노인은 다름 아닌 뉴아랜이었다. 뉴아랜의 선고에 케니스는 입을 딱 벌리고 벙끗거렸다. 어떻게 저 여자가 광풍의 전사인 헤럴드의 부하인 줄 알았을까? 케니스는 갑자기 받은 충격에 그만 입에 거품을 물고 쓰러졌다.

"크으, 광풍의 전사! 으으."

"이놈이! 네가 헤럴드의 부하이든 뭐든 죽어라!"

고함을 지르며 두 전사가 검을 찔러 들어왔다. 마나 블레이드를 펄펄 날리며 공격해 들어가던 두 전사는 눈이 휘둥그레졌다. 뉴아랜이 눈앞에서 귀신처럼 사라졌던 것이다.

"어, 어디? 크악!"

"컥!"

두 전사는 뇌가 부서지는 감을 느끼며 그대로 무너져 내렸
다.

휘익! 척!

순간적으로 공중에 날아올라 두 전사를 발차기로 때려눕
힌 뉴아랜이 놈들을 내려다보았다. 이미 헤럴드가 준 뇌전심
법을 익혀 소드 마스터에 오른 그에게 이런 자들은 식후 간식
거리도 되지 못한다.

"빨리 놈들을 지하로 옮겨요."

"알았습니다, 루시님."

밖에 대기하고 있던 길드원들이 안으로 들어와 놈들을 끌
어갔다. 이 피치의 맛 여관은 던전 길드 타판파스 지부의 아
지트였다.

댕댕댕!

카사코브 시에 있는 중소전사연합에 비상종 소리가 다급
하게 울려 퍼지기 시작하였다.

"비상이다! 전대들은 연무장에 정렬하라!"

각 전대장들이 지르는 고함 소리와 무기를 든 전사들이 달
려가는 소리로 장내가 소란스러웠다.

"그럼 놈들이 주군을 공격하기 위해 떠난단 말입니까?"

제1전대 대장인 넬슨이 눈을 둥그렇게 뜨며 물었다. 넬슨은 이전 스톰 전사단의 단장으로 지금은 중소전사연합 제1전대 전대장이다. 중소전사연합은 총 인원 1만 명으로 각 2천 명씩 5개의 전단이 있다. 방 안에 모인 전대장들이 웅성거리며 서로를 쳐다보았다.

"아울의 보고에 의하면 놈들은 이전 스콜피언 전사단과 마틴 공작의 기마병들이에요. 만약 이놈들을 그대로 방치한다면 지금 힘겨운 싸움을 하고 있는 헤럴드님이 더 어려워질 수도 있습니다. 해서 나는 놈들이 출전하기 전에 공격하려고 결심했어요. 여러 전대장님들의 의견을 듣고 싶습니다."

샤칸의 말이 끝나기 바쁘게 한 여자의 날카로운 목소리가 들려왔다.

"우린 그분의 전사들입니다. 주군이 하는 일을 방해하는 자는 그가 누구든 죽여야 해요. 그것이 주군의 부하인 우리의 의무입니다."

자리를 차고 일어나 주먹을 움켜쥐고 말하는 여자는 이전 스톰 가의 외동딸 베라다. 그녀는 그동안 헤럴드가 넘겨준 파나류권법을 익혀 지금은 감히 대적할 자가 없는 전사로 자라났고 중소전사연합에 유일한 백합전대 전대장이다. 백합전대는 모두 여자들로 조직된 전대이고 그녀들은 하나같이 권법을 익힌 권사(拳師)들이다.

"백합전대장의 말이 옳소. 주군을 공격하러 가는 놈들을 용서할 수는 없습니다.”

제2전대장이 자리를 차고 일어나 외치자 모두가 일어섰다.

“옳소!”

“놈들을 공격합시다!”

그들을 보는 샤칸의 얼굴에 희미한 미소가 어렸다. 이렇게 될 줄은 알았지만 하나같이 일어서는 것이 기쁘기 그지없었다. 그녀가 먼 북방 쪽으로 얼굴을 돌렸다.

‘헤럴드, 당신은 참으로 대단해. 모든 사람들이 당신을 충심으로 받들고 있어. 이들에게 당신의 진심이 통했던 거야.’

두두두두!

중소전사연합의 정문이 열리더니 새카만 옷으로 일색인 전사들이 쏟아져 나왔다. 1만 명의 기마 전사들이 타판파스 초원의 서북쪽을 향해 질풍처럼 달려가고 있었다.

“속도를 높여라.”

“충!”

“충!”

전사들의 외침이 거리를 들썩하게 했고 눈보라가 구름처럼 일어났다. 대열의 앞에는 중소전사연합의 깃발이 펄럭이고 샤칸과 거인 레드 탈로스가 거대한 클럽(쇠몽둥이)을 어깨에 메고 말을 달리고 있었다.

“아유, 전쟁이 났나?”

“글쎄 말이유!”

거리에서 장사를 하던 사람들이 완전무장한 채 내달리는 전사들을 보고 수군거렸다. 이 거리는 중소전사연합이 생기면서 안정된 생활을 하고 있어 사람들의 중소전사연합에 대한 지지가 높았다.

타판파스 초원에 왕이 없어지고 3개의 세력이 둥지를 틀면서 치안이 무질서했지만 이곳은 중소전사연합이 있어 감히 어중이떠중이들이 범접을 못했다.

그러기에 이곳에 사는 평민들은 중소전사연합의 일을 자신들의 일로 생각하고 있었다.

"뭐 걱정이야 있겠수? 중소전사연합의 전사들이 얼마나 강한데⋯⋯."

"암, 그렇고말고."

사람들은 달리는 말들을 보며 고개를 끄덕였다. 하나 이번 전쟁은 샤칸도 생각 못하는 변수가 숨어 있었고 중소전사연합이 생긴 이래 가장 치열한 대혈투가 기다리고 있었다.

휘이잉— 휘잉—

차가운 바람이 벌판을 휩쓸고 눈가루와 먼지를 몰고 달려와 성벽에 부딪친다. 비오프라 시의 교외에 있는 위드 전사단은 넓은 벌판에 성을 세우고 있었다. 첫날 새색시의 눈썹 같은 초승달이 비스듬히 벌판에 자리 잡은 성벽을 비추었고 달빛에 비친 성벽은 마치 몰아쳐 오는 바람에 잔뜩 몸을 웅크린 괴물 같았다.

"어어, 춥다. 이거야 원."

성벽 위에서 파수를 서는 전사가 휘몰아치는 찬바람에 목을 움츠리고 손을 호호 불고 있었다.

"이럴 때 독한 버내너 와인을 한잔하면 속이 풀리는데……."

옆에 있는 전사도 몸을 잔뜩 꼬부리고 중얼거렸다.

"그나저나 내일 출전한다면서?"

"그러더군. 하지만 과연 살아올 수 있을까? 상대는 광풍의 전사야. 바로 블랙울프 전사단이란 소리지."

파수들은 지금 근심에 잠겨 있었다. 현재 이곳 비오프라 지부에 모여든 군사들은 모두 3만 5천여 명, 그중 3만 명이 마틴 공작의 부하들이고 5천은 이곳 위드 전사들이다.

내일 아이스 왕국으로 출전한다는 것을 오늘 저녁 알게 된 위드 전사들은 모두 공포에 질려 있었다. 아이스 왕국으로 비밀리에 출전한다면 분명 상대는 블랙울프 전사들이다.

초원의 늑대 블랙울프, 그들과 대전해서 살아남은 군사들은 아직까지 없다. 전사단에서는 비밀을 지키기 위해 오늘 밤 집으로 가지 못하게 했고 대신 이곳에서 출전파티를 하고 있었다.

다가닥, 다가닥.

갑자기 말발굽 소리가 들리고 30여 대의 마차가 다가왔다.

마차의 앞에 램프가 매달려 있는데 그 희미한 불빛에 붉은 페틀(꽃잎)이 그려진 것이 보였다. 이 세계에서 붉은 페틀은 화류계를 상징한다.

"저것들은 창녀들 같은데?"

"오늘 밤 파티에 창녀들을 부른다고 했잖아."

동료의 말에 전사는 고개를 끄덕였다. 아마 불안해하는 전사들을 위로하기 위해 창녀를 부른 모양이다. 그가 성루에 목을 길게 내밀고 소리쳤다.

"어디서 오는 누구냐?"

그러자 마차에서 한 명의 여인이 내려섰다. 망토를 걸쳤지만 희미한 달빛 아래 늘씬한 창녀의 몸매가 자극적으로 안겨 왔다.

"우린 부름을 받고 오는 재스민 꽃집의 여자들이에요. 문을 열어주세요."

"젠장, 창녀들이 멋지네."

투덜거린 전사가 눈짓을 하자 성문을 닫아걸었던 거대한 활차가 돌아가며 삐걱거리는 소리를 냈다.

"어서 들어가라."

"예. 고마워요, 전사님."

손을 휘저은 아가씨가 마차에 오르고 30대의 마차가 안으로 들어서기 시작했다.

"흐, 거참, 예쁜 계집이네. 빨리 교대를 하고 질펀하게 즐

겨야지. 히히.”

입가에 침을 흘리며 돌아서던 전사의 동공이 뚝 굳어졌다. 성벽 위에 언제 올라왔는지 검은 그림자들이 바람처럼 덤벼들고 있었다.

“저, 적, 큭.”

우두둑.

비명을 지르려던 전사의 얼굴이 뼈 부러지는 소리와 함께 잔등으로 돌아버렸다.

“활차를 고정시키세요.”

“알았습니다, 루시님.”

어둠에 동화되는 검은 옷을 입은 루시의 명에 검은 그림자 부대들이 날쌔게 움직이고 있었다. 오늘 저녁 기습을 위해 루시는 성문을 장악하기로 결정했던 것이다.

픽, 촤악!

“켁, 큭!”

사방에서 검은 그림자들의 칼바람 소리가 일어나고 성문을 지키고 있던 전사들이 억눌린 신음성을 지르며 픽픽 쓰러지고 있었다. 루시는 즉시 마법 수정구를 꺼내 들었다.

“샤칸님, 성문을 장악했어요. 우린 다음 행동으로 넘어가겠습니다.”

“수고했어요. 곧 공격을 시작하겠습니다.”

수정구에서 샤칸의 대답 소리가 들려왔다.

“어서 가요. 놈들의 수뇌를 척살해야 합니다.”

루시의 명에 검은 그림자 부대들이 맹렬한 속도로 달려갔다. 저 앞에 재스민 꽃집의 마차가 전속으로 달려가는 것이 보였다.

“으하하, 마셔라. 내일 출정하면 언제 죽을지 모르는 것이 우리 인생이 아닌가?”

“그래, 부어라. 언제 죽을지 모르는 판에 오늘은 맘껏 즐기자. 하하하.”

성안에는 수많은 임시 막사들이 있었고 사방에서 독한 와인을 마시는 소리가 요란했다. 그 속으로 30대의 마차가 달려들어 갔다.

“어, 저게 뭐야?”

보초를 서고 있던 전사들이 페틀이 그려진 깃발을 보고는 입이 쩍 벌어졌다.

“으히히, 여자들이 왔다!”

보초가 입이 벌어져서 소리를 지르며 마차로 달려왔다. 그러자 사방에서 보초를 서고 있던 전사들이 달려왔다.

“야, 가자. 먼저 하나 골라잡아야지.”

“암, 그래야지. 시발.”

보초를 서면서 추위에 떨던 전사들의 얼굴에 진한 음욕들이 떠올랐다.

“어서 내려라. 우선 우리부터 시식을 하자.”

벌컥.

"크악! 컥!"

환성을 지르며 마차문을 와락 열었던 전사들이 비명을 지르며 그대로 튕겨져 나갔다.

"뭐, 뭐야?"

깜짝 놀란 보초들이 입을 벌리는 순간, 안에서 날아 나온 백합단의 여전사들이 강철 같은 주먹을 날렸다.

"컥, 크억!"

우지직, 빠각.

백합단의 여자들은 모두 주먹을 쓰는 전사들이다. 그들의 주먹에 맞은 전사들은 얼굴이 짓뭉개지고 해골이 빠개져 스르륵 무너져 내렸다. 땅바닥이 위드 전사들의 머리에서 흘러나온 피로 거뭇거뭇해져 갔다.

"모두 막사들을 공격하라. 서둘러라."

"충."

작은 목소리로 대답한 여전사들이 마차에서 기름병을 꺼내 들었다.

휘익! 휙! 펑! 펑! 펑!

그녀들이 던진 기름병들이 막사의 지붕에서 폭발하며 불길을 뿜어냈다.

"좋았어. 모두 비도를 준비하라."

활활 타오르는 불길을 보며 베라는 비도를 꺼내 들었다. 백합단의 여전사들은 온몸에 40개의 비도를 두르고 있었다. 먼데 있는 적들은 비도로 잡고 가까운 데 있는 적은 주먹으로 공격하는 것이 이들 백합단 여전사들의 특기다.

"으악! 불이다!"

"불이야!"

사방에서 화광이 충천하자 술에 취한 위드 전사들이 미친 듯이 달려나왔다. 갑옷도 제대로 입지 못한 전사들이 밖으로 달려나오자 300여 명의 백합단 여전사들의 비도가 일제히 날아갔다.

슉! 슉! 슉!

"컥! 아악!"

"적이다! 기습이다! 꺼억!"

술에 취한 데다 갑주도 걸치지 못한 위드 전사들이 빗발처럼 날아드는 비도 앞에 무방비 상태로 쓰러져 가기 시작했다. 충천하는 불길과 온몸을 비틀며 쓰러지는 위드 전사들, 그곳으로 여전사들이 빠져나가며 성의 모든 건물들에 기름병을 던져 넣고 있었다.

"감히 그이를 해치겠다고, 어림도 없다! 모조리 죽여라!"

여전사들의 맨 앞을 달리며 베라는 목이 터지도록 소리쳤다. 그녀가 자기의 앞으로 달려드는 서너 명의 위드 전사들을 향해 주먹을 내질렀다.

"파나 질풍권(疾風拳)."

베라의 주먹이 쭈욱 늘어나는 것 같더니 뿌연 주먹이 수십 개로 늘어나 거대한 풍압을 싣고 적들에게 쇄도했다.

콰콰콰콰!

"컥, 킥!"

철썩, 쿠다당.

무시무시한 주먹의 벼락에 연타당한 전사들이 얼굴과 가슴이 함몰되어 벽에 날려가 부딪치고는 그대로 숨이 끊어져 버렸다. 쓰러진 그들을 내려다본 베라는 바람처럼 지나쳤다.

저것들은 감히 주군을 공격하려 한 자들이다. 달려가던 베라는 대지가 흔들거리는 것 같은 소리에 귀를 기울였다.

두두두두!

거대한 말들이 달리는 소리가 들려온다. 중소전사연합의 본대가 성안으로 돌입한 것이다.

"적들을 죽여라! 살려두지 말라!"

사방에서 말들의 말발굽 소리가 귀청을 울리고 함성 소리가 천지를 진동시킨다.

그녀는 머리칼을 날리며 안으로 들어갔다. 안의 수뇌들을 척살해야 하는 것이다.

"저, 적이 공격해 옵니다!"

갑자기 방문이 벌컥 열리고 부관이 달려들어 오며 소리치자 내일 출전을 위해 축하주를 마시던 위드 전사단 단장과 이번 정벌대의 사령관인 터바시는 자리를 차고 일어났다.

“누구냐? 감히 어떤 놈들이야?”

“중소전사연합입니다. 놈들이 성안으로 진입했고 이미 곳곳에 화염이 충천하고 있습니다.”

부관의 울음 섞인 말에 위드 전사단장은 어리둥절했다. 중소전사연합과는 원수진 일도 없다.

“그들이 왜 우리를 공격하고 있지?”

단장의 말에 검을 뽑아 든 사령관 터바시 백작이 문으로 걸어갔다.

“감히 대 마틴 공작가의 군사들을 공격하다니! 이놈들, 모조리 죽여주마!”

그가 문을 열려는 순간, 오히려 문이 벌컥 열렸다. 그리고 날씬한 여자가 망토를 휘날리며 안으로 들어섰다. 그녀의 뒤로 7~8명의 아가씨들이 따라 들어오는 것이 보였다.

“당신이 아이스 정벌군 사령관 터바시 백작인가요?”

그녀의 낭랑한 목소리에 터바시는 숨을 들이켰다. 참으로 청초하고 아름다운 레이디다. 그녀의 몸 전체에서 고귀한 집에서 자란 레이디의 위엄이 풍겨왔다.

“그렇소만, 레이디는 누구요?”

그러자 아가씨의 얼굴에 살포시 미소가 어렸다.

“바로 찾아왔군요! 나는 중소전사연합의 전사, 루시예요.”

루시의 말에 터바시는 기가 막혔다. 감히 전사단 따위가 마틴 공작의 군사들을 공격하다니, 복장이 터질 노릇이었다. 터바시의 얼굴이 붉게 물들었다.

"감히 전사단 따위가 우리를 공격해? 오늘 대 마틴 가의 기사들이 어떤 사람들인지 보여주마. 그리고 너, 아깝긴 하다만 네년을 잡아서 조리돌림을 시켜주지."

그가 루시에게 검을 겨누고 한 발 나서는 순간이었다.

"너는 그럴 새가 없어."

지옥의 유부에서 흘러나오는 듯한 소름 끼치는 오싹한 말에 터바시는 번개처럼 돌아서며 검을 휘둘렀다.

촤악!

"감히 어느 놈, 크윽!"

터바시는 목을 그러잡고 눈을 부릅떴다. 숨이 컥 막히고 눈앞에서 수천 개의 불꽃이 날아다닌다. 그제야 터바시는 자신의 목이 잘렸다는 것을 희미해지는 의식 속에서 느꼈다.

"어느새……."

꾸르륵, 털썩!

눈도 미처 감지 못하고 죽어가는 터바시의 귀에 루시의 말소리가 들려왔다.

"전사단 따위라고 했나요? 당신들은 상대를 잘못 택했어요. 우린 광풍의 전사, 헤럴드님의 부하들이랍니다. 죽어도 알고 가세요."

'그렇군. 그랬어!'

터바시는 그제야 알 수 있었지만 이미 숨이 끊어져 목소리

다해 입을 열었다.

"어서… 피해라. 저놈들은 키메라……. 예전 스콜피언……."

넬슨의 머리가 툭 떨어졌다. 베라는 그제야 정신이 번쩍 들었다.

"키메라?"

베라도 정보를 통해 키메라가 얼마나 강한지 알고 있었다. 마나 블레이드가 아니면 죽일 수 없는 존재, 창칼이 몸에 들어가지 않는 괴물들이 눈앞에 나타난 것이다.

"아악! 앗!"

눈앞에서 백합단의 여전사들이 키메라들에게 온몸이 찢겨 죽는 것이 보였다. 창칼이 들어가지 않는 놈들을 상대로 여전사들의 힘은 너무도 미약했다.

"죽인다."

눈에 불을 켜고 일어선 베라가 혼신의 힘을 다해 파나권을 쏟아냈다.

"파나 폭풍권(爆風拳)."

콰콰쾅! 콰쾅!

여전사들에게 달려들던 키메라들을 향해 수십 개의 주먹이 쇄도해 들었고 대폭발이 일어났다. 원래 파나 폭풍권은 파나류 심법이 10성은 돼야 펼칠 수 있는 권법이다. 그러나 지금 저 괴물들을 상대로는 방법이 없었다.

“커억! 쿨럭!”

베라의 입으로 피가 쏟아져 나왔다.

“전대장님!”

백합단의 여전사들이 키메라들이 날려가 바닥에 처박히자 베라에게 달려왔다.

“어서, 어서 피해요. 저놈들은 키메라들, 어서 샤칸님에게 알려요.”

“무슨?”

베라의 말에 놀라며 쓰러진 키메라들을 돌아보던 여전사들의 눈이 커졌다. 쓰러졌던 키메라들이 하나둘 일어나 여전사들을 압박해 오고 있었다. 놈들의 눈에서는 지옥의 겁화 같은 핏빛이 진하게 뿜어 나오고 있었다.

“정말 키메라?”

여전사들의 얼굴에 황당함이 어렸다. 키메라가 아니라면 파나 폭풍권에 맞고 저렇게 살아날 수가 없다. 그건 권법을 하는 그녀들이 더 잘 아는 일이었다.

“빨리 가서 알려요. 여긴 내가 맡을 테니.”

“하지만 전대장님의 몸이…….”

여전사들의 말에 베라는 머리를 흔들며 그녀들의 등을 떠밀었다. 그래도 이곳에서 제일 강한 전사는 자신이다. 누구든 저 괴물들을 막아야 했다.

“난 괜찮아요! 어서 가요! 시간이 지체되면 전사들이 모두 죽어요!"

베라의 호통에 여전사들이 안타까운 눈물을 흘리며 일어섰다.

"조금만, 조금만 견뎌요. 우리가 가서 상급전사들을 데리고 오겠어요."

전사들이 달려가자 베라는 힘겹게 일어섰다. 저놈들을 죽이려면 상급이나 최상급의 전사들이어야 한다. 그러나 중소 전사연합에는 상급의 전사들은 300명 정도, 최상급의 전사들은 20명이다. 소드 마스터 급이 두 명 있지만 하나는 검은 그림자 부대의 수장인 뉴아랜이고 주군이 데려온 레드 탈로스 레오나드이다. 어찌 되었건 저자들을 막아야 했다.

그녀는 고개를 들고 저 멀리 북방의 하늘을 바라보았다. 그곳에 헤럴드가 있을 것이다.

"헤럴드님, 사랑했어요. 당신은 제 마음을 모르겠지만 저는 당신을 만난 것이 행복했습니다. 부디 행복하세요."

허리를 굽혀 인사를 한 베라가 주먹을 쳐들었다.

"오라, 나 베라가 죽어도 그냥 죽지는 않는다."

그녀의 주먹에서 최후의 권법인 파나 수라권이 시전되었다. 12성이 아니면 시전할 수 없는 파멸의 권법이 전개되자 주변의 마나가 급속한 파동을 일으켰다.

고오오— 콰콰콰콰!

시뿌연 주먹들이 빨랫줄처럼 뻗어나갔고 무시무시한 폭발

이 일어났다.

콰콰쾅! 콰쾅!

수라권이 닿는 모든 곳에서 키메라들의 육체가 터지며 뼈와 살점이 허공으로 비산했다.

키엑, 키킥.

폭발이 일어난 공터는 처참했다. 찢겨진 육체와 푸른 피가 여기저기 흩어졌고 온통 파헤쳐진 구덩이뿐이었다.

"쿨럭, 쿨럭."

맥없이 주저앉아 피를 토하는 베라 앞으로 붉은 옷을 입은 한 명의 여자가 하얀 머리칼을 날리며 내려섰다. 그녀의 하얀 눈이 찌를 듯이 베라를 쏘아보았다.

"너는 헤럴드와 어떤 관계냐?"

붉은 옷을 입은 여자의 입에서 헤럴드의 이름이 나오자 베라는 깜짝 놀라 그녀를 바라보았다. 붉은 옷의 여인에게서는 거대한 마기가 물씬 풍겨나고 있었다.

"당신은… 누구죠?"

베라의 말에 성큼 다가선 브리지트가 그녀의 목을 움켜쥐었다.

"네년의 마나에서 헤럴드의 냄새가 나. 너는 헤럴드와 어떤 관계냐?"

베라는 창백한 얼굴에 미소를 띄웠다. 이 여자의 몸에서 나는 마기로 보아 절대로 헤럴드의 친구는 아니다. 베라가 행복한 표정으로 입을 열었다.

"난 그분의 여자. 나의 복수는 헤럴드님께서 해주실 것이다."

베라의 말이 끝나자마자 브리지트의 주먹이 그녀의 머리에 떨어졌다. 붉은 오러 블레이드가 이글거리는 주먹이 머리에 닿자 베라의 머리가 퍽 소리를 내며 형체도 없이 사라졌다.

"헤럴드, 너와 관계된 것들은 모두 이렇게 만들어주마."

브리지트는 주먹에 묻은 피와 뇌수를 빨간 혀를 내밀어 핥았다.

"깔깔깔, 모두 죽여주마!"

광기에 찬 고함을 지른 브리지트가 어둠 속으로 바람처럼 사라졌다.

챙! 챙! 좌앙!

검과 검이, 창과 창이 불꽃을 일으키며 서로의 목숨을 노리며 부딪친다. 위드 성의 거대한 광장에서 중소전사연합의 전사들과 키메라들이 죽고 죽이는 혈전을 벌이고 있었다.

"동료들의 원수를 갚아라."

전사들이 쓰러진 동료들의 시체를 타고 넘으며 키메라들을 공격했지만 도저히 이길 수가 없었다. 놈들에게는 창칼이 모조리 튀어나온다. 전장을 둘러보는 샤칸은 눈물을 흘리고 있었다. 1만의 중소전사연합의 전사들이 이곳에서 산화했다.

3만 5천의 정벌대를 격파하고 난 후 철수하려던 전사들의 앞에 나타난 키메라들은 한마디로 괴물들이었다.

그들에게 전사들이 속절없이 쓰러졌다. 그래도 30명의 상급전사들과 최상급전사들이 고군분투하며 적을 죽이고 있지만 아직도 몰려드는 키메라들은 1,500명이 넘었다. 놈들의 약점은 눈이었고 한 놈에게 수십 명씩 달려든 전사들은 온몸이 찢겨 죽으면서도 눈에다 검을 쑤셔 박았다.

"아아, 이를 어떡해!"

샤칸이 눈물을 흘리는데 온몸에 피를 묻힌 루시가 달려왔다.

"언니, 빨리 피해요."

"난 못 가! 부하들을 다 죽이고 무슨 낯으로 헤럴드를 보겠어! 난 여기서 죽을 거야!"

샤칸이 날이 듬성듬성 빠져 톱날처럼 된 검을 버리고 바닥에 떨어져 있는 전사의 검을 집어 들었다. 검의 손잡이에서 굳어진 피가 미끌미끌했지만 샤칸은 개의치 않았다. 지금은 오직 한 놈이라도 저 키메라들을 죽이고 싶은 생각뿐이다.

카카카카.

갑자기 어디선가 괴상한 울부짖음 소리가 울려왔다. 그것은 대기의 마나를 진동시켰고 등골에 소름이 돋게 했다.

"샤칸님, 이건 엄청난 강자의 마나후입니다. 어서 피하십시오. 뒤는 제가 맡겠습니다."

어둠 속에서 몸을 드러낸 뉴아랜이 샤칸 앞에 허리를 굽혔다. 그러나 샤칸은 머리를 저었다.

"뉴아랜, 내 마지막 명령이에요. 루시와 레드 탈로스를 데리고 이곳을 빠져나가세요. 어서, 컥."

말을 하던 샤칸이 그대로 쓰러졌다. 뉴아랜의 주먹이 순간적으로 샤칸을 타격하여 기절시킨 것이다. 쓰러지는 샤칸을 받아 안은 뉴아랜이 중얼거렸다.

"용서하십시오, 샤칸님. 제가 주군에게 받은 명령은 목숨을 바쳐 샤칸님을 보호하라는 것입니다. 루시님, 어서 가십시오. 제가 뒤를 막겠습니다. 부두로 가면 배가 있으니 그것을 타고 가십시오."

뉴아랜의 말에 루시는 어쩔 바를 몰라 했다.

"하지만 뉴아랜님은……."

"전 주군의 덕으로 이날까지 살아왔고 소원이던 소드 마스터까지 되었습니다. 더 늦으면 모두 이곳에서 죽습니다. 어서 가십시오. 레드 탈로스, 어서 이분들을 모셔라."

"나도 싸우겠수. 소드 마스터가 둘이면 좋을 것 아니우."

레드 탈로스가 거대한 쇠몽둥이를 들고 눈을 부라렸다.

"닥쳐라! 너는 주모님께서 이곳에서 돌아가시게 할 테냐?"

뉴아랜의 호통에 레드 탈로스는 할 수 없이 샤칸을 안아 들었다.

"소리 그만 치슈. 알았수다. 내 목숨을 걸고 주모님을 모시겠수."

그제야 루시에게 얼굴을 돌린 뉴아랜이 인사를 올렸다.

"가십시오. 어서요."

"부디 무사하세요."

루시와 베로니카를 비롯한 살아남은 10여 명의 전사들이 말을 타고 내달리기 시작했다.

쩌, 쩌쩌.

"이보슈, 그림자 나리! 절대로 죽지 마슈!"

말을 타고 내달리던 레드 탈로스가 지르는 소리에 뉴아랜은 히죽 웃었다.

"주군 덕분에 산 목숨, 이제 주모님을 위해 바친다."

뉴아랜의 눈에 검은 하늘로 핏빛 기운을 뿌리며 날아오는 그림자가 보였다. 오늘 이곳에서 목숨을 잃는다 해도 후회하는 마음은 없었다.

"모든 배들을 불태워요."

부두에 정신없이 달려온 루시는 그곳을 지키고 있던 전사들에게 명을 내렸다. 이곳의 배를 빼앗기 위해 왔던 전사들은 300여 명, 그들이 모든 배들에 불을 지르자 루시는 단 한 척의 배로 망가이 강을 향해 전진할 것을 명했다. 이 길로 헤럴드가 있는 아이스 왕국으로 갈 결심이었다. 여기서 쥬신 영지로 가는 길은 내일 아침이면 모두 차단될 것이고 자신들은 영지

에 도착하기도 전에 마틴의 군사들이나 조지 공작의 군사들
에게 포위될 수 있었다. 방법은 하나, 강을 따라 아이스 왕국
으로 가는 길이었다.

"고이 잠드세요. 그대들의 복수를 몇 배로 갚아줄 겁니
다."

루시는 불타는 위드 성을 바라보며 눈물을 흘렸다. 그녀의
옆에 지키고 선 베로니카도 눈물을 흘리고 있었다. 마틴의 흉
계는 깨버렸지만 너무도 희생이 컸다.

루시가 탄 배가 얼음 조각들이 둥둥 떠다니는 비오프라 강
을 맹렬한 속도로 돌진하고 있었다.

배에 탄 노군들이 땀을 흘리며 노를 젓는 소리, 얼음덩이들
이 배에 부딪치는 소리가 은은히 들려왔다.

*　　　*　　　*

진눈이 떨어지는 망가이 강에 얼음 조각들이 밀려 내려오
는 것이 보였다. 봄철이 다가오자 산에 쌓여 있던 눈이 녹아
강으로 밀려들었고 겨울 내내 얼어붙었던 망가이 강도 눈석
임이 시작되고 있었다. 크고 작은 얼음 조각들이 사품 치는
물결에 밀려 부딪치고 깨지며 내려오는 것을 보던 헤럴드는
인기척에 머리를 돌렸다.

레나가 웬 드워프와 함께 오고 있었다.

“오빠, 이 드워프 어른이 이곳의 지리를 잘 안다고 해요.”

레나의 말에 헤럴드가 바라보자 얼굴에 수염이 가득한 드워프가 넙죽 엎드렸다.

“구원자님께 검은 모루 족의 수하도루가 인사를 드립니다.”

드워프 수하도루는 질펀한 눈판에도 아랑곳하지 않았다. 헤럴드는 급히 다가가 수하도루를 일으켜 세웠다.

“수하도루님, 일어나십시오. 이러면 안 됩니다.”

“고맙습니다, 구원자님.”

감격한 수하도루가 허리를 굽히고는 이야기를 하기 시작하였다. 원래 이곳 망가이 산은 강철이 많이 생산되던 곳이라고 한다. 그러나 지금으로부터 60년 전, 이곳의 철광 맥은 끝이 났고 그 바람에 광산은 폐갱이 되었다.

“하지만 저곳에는 자연동굴이 있습니다. 제가 구원자님께서 공격할 길을 찾는다고 하시기에 그곳이 생각났습니다.”

“그럼, 그 자연동굴이 아직도 보전되어 있을까요?”

헤럴드의 말에 드워프 수하도루는 힘있게 머리를 끄덕였다.

“우리 드워프들은 땅속에 대해서는 누구보다 잘 안다고 자부합니다. 바로 저곳에서부터 석회암으로 이루어진 자연동굴이 후라이 산 앞에까지 뚫려 있습니다.”

그 말을 들은 헤럴드는 우중충하게 솟아 있는 망가이 산을 바라보았다. 저곳에 펼쳐진 마법진 때문에 고민이 많았다. 뚫고 가려면 못 갈 것도 없다. 하나 그리되면 엄청난 사상자를 낼 것이 너무도 뻔했던 것이다. 저 마법진은 마나석으로 만들어진 것으로써 웬만한 공격에는 파괴도 되지 않았다. 그러나 이제는 길이 열렸다.

"고맙습니다. 이번 전쟁은 드워프들의 공이 제일 큽니다."

"아닙니다. 그저 구원자님께 도움이 되었다니 기쁩니다."

드워프 수하도루는 진정으로 기뻐 작은 눈을 반짝거렸다. 이들은 테오코름 시 전투에서 이곳까지 따라온 드워프들이다. 많은 드워프들이 슈마라이 산으로 이동했지만 이곳까지 따라온 드워프가 100여 명이나 되었다. 그들이 뜻밖에도 길을 제시한 것이다.

"좋아. 레나, 군 회의를 소집해라."

"예, 오빠."

레나가 달려가자 헤럴드는 드워프를 데리고 군막으로 향하였다.

근 두 달 만에 드워프 촌락으로 돌아오는 체리코브는 마음이 무거웠다. 며칠 전에도 드워프 처녀들이 끌려갔는데 그중에는 동료들의 딸들도 많았다. 지난 1만 년 동안 인간의 노예로 살면서 드워프들이 자신들의 존재를 잃지 않고 살아온 것은 그들이 가진 장인 솜씨 때문이었다.

인간들은 드워프들의 장인 솜씨를 이용하기 위해 지금까지 결혼을 승낙했고 마을을 꾸리고 살도록 해주었다. 만일 엘프들처럼 활이나 마법만 할 줄 알았다면 벌써 혼혈이 되어 종족 자체가 사라졌거나 멸족했을 것이다. 실제 엘프들은 그렇게 대륙에서 사라졌다.

그러나 이제는 남의 일이 아니었다. 최근에 부족장의 명으로 드워프 처녀들을, 그것도 숫처녀만 모두 끌어간다. 그 바람에 드워프 마을은 점점 여자들의 씨가 말라가고 있었다.

만일 이 상태가 십 년만 지속된다면 결과는 안 봐도 뻔했다.

"우리 드워프는 이렇게 멸종되는가? 주신이시여, 이것이 우리 드워프들의 운명입니까?"

체리코브는 하늘을 우러러 중얼거렸다. 그러나 뿌연 초승달이 떠 있는 저 하늘은 묵묵히 침묵을 지키고 있었다. 저 앞에 드워프들의 마을이 보였다. 흐르는 눈물을 훔친 체리코브는 아무 일도 없었다는 듯이 마을로 들어섰다.

"서라, 누구냐?"

마을을 둘러싼 목책 앞에 거대한 망루가 서 있었고 그곳에는 파빌사그 부족의 군사들이 파수를 서고 있었다. 저들은 드워프들이 도망치는 것과 동태를 감시하고 있다.

"예, 후라이 성에 있는 드워프 체리코브입니다. 집에 돌아오던 중입니다."

“신분패를 보여라.”

체리코브가 내미는 신분패를 받아 본 파수가 아래위를 훑어보더니 정문을 통과시켰다.

찌그득.

대문이 열리는 소리가 나자 방 안에서 아내가 뛰쳐나왔다.

“체리코브?”

“응, 나야.”

체리코브의 말에 아내와 아들, 딸자식이 뛰쳐나왔다.

“아버지.”

“아빠.”

체리코브는 달려나와 품에 안기는 딸을 그러안았다. 올해 76세가 된 딸은 이제 처녀티가 난다.

“여보, 어서 들어가요.”

아내의 꺼칠한 손이 체리코브를 잡아끌었다. 여느 때와 달리 헤덤비는 아내를 보며 안으로 들어선 체리코브는 흠칫 놀랐다. 방 안을 희미하게 비추는 램프에 흰 수염이 가득한 드워프가 앉아 있는 것이 보였다.

“자, 자네가 어떻게?!”

“잘 있었나, 체리코브? 날 알아보는군!”

놀라서 더듬거리는 체리코브를 반색하는 드워프는 바로 수하도루였다. 황급히 방 안을 둘러본 체리코브가 바싹 다가앉았다.

"자네가 어떻게 여길 왔나? 내가 듣기로 자네의 검은 모루
족은 데몬 전사단이 괴멸된 후 노예로 끌려갔다고 들었네."

"노예로? 우리가 말인가? 허허, 참 재밌군."

수하도루는 빙그레 웃었다. 그 모습은 근심에 찬 표정이 아
니라 희열이 깃든 모습이었다.

"아버지, 검은 모루 족은 노예로 끌려간 것이 아니라 해방
되었다고 합니다."

아들의 말에 체리코브는 입을 딱 벌렸다. 해방! 얼마나 바
라고 바라던 드워프들의 소원인가! 노예에서 풀려날 수만 있
다면 당장 죽으래도 서슴없이 나서고 싶은 것이 드워프들이
다. 그 긴긴 세월 인간의 채찍과 천대 속에서, 짐승처럼 사육
을 당하고, 아내와 딸들이 겁탈을 당해도 말 한마디 못하고
피눈물을 흘리며 살아왔다.

그런데 해방이라니? 누가 어떻게?! 체리코브는 벌렁대는
가슴을 움켜잡고 수하도루에게 물었다.

"해방이라고? 자네 그게 사실인가?"

"그래. 이보게, 체리코브. 드디어, 드디어 구원자께서 오시
었네. 그분께서 우리 검은 모루 족을 구해주시고 나라를 세울
땅까지 주셨네!"

"구원자라고? 설마 전설에 나오던 그, 신의 구원자?!"

체리코브는 도저히 믿어지지 않아 수하도루를 뚫어지게
쏘아보았다. 체리코브와 수하도루는 어릴 때 한 스승을 모신

드워프 장인가의 동료였다. 저 얼굴은 자신이 알던 그 무력하고 죽고 싶어하던 수하도루가 아니었다. 기뻐서, 행복해서 벙글거리는 모습이다.

체리코브는 온몸에 찌르르 번개가 흐르는 듯한 감을 느꼈다. 사실이다! 저 얼굴은 진실을 말하고 있다! 그의 주름진 두 눈에서 굵은 눈물이 주르륵 흘러내렸다.

"정말인가? 불과 얼음을 손짓으로 일으키시고 우레와 번개로 이 땅을 평정하신다는 그 신의 구원자가 정말 강림하셨단 말인가!"

멍해서 중얼거리는 체리코브의 귀에 수하도루의 확신에 찬 말이 들렸다.

"우리는 모두 봤네. 그분께서 짓밟히는 우리 검은 모루 드워프들을 구해주시던 장면을. 오른손을 휘두르시면 하늘의 우레가 울부짖고 왼손을 휘저으면 신계의 얼음이 쏟아지던 것을, 우리는 똑똑히 보았네. 그분께서 노하셔서 번개를 불러내시던 모습을, 그날 데몬 전사단의 그 포악하던 발키리 전사들이 그분의 분노에 얼음덩이가 되고 뇌전에 맞아 새카맣게 불타오르던 모습을, 나는 죽을 때까지 잊지 못할 것이네!"

구원자에 대해 말을 하는 수하도루는 몽롱한 눈을 반개하고 신을 경배하듯 끝없는 존경심을 담아 중얼거렸다. 수하도루가 친구의 터지고 갈라진 두 손을 덥석 잡았다.

"이제 우리는 드워프들의 나라를 가지게 되었네. 그리고 그분께서 이곳에 오셨네. 이제 자네의 벼락 망치 부족도 해방되게 되었네.”

수하도루의 말에 체리코브는 방바닥에 엎어졌다. 그의 어깨가 세차게 오르내렸다.

“아아, 신이시여, 정말 고맙습니다. 우리 벼락 망치 족의 고통을 당신께서는 외면하지 않으셨군요. 감사합니다. 감사합니다.”

엎드린 그의 얼굴을 적시며 하염없이 눈물이 흘러내렸다. 그의 아내와 딸, 아들도 기쁨의 눈물을 흘리고 있었다. 드디어 이 저주스런 노예의 굴레를 벗어던질 때가 온 것이다.

후라이 산의 정상에 있는 거대한 성은 요새 삼엄한 경계를 펼치고 있다. 이곳에 파빌사그 부족의 족장이 있고 부족의 수뇌들이 모두 모여 있기 때문이다.

“서라! 오늘은 무슨 드워프가 이렇게 많은가?”

높다란 성문에서 드워프들이 오고 있는 것을 본 파수장이 고함을 질렀다. 후라이 성에서 일하는 드워프들은 대략 1만여 명이다. 그런데 지금 오는 드워프들은 2만 명이 넘어 보였다.

“족장님께서 3일 안으로 창검을 모두 만들라고 명하셨습니다. 그래서 부족의 장인 드워프들을 모두 데리고 오는 길입니다.”

체리코브의 말에 파수장은 고개를 끄덕였다. 저들이 만든다는 창검은 일반 창검이 아니라 검은 탑의 마법 발키리들이 쓰는 마법 창검을 말한다.

전설의 아쇼만티움을 검첨과 창두에 담금질하여 만들면 마나석과 같은 역할을 하고 발키리들은 그것으로 마법을 활성화시킨다. 비록 두세 개밖에 안 되는 마법의 발현이지만 200여 명이 마법을 시전하면 그 위력은 상상을 초월한다. 지금 망가이 산의 마법진은 그런 식으로 만들어진 요새였고 그 통에 그 무섭다는 블랙울프들이 넘어서지 못하고 있었다.

"좋아, 들어가라."

"예, 나리."

체리코브가 허리를 굽혀 인사를 하고는 드워프들을 데리고 안으로 들어갔다. 성안의 사방에서 붉은 눈을 번뜩이는 발키리들이 활보하는 것이 보였다.

'이제 네놈들은 끝장이다. 그분께서 오셨다.'

체리코브는 배에 힘을 주었다. 그의 뒤를 따라 드워프들이 먹을 음식을 싸든 보퉁이들을 들고 대장간 쪽으로 가고 있었다.

우우웅! 우웅!

어디선가 길 잃은 늑대의 울음소리가 들린다. 차가운 바람이 몰아쳐 오는 후라이 산에서 들려오는 늑대의 울음소리는 저절로 몸이 오싹하게 한다.

우우웅! 우웅!

짝 잃은 것 같은 늑대의 울음소리가 이번에는 성의 후원 쪽에서 들려온다.

"빌어먹을, 가뜩이나 을씨년스러운데 늑대까지 지랄이야."

성문을 지키고 있던 파수장은 오싹해지는 몸을 추스르며 목을 움츠렸다. 매번 겪는 일이지만 밤만 되면 파수를 서기가 싫다. 이 후라이 산은 정상도 높고 밤마다 지하에서 들려오는 드워프 처녀들의 비명 소리에 저절로 온몸에 소름이 끼친다.

저벅저벅.

"응, 웬 드워프들이?"

발자국 소리가 타박타박 울리더니 작달막한 세 명의 드워프가 다가오는 것이 보였다.

"저, 나리, 집에 마누라가 앓고 있는데 잠깐 갔다 오면 안 될까요?"

"안 돼. 이놈들이 지금이 어느 때라고… 응? 이건……."

드워프들에게 호통을 치려던 파수장은 묵직한 감이 느껴지는 주머니를 내미는 드워프를 보며 흐뭇한 웃음을 지었다. 저건 돈이다! 주위를 둘러본 파수장이 돈주머니를 와이번이 고불린을 채가듯 받아 넣고는 성문을 향해 다가갔다. 이까짓 드워프는 새벽에 돌아오게 하면 그만이다.

'흐흐, 내일 세나를 품을 돈이 생겼군!'

세나는 이곳 사창가에 있는 창녀로 파수장이 푹 빠져 있는 여자다.

"어이, 문을 열어라."

"아니! 파수장님, 밤에 문을 열었다가 감찰대에 걸리기라도 하면?!"

말을 하던 고참 파수는 파수장이 슬쩍 보이는 돈주머니를 보고는 바로 입을 다물었다. 이들은 파수를 서면서 이런 일을 한두 번 한 것이 아니다. 제꺽 눈치를 챈 그가 나머지 파수병들을 둘러보았다.

"파수장님의 명이니 빨리 문을 열자구."

"그래, 그래."

파수들이 성문을 고정시킨 활차를 돌리기 시작하였다. 후라이 산의 성문은 그 무게만 해도 엄청나 사람의 손으로는 열 생각도 못한다.

사르릉! 사릉!

성문은 드워프들이 만든 제품답게 경쾌한 소리를 내며 열렸다. 파수장이 반쯤 열린 성문을 가리켰다.

"이봐, 새벽에는 돌아와야 해. 알았지?"

"예. 고맙습니다, 파수장님."

꾸벅 인사를 하는 드워프를 거만한 눈으로 보며 고개를 끄덕이던 파수장은 창자가 찢어지는 듯한 통증과 함께 입을 딱 벌렸다. 너무도 아파서 숨도 쉴 수가 없다.

"끄으윽."

신음을 흘리는 그의 흐릿한 눈에 자신의 배에 깊숙이 박힌 망고슈가 보였다.

"이, 이 노예 놈들이! 커억!"

배에 박힌 망고슈를 쑥 잡아 뽑은 체리코브가 재차 파수장의 심장을 찔러 버렸다.

"우린 더 이상 노예가 아니다!"

퍽퍽퍽!

옆에서는 동료들이 등 뒤에 숨기고 있던 도끼를 휘둘러 파수병들의 머리를 수박처럼 쪼개 버리는 것이 보였다.

"빨리, 빨리 신호를 해라!"

체리코브가 성문을 활짝 열며 소리 질렀다.

삐거덕, 삐걱.

거대한 성문이 열리는 소리가 나자 성루에서 잠들어 있던 기사가 눈곱도 떼지 못하고 뛰쳐나왔다.

"뭐냐? 누가 성문을 여느냐? 커억."

체리코브가 던진 망고슈가 잠에 취한 기사의 목에 자루까지 깊숙이 박혔다. 어둠 속에 숨어서 이쪽을 보고 있던 200여 명의 드워프들이 성루 위로 달려 올라갔다.

"폭동이다! 노예들이 폭동을 일으켰다!"

성루 위에서 기사들의 고함 소리가 울리고 창검이 부딪치는 소리가 요란스럽게 들렸다.

"어서, 어서 문을 열어라! 나머지는 놈들을 막아라!"

성문을 활짝 열어젖힌 체리코브는 수하도루가 주었던 마법 신호탄을 쏘아 올렸다. 땅에 대고 주먹만 한 구슬을 깨뜨리자 새파란 불의 구가 하늘로 날아올랐다.

쐐애액!

"모조리 죽여라! 노예 놈들이 폭동을 일으켰다!"

챵! 챵! 챵!

"큭! 컥!"

파수막에서 자고 있던 기사들과 군사들이 맹렬하게 달려오며 막아선 드워프들을 가차없이 베어버리고 있었다. 그러나 성문을 막아선 드워프들도 결사적이다. 한 명에게 수십 명씩 달려든 드워프들이 죽어가면서도 군사들의 배에 검을 쑤셔 박았다.

"윽, 난 죽지만 우린 해방된다. 커억."

결사적으로 달려오는 군사들을 막아선 드워프가 가슴에 박힌 검을 손으로 틀어쥐고 군사의 다리를 잡고 늘어졌다.

휘익! 서걱!

검을 휘둘러 드워프의 목을 잘라 버린 기사가 소리를 질렀다.

"활을 쏴라, 어서!"

기사의 명에 적아가 뒤섞여 어쩔 바를 몰라 헤덤비던 군사들이 크로스 보우를 겨누었다.

슉! 슉! 슉!

"컥, 크악!"

연이어 날아드는 화살들에 드워프들이 무리로 쓰러졌다. 성문을 활짝 열어젖힌 체리코브는 얼굴에 환한 미소를 지었다. 그의 몸에 박힌 수십 대의 화살 끝으로 피가 줄줄 흘러내리고 있었다.

"아들아, 딸아, 너희들은 구원자님을 따라 행복해라! 드워프 해방 만세!"

두두두두!

땅이 흔들린다. 먼지와 눈보라를 구름처럼 일으키며 블랙울프들이 질풍처럼 달려오는 모습이 죽어가는 체리코브의 눈에 보였다. 하늘가에 힘차게 펄럭이는 세 발 달린 새, 그 앞에 검은 가죽옷을 입고 말을 달리는 남자와 은발의 여자, 저분이다! 저분이 바로 수하도루가 말하던 구원자님이시다!

"구원자님, 불쌍한 드워프들을 해방시켜 주십시오."

벼락 망치 족의 체리코브는 눈을 뜬 채로 죽었다. 그의 앞으로 동굴을 빠져나와 기다리고 있던 블랙울프 3군단이 폭풍처럼 돌격하고 있었다.

두두두두!

"우우우우, 죽여라!"

"으악! 블랙울프 군이다!"

"악마들이 왔다!"

촤앙! 촹! 촹!

폭풍처럼 달려든 블랙울프들이 군사들과 기사들을 짓밟으며 지나가자 잘려진 팔다리와 떨어진 머리통이 성문 앞에 수북이 쌓였다. 그 위로 포효하는 검은색 기병들이 대지를 울리며 성안으로 달려들어 갔다.

"1전대는 귀족들이 있는 곳을, 2전대는 군영을 쳐라. 3전대는 발키리들이 있는 후원으로 간다. 앞으로."

도망치는 기사의 목을 일도양단해 버린 헤럴드가 피가 뚝뚝 흐르는 샤벨을 들고 돌격해 들어갔다.

"와~!"

두두두두!

온 성안이 말들의 말발굽 소리와 전사들의 함성 소리로 메아리쳐졌다.

"하읍, 하악."

질척질척.

붉은 마나가 휘도는 마법진에서 늙은 노인이 근육질로 뭉친 온몸에 땀을 비 오듯 흘리며 정신없이 움직이고 있었다. 그 밑에서 온몸에 실오라기 하나 걸치지 않은 드워프 처녀가 퀭해진 눈으로 팔다리를 휘젓고 있었다. 이 마법진은 여자의 정혈을 빼앗는 마법진으로 파타토니는 이 수법으로 화염의 마도사가 되었다.

"흐흐, 이제 끝장을 낼 때가 되었군!"

파타토니는 중얼거리며 온몸을 비틀고 있는 드워프 처녀를 내려다보았다. 그의 육중한 몸에 깔린 드워프 처녀의 눈은 희열에 찬 모습이 아니라 지독한 고통에 시달리는 표정이다.

잔인한 미소를 띤 파타토니가 마법을 중얼거리기 시작하자 붉은 기운이 두 사람을 휘감고 맹렬한 속도로 돌기 시작하였다.

"하익, 하악."

퍽척, 퍽척!

드워프 처녀의 고통 어린 신음과 파타토니의 살 부딪치는 소리가 방 안을 울린다. 그리고 빙빙 회오리치던 붉은 기운이 파타토니의 몸속으로 흡수되기 시작하였다.

"끄아아!"

드워프 처녀의 몸이 순식간에 말라 버리는 것처럼 비틀리기 시작했고 파타토니는 정신없이 그녀의 몸을 그러안았다. 처녀가 온몸의 정혈을 빨려 미라가 되든 말든 파타토니는 정사의 희열을 만끽하며 최고의 쾌락을 느끼고 있었다.

"으흐흐."

괴상한 신음을 내지르는 파타토니의 몸이 붉은빛으로 빛나고 온몸이 경직되었다.

"으음, 좋았어. 드디어 8서클 최상급의 마나를 만들었다.

크하하.”

땀으로 번들거리는 몸을 흔들며 통쾌한 웃음을 터뜨리고 있는 파타토니의 발밑에는 말라비틀어진 한 구의 미라만이 남아 있었다. 주변에도 수십 구의 미라들이 널브러져 있었다.

콩! 콩! 콩!

“마도사님, 적입니다! 적이 쳐들어왔습니다!”

갑자기 철문을 요란하게 두드리는 소리와 다급한 외침이 들려왔다. 만족한 기분으로 마나를 체크하고 있던 파타토니의 눈이 살기로 번들거렸다. 감히 어느 놈이 쳐들어왔단 말인가?

콰앙!

파타토니의 손에서 붉은빛이 쭉 뻗어나가더니 철문이 굉음을 울리며 폭발했다.

역시 8서클 마스터의 힘은 무시무시하였다.

“어떤 놈이 쳐들어왔느냐?”

자욱한 먼지가 떠도는 복도로 파타토니의 살기 어린 목소리가 들리자 전달병은 온몸을 일그러뜨렸다.

“브, 블랙울프들입니다. 화염의 마도사님, 지금 온 성안이 아우성입니다.”

전달병의 말에 고개를 끄덕인 파타토니가 손을 쑥 내밀었다. 그러자 잡아당긴 것처럼 파타토니의 손안으로 끌려 들어간 전달병의 목이 턱 잡혔다.

“히익!”

기겁한 소리를 지르던 전달병이 온몸에 전해지는 고통에 발버둥을 쳤다.

“사, 살려, 끄악!”

전달병의 온몸에서 생기가 급속히 빠져나가고 있었다. 드워프 여자의 정혈을 빨아들이면 반드시 숫총각의 생기(生氣)를 빨아들여 마나의 균형을 맞춰야 한다. 마침 전달병은 숫총각이었고 파타토니에게 연락 온 것이 그의 최대 불행이었다.

“끄르륵.”

전달병이 뼈와 가죽만 씌운 미라로 변해 버리자 집어 던진 파타토니가 소음이 들리는 바깥으로 걸어가기 시작하였다.

“블랙울프라, 좋아! 8서클을 완성한 기념으로 모조리 죽여주마! 크크크!”

버언쩍.

붉은빛이 번뜩이더니 파타토니의 몸이 지하에서 사라졌다.

“죽여라!”

두두두두!

온 성을 무너뜨릴 듯한 말발굽 소리, 블랙울프들이 지르는 야생적인 포효 소리, 성안이 충천하는 화광으로 대낮처럼 밝았고 손에 도끼와 몽둥이를 든 드워프들이 까맣게 몰려나와 군사들에게 달려드는 것이 보인다.

"으하하, 모조리 죽어라! 헬 파이어!"

쿠아아!

밤하늘에 태양처럼 빛나는 둥근 불덩어리가 무서운 열기를 토하며 나타나자 사람들의 시선이 일제히 돌아갔다. 허공에 둥둥 뜬 한 명의 마도사가 불타는 헬 파이어를 시전하는 것이 보였다.

"악마의 마도사다!"

"화염의 마도사!"

드워프들의 눈에 떠오른 공포와 경악의 표정을 본 파타토니는 만족한 웃음을 지었다. 바로 이런 것이 저 벌레들과 위대한 자신이 다른 것이다. 그가 손목을 까딱거렸다.

"가라, 나의 애기야! 저 벌레들을 모두 재로 만들어라!"

휘아악.

날아온다. 뜨거운 열기와 무시무시한 빛을 뿜으며. 그 순간, 찬란한 빛이 주위를 밝히며 날아올랐다.

"천지멸음파(天地滅陰破)."

파앗! 콰콰쾅! 콰쾅!

주변이 대낮처럼 밝아졌고 거대한 폭음이 천지를 뒤흔들었다. 폭발의 여파로 지붕들이 휩쓸려 날아가고 기둥들이 산산이 부서져 떨어졌다.

"구원자이시다!"

"광풍의 전사!"

성안의 모든 사람들이 허공에 올라선 또 한 명의 사람을 바라보았다. 잔둥에 길게 드리워진 검은 머리칼을 날리며 서 있는 사내의 한 손에 찬란한 빛을 뿌리는 샤벨이 쥐어져 있었다.

싸우고 있던 파빌사그 부족의 군사들과 기사들, 귀족들이 경악한 표정이 되었고, 드워프들과 블랙울프들은 존경스런 눈으로 헤럴드를 보고 있었다.

고오오오—

공중에 뜬 두 사람의 사이에 거대한 붉은 빛과 12색의 빛이 서로를 밀어내며 기이한 소리를 내고 있었다. 지금 두 사람의 사이에 들어서면 강철이라도 가루로 화해 없어질 것이다.

서로가 뿜어내는 기파가 진공을 형성하고 있기 때문이었다.

"네가 헤럴드라는 애송이로구나!"

"늙은이가 그동안 나이는 거꾸로 먹었나. 예라는 것은 잊은 모양이군."

헤럴드의 입에서 차가운 비난의 소리가 나오자 화염의 마도사는 얼굴이 일그러졌다. 파타토니는 100년 가까이 살아오면서 이렇게 건방진 놈은 처음 보았다.

"크크크, 내가 한 방 먹었군. 좋아, 정식으로 인사를 하지. 난 검은 탑의 파타토니이다. 남들은 화염의 마도사리고 하지."

“내가 헤럴드요. 8서클 마스터라, 대단하오.”

헤럴드의 차분한 말에 파타토니가 두 손을 치켜들었다.

“네가 그랜드 마스터라는 말을 들었다. 사람들은 검술이 대단하다고 하지만 마법의 무서움을 다는 모르지. 오늘 너를 죽여서 마법의 무서움을 세상에 보여주겠다. 싸울 생각이 있느냐?”

“좋을 대로. 하나 당신은 상대를 잘못 택한 것 같군. 어서 오시오.”

헤럴드의 말에 파타토니는 인상이 구겨졌다. 검술이 아무리 높다고 해도 8서클 마스터면 무적이다. 저놈에게 그것을 보여주어야 했다.

“건방지구나. 내 그 값으로 너를 죽여주마. 라이트닝 인피스티.”

파앗! 쩌저정!

파타토니가 손을 내리긋자 하늘에서 거대한 뇌전의 빛이 쏟아져 내려왔다. 그것은 거대한 공간을 형성하며 무서운 속도로 헤럴드에게 뻗어왔다. 붉고 푸른 빛이 원통처럼 둘러싸자 헤럴드의 양 주먹이 둥근 원을 그렸다.

“천지뇌전격(天地雷戰格).”

헤럴드의 주먹이 부풀어 오르듯 커지더니 날아드는 뇌전을 감싸 안았다.

우르릉— 콰앙!

마치 거대한 신의 손이 뇌전을 소멸시키듯이 커다란 주먹의 원 안에서 뇌전이 팍 꺼져 버리자 파타토니의 얼굴이 시뻘겋게 변했다. 그가 손을 들어 올리고 부르짖었다.

"오라, 검은 마나여! 내 너의 힘을 부르나니, 마왕 플레이너스의 힘을 이곳에 펼쳐라. 퓨리 오브 더 헤븐."

우르릉! 콰아아!

하늘이 울부짖고 새카만 화염의 뇌전이 한곳으로 몰려든다. 그것은 마왕 플레이너스의 마력으로 거대한 벼락이었다.

귀청이 찢어질 듯한 벼락의 소리에 사람들이 귀를 틀어막고 얼굴이 하얗게 질렸다. 저 엄청난 벼락이 이곳에 떨어지면 모든 사람들이 한 줌의 잿가루가 되리라! 사람들은 그제야 8서클 마스터의 무서움을 뼛속까지 느꼈다. 그러나 검을 틀어쥐고 말 위에 앉은 블랙울프 전사들은 태연한 표정이었다. 바로 자신들의 위대한 주군인 헤럴드를 믿고 있기 때문이었다.

헤럴드의 샤벨이 하늘로 쳐들렸다.

"천지무 방패."

그 순간, 검은 암흑 같은 벼락이 내리쳤다.

콰콰쾅! 콰쾅!

"으아악! 크악!"

귀청이 터지는 듯하다. 대지가 흔들리고 번쩍거리는 강렬한 빛 때문에 사람들은 눈을 감았다. 발밑이 지진을 만난 것처럼 흔들려 사람들은 땅 위를 뒹굴었다. 그들의 귀로 엄청난 비명 소리가 들려왔다.

"크아악! 이놈!"

번쩍 뜬 그들의 눈에 곤두박질치는 화염의 마도사가 보였다. 떨어지는 마도사의 몸을 향해 칠색의 빛이 섬광처럼 지나가는 것이 보였다.

철썩!

"끄으으."

바닥에 떨어진 화염의 마도사는 이미 두 동강이 나 처참한 모습이었다. 팔다리가 잘리고 몸통이 절반으로 잘려진 파타토니가 간신히 입을 열었다.

"너 같은 애송이에게 죽다니. 꺼억."

파타토니의 머리가 떨어지고 눈에 정기가 사라졌다.

철컥.

숨을 죽이고 조용한 성안에 샤벨이 검갑에 들어가는 소리가 천둥처럼 들린다.

"항복하는 자는 노예로 살 것이고 반항하는 자는 죽는다. 무릎을 꿇어라."

헤럴드의 나직한 말소리가 울려 퍼지자 조용한 성에 무릎을 꿇는 소리가 들렸다.

턱, 턱, 턱.

귀족들도, 기사들도, 군사들도 모두 더 이상 대항할 힘이 없었다. 저 사람에게 대적한다는 것은 죽음을 자초하는 것이다. 방금 본 싸움은 인간의 싸움이 아니었다.

"핸더슨."

"옛, 주군."

숨을 죽이고 있던 핸더슨이 어깨를 부풀리고 앞으로 튀어 나왔다. 바로 이 위대한 분의 부하가 자기 핸더슨인 것이다.

"파빌사그 부족의 군사들은 쥬신 영지의 군사들로 편입시켜라."

"옛, 주군."

헤럴드의 말이 떨어지자 군사들의 얼굴에 기쁨의 빛이 물결쳤다. 쥬신 영지의 군사! 그것은 자신들을 포로로 하지 않는다는 것이고 새로운 삶이 열렸다는 것을 의미했다.

"고맙습니다, 광풍의 전사님."

"감사합니다. 으흐흑."

수만의 군사들이 어깨를 들썩이며 흐느껴 울었다. 언제나 전쟁이 일어나면 가장 큰 피해를 보는 것이 바로 군사들이다. 귀족들을 위해 싸우다가 죽으며 그것으로 끝이다. 그리고 포로로 잡히면 그대로 노예가 되는 것이 군사들의 처지다. 그러나 이젠 이름도 드높은 쥬신 영지의 군사들이 되었다. 이제 가족들을 데리고 살 수 있었고 노예가 되지 않아도 되었다.

"만세! 광풍의 전사 만세!"

자리에서 벌떡 일어선 군사들이 두 손을 높이 들고 만세를 외쳤다. 그들이 눈에 기쁨의 눈물이 줄줄 흘러내리고 있었다.

‘호호, 오빠는 참 멋져.’

레나는 방그레 웃었다. 이로써 쥬신 영지는 12만이 넘는 군사들을 얻었고 인구도 불어나게 된 것이다.

“저, 저희들도 살려주십시오. 저희들이 가진 재산을 모두 바치겠습니다.”

파빌사그 부족의 귀족들이 무릎을 꿇고 머리를 조아렸다. 그들의 옆에 있는 처첩들과 이른바 귀족 영애들이 간절한 눈빛으로 헤럴드를 쳐다보았다. 심지어 어떤 레이디들은 가슴이 보이도록 옷깃을 일부러 열어놓고 있었다.

역겨운 눈으로 그들을 훑어본 헤럴드가 핸더슨에게 고개를 돌렸다.

“저들의 재산을 몰수하고 남자들은 노예로, 여자들은 이번 전투에서 공을 세운 블랙울프 전사들에게 나누어 줘라.”

“옛, 주군.”

핸더슨의 입이 떡 벌어져 헤헤거리고 있었다. 아직 장가를 못 간 핸더슨은 벌써부터 눈을 니글거리며 마음에 드는 레이디를 찾고 있었다. 이 기회에 가장 예쁜 여자를 아내로 맞고 싶었던 것이다.

“이봐, 입 찢어지겠어.”

보다 못한 도미니크가 옆구리를 툭 쳤다.

“아니, 형님, 형님은 장가를 안 가시려우?”

“뭐, 나, 나도 가야겠지.”

그러자 핸더슨이 능청스럽게 웃었다.

"내가 하나 고를까요. 형님은 여자를 잘 모르지 않수?"

"에라, 이놈아. 나는 눈이 없냐?"

그들이 아옹다옹하는데 여자들의 울부짖음이 들려왔다.

"후작님, 저희들은 귀족가의 영애들입니다. 저희들을 차라리 후작님의 노예로 삼아주세요. 귀족의 명예를 버리느니 차라리 죽겠습니다."

귀족가의 딸들이 온몸을 비트는 것을 바라보던 헤럴드가 차갑게 말했다.

"귀족이라고 했나? 너희들은 저 사람들보다 뭐가 잘났지? 너희들도 빵을 먹고 볼일을 보는 같은 인간에 불과하다. 아니, 저기 있는 드워프들은 사람들에게 이로운 제품을 만들 줄 안다. 그러나 너희들은 아무것도 할 줄 아는 것이 없다. 가진 것은 남의 피로 살찐 그 고깃덩이로 이루어진 육체뿐이다. 좋아, 죽고 싶다면 죽여주마. 핸더슨, 모두 죽여라."

헤럴드의 말에 핸더슨이 검을 뽑아 들었다. 그의 눈에 증오가 이글거리고 있었다. 감히 주군의 부하들을 모욕하다니.

"척살 준비."

츠룽! 츠룽!

블랙울프 전사들이 차가운 살기를 뿌리는 검을 뽑아 들었다. 설마하던 귀족가의 여식들이 그만 바닥에 머리를 박았다. 정말 죽고 싶지 않았다.

“살려주세요!”

“잘못했습니다!”

그녀들은 노예로라도 살고 싶었다. 죽으면 모든 것이 끝나는 것이 아닌가?

“오빠, 살려주어요. 그렇지 않아도 블랙울프들 중에 아직 장가를 가지 않은 사람들이 많아요.”

레나의 말에 헤럴드는 핸더슨을 불렀다.

“핸더슨, 군사들에게 시집을 가는 여자들은 살려주고 싫다는 여자들은 모두 죽여라.”

“알겠습니다, 주군.”

그날 귀족들은 노예로 끌려갔고 여자들은 군사들과 함께 쥬신 영지로 향하였다.

귀족들의 부인들과 여식들이 온몸을 던져 군사들에게 호소하는 바람에 늙어서도 장가를 못 가고 있던 군사들은 귀족가의 여자들을 아내로 맞게 되었다.

CHAPTER
04

위기

THE Warrior
Gale of Wind

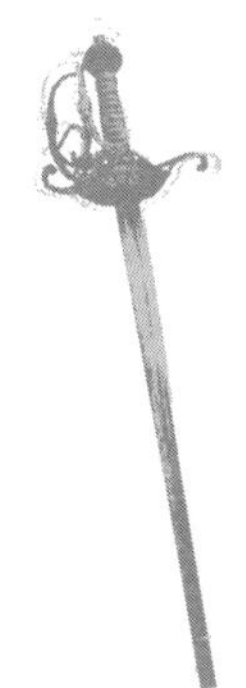

테오코름 시의 백색의 성에 있는 대전에 헤럴드와 레나, 파르몽과 아모리나가 차를 마시며 앉아 있었다. 그런데 파르몽은 국왕의 상징인 왕관을 쓰고 있었다.

"그럼 폐하, 저는 이만 돌아가 보겠습니다. 영지에 일이 많아서……."

"아니, 형님. 제발 파르몽이라고 불러주세요."

헤럴드의 말에 파르몽이 질색하며 손을 흔들었다. 그러자 옆에 앉은 아모리나가 방긋이 웃으며 입을 열었다.

"맞아요. 여기는 아무도 없으니 동생이라고 불러주세요."

그랬다. 파빌사그 부족이 괴멸된 후 아이스 왕국은 정리되었고 파르몽은 국왕이 되고 아모리나는 왕후가 되었다. 현재 아이스 왕국의 400만 드워프들은 모두 슈마라이 산 밑에 있는 쥬신 영지의 퉁구스 성과 나스카 성으로 이동하고 있었다. 그곳은 슈마라이 산 밑이고 풍부한 광물자원의 보고였다. 헤럴드는 그 땅을 드워프들에게 내주었고 이제 그곳은 드워프 자치 왕국이 되었다. 파빌사그 부족의 귀족 남자들은 노예로 끌려가 영지의 힘든 일에 동원되고 군사들은 모두 쥬신 영지의 군사들로 편입되어 가족과 함께 이동하고 있었다.

이제 쥬신 영지는 블랙울프 전사들이 20만, 군사들이 30만이나 되었다.

"좋아, 파르몽. 그럼 그렇게 하지. 우린 오늘 떠나겠네. 아무래도 타판파스 초원의 정세가 심상치 않아."

"알겠습니다, 형님. 만약 쥬신 영지에 무슨 일이 생기면 아이스 왕국도 군사를 파견하겠습니다. 혈맹으로요."

"그래, 고맙다."

헤럴드와 레나가 자리에서 일어서려는 때였다. 노크 소리와 함께 시종장이 들어섰다.

"폐하, 헤럴드 후작님께 사람들이 왔습니다."

"사람? 무슨 사람들이냐?"

"샤칸과 루시라고 하셨습니다. 그런데 샤칸이라는 여자 분께서는 부상으로 정신을 잃고 있습니다."

시종장의 말이 끝나기도 전에 레나가 벌떡 일어섰다.

"샤칸 언니가 부상을 당했다고? 어디, 어디에 있어?"

"저, 벼, 별궁에 모셨습니다."

우당탕!

시종장의 말에 얼굴이 하얗게 질린 레나가 문을 박차고 달려나갔다.

"샤칸이 부상을 입고 이곳에 왔다고?"

헤럴드가 굳어진 얼굴로 자리에서 일어섰다. 샤칸은 헤럴드에게 누이와 같은 존재다. 언제나 말없이 자신의 일을 대신해 주는 사랑스런 누이가 바로 그녀인 것이다.

별궁 앞에 도착한 헤럴드는 이상한 광경에 얼굴을 찌푸렸다. 300명의 중소전사연합 전사들과 루시가 무릎을 꿇고 있는 것이 보였던 것이다.

"루시, 무슨 일이냐?"

헤럴드의 물음에 고개를 쳐든 루시의 청초한 얼굴에 눈물이 흘러내리고 있었다.

"주군, 저희들이 구실을 못하여 샤칸님께서 부상을 당하셨고 중소전사연합이 괴멸되었습니다. 으흐흑."

그녀의 말에 헤럴드가 몸을 부르르 떨었다. 중소전사연합이 괴멸되었단다.

"으음."

헤럴드의 입에서 신음이 새어 나왔다. 그와 동시에 눈에서 불길이 쏟아져 나왔다.

"누구냐? 누가 그들을 죽였느냐?"

"그들은 마틴 공작의 기사들이었습니다. 놈들은 지금 쥬신 영지를 공격할 준비를 하고 있습니다, 주군."

헤럴드의 시선이 동쪽 하늘가로 돌려졌다. 악물린 그의 입에서 마디마디 끊어지는 말이 흘러나왔다.

"마틴, 당신은 불행히도 잘못된 선택을 하였군. 내 부하들을 죽였으니 각오하는 게 좋을 거요."

옆에 있던 파르몽과 아모리나는 헤럴드의 몸에서 뿜어지는 살기에 온몸을 떨었다. 솜털이 곤두서고 잔등에 땀이 흘러내렸다.

"위타킨."

"옛, 주군."

"즉시 영지로 떠날 준비를 하라. 샤칸의 부상을 치료하고 떠날 것이다. 영지에도 연락을 하라."

"충!"

위타킨과 5형제들이 부하들을 다그쳐 떠날 준비를 하기 시작하였다.

"마틴인지 뭔지 하는 놈, 참혹한 값을 치르게 됐군! 감히 형님의 부하들을 죽이고 쥬신 영지를 공격하려고 하다니."

혼자 중얼거리는 파르몽에게 아모리나가 살짝 귀띔을 하였다.

"폐하, 우리도 기마병들을 파견하는 게 좋겠어요. 혈맹의 이름으로……."

아모리나의 말에 파르몽은 고개를 끄덕였다. 현재 아이스 왕국의 기병은 20만, 그들이 가면 세상은 쥬신 영지와의 동맹인 아이스 왕국을 감히 건드릴 마음도 먹지 못하리라.

아이스 왕국의 군영들에 출전 명령이 국왕의 이름으로 떨어지고 15만의 기마병들이 쥬신 영지로 떠나기 시작하였다.

*　　　　*　　　　*

"싫다는데 왜 이러세요."

"뭐야? 너 죽고 싶어?"

하라자트는 그만 화가 머리끝까지 치솟았다. 감히 창녀가 이 거리의 도둑 길드장인 자신을 거부하다니, 참을 수가 없었다.

"죽어, 이년!"

따악.

하라자트는 분기가 치밀어 닥치는 대로 두들겨 팼다. 쥬신 영지로 통합된 후 도둑 길드는 어쩔 수 없이 지하로 숨어들었다. 쥬신 영지는 유흥가를 존속시키기는 했지만 다른 곳과는 엄연하게 달랐다. 예전 같으면 창녀들의 화대를 잘라먹고 마음에 들지 않으면 죽여도 누가 뭐라 하는 사람은 없었다. 그러나 쥬신 영지법에는 창녀라도 화대를 떼어먹거나 가혹한 행위를 하면 단호하게 징벌했다. 그것은 통합된 코르모 성도 예외는 아니었다.

"두고 봐! 내일 자경단에 알릴 거야!"

여자는 얻어맞으면서도 바락바락 소리를 질렀다.

"이년, 죽인다!"

퍼억.

"꺅!"

분기가 오른 하라자트의 몽둥이가 창녀의 머리 위로 떨어지고 바가지 깨지는 소리가 났다.

콰작!

"엉?"

화가 나는 바람에 무자비하게 폭행을 한 하자라트는 여자가 피를 물고 쓰러지자 그만 정신이 번쩍 들었다. 만일 사람을 죽였다는 소식이 자경단에 알려지면 사형을 면치 못한다.

"기, 길드장님, 어떻게 하죠?"

부하가 겁에 질려 하라자트를 쳐다보았다.

"일단 이년을 창고에 가둬. 그리고 창녀들이 밖으로 못 나가게 감금하라."

"예, 길드장님."

부하가 밖으로 나가자 하라자트는 털썩 주저앉았다. 창녀들의 입을 막는 것도 하루 이틀이다. 매일아침 이곳에 들러 인원을 체크하는 자경단원들이 저 계집이 없어진 것을 알면 자신은 끝장이었다.

"젠장, 튀자."

자리에서 벌떡 일어선 하라자트가 금고를 열었다. 어차피 이렇게 된 것 마틴이나 조지 공작파의 영역으로 튈 판이다. 그곳은 도둑 길드가 마음 놓고 활동할 수 있는 곳이다.

예전 자신의 밑에 있던 놈의 밑으로 들어가긴 싫었지만 목숨을 잃는 것보다는 나았다. 카사코브 시의 도둑 길드장은 옛날 자신의 부하였던 것이다.

그가 금고문을 열고 돈 꾸러미를 꺼낼 때였다.

"사람을 죽이고 도망치려는가?"

"으힛!"

기겁한 하라자트는 번개처럼 돌아서며 카타르(단검)를 뽑아 들었다. 언제 열렸는지 방문이 열리고 검은 로브를 입은 자가 찌르는 듯한 눈으로 쏘아보고 있었다.

"너는 누구냐?"

"나? 너에게 해가 될 사람은 아니니 단검을 치워라."

로브의 말에 하라자트는 씨익 웃었다. 그의 눈에 사람을 죽이려는 살기가 폭발하듯 타올랐다. 지금은 바뀐 쥬신 영지의 법률 때문에 숨을 죽이고 있었지만 이전에는 날리던 칼잡이가 바로 하라자트이다.

"개소리, 죽어라."

하라자트가 한 발 내디디며 단검을 휘둘렀다. 그와 동시에 그의 왼손에서 은밀하게 두 자루의 작은 단검이 발출되었다. 하라자트는 검은 로브의 사내가 미처 피하지 못하는 것을 보며 회심의 미소를 그렸다. 카타르로 상대의 이목을 쏠리게 하고 두 자루의 단검으로 목숨을 끊는 것이 하라자트의 특기였다. 게다가 거리가 너무도 가까워서 놈은 피할 여지가 없었다.

"어헉?"

하라자트는 숨을 들이켰다. 두 자루의 단검이 날아드는 순간 사내의 몸이 바람처럼 사라졌고 머리통에서 경쾌한 타격음이 울렸다.

퍼억! 털썩!

하라자트는 그만 눈앞이 캄캄해지는 것을 느끼며 그대로 엎어졌다.

"단검 날리는 솜씨는 괜찮군."

검은 로브가 쓰러진 하라자트를 보며 중얼거리는데 한 사람이 들어섰다. 바로 좀 전에 겁에 질려하며 밖으로 나갔던 하라자트의 부하이다. 그러나 지금의 그의 모습은 잔인한 살기를 풍기는 전사의 모습이었다.

"이자를 처리해라."

"알았습니다, 갯들리츠님."

차갑게 말을 하는 사내는 한 팔이 없는 바로 그, 갯들리츠였다. 무엇인가 음모가 싹트는 밤이다.

"안녕하세요, 야토 백작님."

"어서 오시오, 움바 백작."

코르모 성의 성주인 야토 백작은 환한 웃음을 짓고 들어오는 사람들을 맞이하고 있었다. 바로 오늘 결혼식을 한 딸 바네사의 결혼 피로연에 축하하러 오는 사람들이기 때문이었다.

"기쁘시겠습니다, 야토 백작."

우렁우렁한 목소리와 함께 갑옷을 입은 여러 명의 전사들이 안으로 들어섰다. 코르모 성의 경비를 맡고 있는 자경단의 단장인 움바 백작이다.

"허허, 기쁘다 뿐이겠소. 오늘은 맘껏 즐기고 가시오."

하지만 움바 백작은 머리를 저었다.

"그러고 싶지만 요새 저놈들(마틴파) 때문에 정세가 좋지 않아 잠깐만 앉았다 가겠소."

움바 백작의 말에 야토는 고개를 끄덕였다. 요사이 쥬신 영지의 경계는 철통같았다. 현재 군을 총괄하는 타마 백작의 명령이 각 성에 전달돼 모두 긴장하고 있었다.

"그럼 그러시오. 거기 누구 없느냐? 이분들에게 좋은 와인을 가져다주어라."

"예, 백작님."

옆에 있던 집사가 허리를 굽히고는 주방 쪽으로 달려갔다.

성주의 집은 끊임없이 사람들이 드나들고 있다. 술 창고를 맡고 있는 쉐리는 백 년 묵은 포도주를 꺼내 담으면서 주위를 한번 둘러보았다. 아무도 보는 사람이 없다. 황급히 주머니를 꺼낸 그가 하얀 가루약을 포도주 통에 부어 넣었다.

"빨리 주세요. 손님들이 모두 기다리고 있어요."

하얀 앞치마를 두른 하녀들이 포도주를 들고 달려가는 것이 보였다.

"호호, 네놈들은 모두 죽게 될 것이다."

그가 중얼거리는데 솟아나듯 나타난 검은 로브가 연회장 쪽을 쏘아보며 물었다.

"시간이 얼마 없다. 약효가 빨리 나타나느냐?"

"당연합니다. 적어도 100을 세기 전에 저놈들은 모두 뒈질 것입니다, 갯들리츠님."

로브를 입은 자는 바로 갯들리츠였다.

"하하하! 자, 건배합시다."

연회장에서 야토 백작의 말소리가 들리고 곧이어 떠들썩한 말소리들이 들렸다.

"자, 베네사 양을 위하여, 건배."

"건배."

챙! 챙! 챙!

술잔이 부딪치는 소리가 들리자 갯들리츠의 얼굴에 비릿한 웃음이 그려졌다. 저 포도주 속에는 한 방울만 먹어도 죽는 독이 들어 있었다.

"이, 이게 왜 이렇지?"

움바 백작은 도저히 정신을 차릴 수가 없었다. 연회장의 사람들이 빙빙 돌고 천장이 어지럽다. 가까스로 주변을 바라보니 다른 사람들도 비칠거리는 것이 보였다. 이건 와인에 취해서 나타나는 현상이 아니었다. 겨우 두 잔만을 마셨을 뿐이다.

"혹시 독?"

뇌를 훑고 지나는 생각에 움바 백작은 목청을 돋워 소리쳤다.

"모두 잔을 버려라! 독이다!"

그가 소리치자 비틀거리던 사람들이 잔을 맥없이 떨어뜨렸다. 그러나 이미 늦었다. 연회장의 문이 열리더니 검은 로브를 입은 자들이 쏟아져 들어왔다.

"이놈들, 감히 쥬신 영지에서 이런 일을! 큭!"

촤악.

은빛으로 빛나는 검이 번뜩이자 목이 절반쯤 잘린 움바 백작이 서서히 꼬꾸라졌다.

"너희 쥬신 영지는 모두 죽을 것이다. 네놈들도, 그리고 헤럴드도."

번들거리는 눈으로 중얼거린 갯들리츠가 도망치는 전사를 향해 검을 찔러 넣었다.

푸욱!

전사는 별반 저항도 못해보고 스르륵 무너져 내렸다. 독에 당했으니 아무리 용맹을 떨치는 블랙울프 전사라고 해도 뾰족한 수가 없었다. 시뻘건 피가 도랑을 지어 흐르는 연회장을 본 갯들리츠는 통쾌한 웃음을 터뜨렸다.

"크하하, 이렇게 쉽다니."

온 연회장에 죽은 시신들이 즐비하게 널렸다. 목이 잘린 자, 몸통이 두 동강이 난 자, 팔다리가 잘린 자. 갯들리츠는 속이 후련해지는 것을 느꼈다. 그동안 헤럴드에게 잘린 팔을 볼 때마다 복수심에 피를 끓이던 그다. 하지만 드디어 때가 온 것이다.

"리안, 빨리 연락을 해라."

"알았습니다, 갯들리츠님."

보고하는 부하는 다름 아닌 도둑 길드에 있던 자였다. 그는 갯들리츠의 부하로 오랫동안 이곳에 잠복하고 있던 첩자였다.

"아악! 이 더러운 손을 치워라! 헤럴드 후작님께서 네놈들을 용서하지 않을 것이다!"

갑자기 2층에서 여자의 악쓰는 소리가 들려왔다. 헤럴드라는 말에 갯들리츠의 눈에 핏빛이 어렸다.

휘익.

2층으로 날아오른 갯들리츠의 눈에 난장판이 된 방 안이 한눈에 안겨왔다. 신부의 옷을 입은 처녀가 서너 명의 로브들에게 잡혀 옷이 찢기며 발버둥을 치고 있었고 바닥에는 신랑인 듯한 자가 목이 잘려 두 눈을 부릅뜨고 죽어 있었다.

"그만."

눈이 시뻘게서 신부를 겁탈하려고 하던 자들이 멈칫 서버렸다. 들어온 자가 잔인하기 짝이 없는 상관이었기 때문이었다. 모두들 입맛을 다시며 물러섰다.

"너는 헤럴드와 어떤 관계냐?"

갯들리츠의 말에 베네사는 이를 악물었다. 아마 이놈이 오늘 밤 음모를 꾸민 자들의 두목인 것 같았다.

"나의 아버지는 그분의 충직한 부하다. 네놈들은 오늘의 대가를 목숨으로 갚게 될 거야. 두고 봐라, 네놈들은 10대가 멸할 것이다."

베네사의 저주에 갯들리츠는 분노가 끓어올랐다. 이곳에 와서 숨어 있는 며칠 동안 알게 된 것이지만 영지민들은 헤럴드, 그놈을 마치 신처럼 따르고 있었다. 놈이 가지고 있는 모든 것을 산산이 깨버리고 찢어 죽이고 싶었다.

"죽인다. 네놈이 가진 것은 모두 박살을 내버린다. 바로 이년처럼."

말을 마친 갯들리츠는 베네사의 머리칼을 움켜쥐고 사정없이 옷을 찢어버렸다.

부욱, 찌지직.

“앗! 이 더러운, 꺅!”

악을 쓰던 베네사는 침대 위에 내동댕이쳐졌다. 그녀의 몸 위로 갯들리츠의 육중한 몸이 실려졌다. 죽을힘을 다해 몸부림치던 베네사는 눈을 크게 뜨고 입을 딱 벌렸다.

아직 사랑하는 사람에게도 개방하지 않았던 자신의 은밀한 곳에 거대한 불기둥이 침입해 들어오고 있었다.

“윽.”

그녀는 죽을힘을 다해 혀를 깨물었다. 맨 정신으로 더러운 놈들에게 몸을 더럽히느니 차라리 죽음을 택하는 것이 나았다.

“모두 파괴해 주마. 헤럴드, 네놈이 가진 모든 것을. 크하하.”

광기가 뻗친 갯들리츠가 피를 흘리며 죽어 있는 베네사의 몸을 미친개처럼 유린하고 있었다.

“막아라! 어떤 일이 있어도 성문을 지켜야 한다!”

코르모 성의 성문을 지키고 있던 니키는 군사들을 독려하며 활을 쏘고 있었다. 그러나 밀려드는 적들은 끝도 없었다. 게다가 성문을 공격하는 붉은 갑주를 입은 놈들은 화살에도 끄떡없었다.

쿵, 쿵, 쿵!

거대한 충자가 성문에 부딪치는 소리가 시시각각으로 들

린다. 니키의 눈에 눈물이 흘렀다.

"기름불을 쏟아 부어라! 막아야 한다!"

쏴아악! 화르륵.

기름이 쏟아지고 불이 붙은 붉은 갑주들이 땅 위를 뒹구는 것이 보였다. 하지만 니키는 눈을 비볐다. 불타는 놈들을 옆으로 끌어낸 붉은 갑주들이 숨 쉴 틈도 없이 성문을 깨부수고 있었다.

"안 돼, 이렇게 해서는 안 돼."

그의 앞으로 사다리를 타고 오르는 적들이 대가리를 내미는 것이 보였다.

"이놈들, 어림도 없다."

푹!

정신없이 달려간 니키는 놈의 가슴을 찔러 떨어뜨렸다. 그때 한 명의 군사가 달려왔다.

"파수장님, 성안에 있던 움바 단장님은 이미 죽었습니다. 그리고 통신을 담당한 마법사님도 이미 성안으로 침투한 놈들에게 모두 죽었습니다."

"뭣이?"

니키는 정신이 아찔했다. 만일 마법사들까지 죽었다면 파루데 영지에서는 아직도 이곳 사정을 모르고 있을 것이다. 성벽을 바라본 니키는 이를 악물었다. 새카맣게 개미 떼처럼 달려 올라오는 적들이 보였다. 더 이상 성을 지킬 수는 없었다.

“마틴 이놈, 어디 두고 보자.”

그가 서너 명의 부하들을 데리고 달려 내려갔다.

두두두두!

“빨리 가자. 놈들이 공격을 개시했다는 것을 타마님에게 알려야 한다.”

성의 북쪽 성문을 향해 다섯 필의 말이 맹렬한 속도로 질주했다. 사방에 불길이 치솟고 연기와 비명이 코르모 성을 뒤덮고 있었다.

*　　*　　*

“저게 뭐지?”

파루데 성의 성문 위에서 파수를 서던 블랙울프 전사들이 아득하게 들려오는 말발굽 소리와 비명 소리를 듣고 옆에 있는 동료를 돌아보았다.

쉭, 쉭, 쉭!

“아악!”

분명 비명 소리다. 캄캄한 성 밖의 벌판을 보던 전사가 비상종의 끈을 잡았다.

“저건 추격받는 소리야. 종을 울려야 해.”

동료가 굳은 얼굴로 머리를 끄덕이자 종소리가 울려 퍼지기 시작했다.

데엥! 데엥!

은은한 종소리가 어둠을 뚫고 메아리치기 시작했다. 만약 위급한 소식이라면 종을 연속으로 울린다. 하지만 지금은 어두워서 볼 수가 없었고 아직 무엇인지도 모른다.

"무슨 일인가?"

파수막에서 뛰쳐나온 파수장이 소리쳤다.

"저기에서 누군가가 싸우고 있는 것 같습니다."

전사의 말에 잠시 귀를 기울이고 있던 파수장이 벽력같이 고함을 질렀다.

"빨리 성문을 열어라! 정찰대는 나를 따르라!"

두두두두!

성문에서 달려나온 블랙울프 전사들이 쏜살같이 내달리기 시작했다. 파수장은 아수라혈천심법을 5성이나 익혀 웬만한 소리는 모두 듣는다. 저곳에서 울리는 비명과 말소리 중에 그는 분명 마틴의 개들이라는 소리를 들었다. 비록 희미하게 들리긴 했지만 당연히 알아보아야 했다. 어제저녁에 마틴 공작의 영지 쪽을 잘 살피라는 명령을 받은 그였다.

챵! 챵! 촤앙!

니키는 이를 악물고 달려드는 적들과 싸우고 있었다. 성문을 빠져나오면서 한 명이 죽고 이곳까지 오면서 동료들은 하나둘 죽어갔다.

"내가 죽어도 이 사실을 알려야 한다."

휘익! 차앙! 창!

놈들은 모두 열둘, 이제는 눈마저 흐릿해지고 있었다. 이미 옆구리에 받은 치명상에 피를 너무 많이 흘렸다. 그의 눈에 점점 조여오는 놈들이 보였다. 놈들의 얼굴도 희미하게 보인다.

"네놈 때문에 내 부하가 아홉 명이나 죽었다. 네놈을 갈가리 찢어 죽여야 이 분노가 풀릴 것 같구나."

마틴 공작의 기사인 포코는 어이가 없었다. 일반 군사 다섯 명을 추격하면서 정예 기사인 자신의 동료들이 9명이나 죽었다. 놈들은 일반 군사였지만 검술이 뛰어났다. 포코는 검을 쳐들면서 속으로 진저리를 쳤다. 일반 군사가 이 정도라면 그 강하다는 블랙울프 전사들은 대체 어느 정도란 말인가?

하지만 그는 머리를 흔들었다. 이번에 동원된 마틴 공작의 군사들은 모두 50만에 달한다. 이곳 쥬신 영지의 군사는 블랙울프들이 10만이고 예비대가 10만이 있다지만 그들로서는 마틴 공작의 50만 군사들을 막을 수 없다. 게다가 자신들에게는 붉은 전사(키메라)들이 있다. 그들은 창칼이 몸에 박히지 않았고 모두 상급의 수준이다.

이제 쥬신 영지의 운명은 끝이었다.

"이제 그만 가라. 너의 운명처럼 쥬신 영지도 이제는 끝이다."

"흥, 어림도 없는 소리! 헤럴드 후작님께서 있는 한 쥬신 영지는 영원하다!"

니키가 피가 울컥울컥 쏟아지는 입으로 외치며 검을 치켜들자 포코는 머리를 흔들었다.

"네놈의 기개는 좋다. 하나 한 손이 열 손을 당할 수는 없는 법, 헤럴드가 아무리 강해도 50만 군사를 당할 수는 없다."

포코가 더 이상 실랑이를 하기 싫어 검을 내려치려는 순간, 날카로운 소리와 함께 화살이 날아오는 소리가 들렸다.

츄악! 촹!

"윽!"

본능적으로 날아오는 화살을 쳐낸 포코는 손아귀가 찢어지는 것 같아 흠칫 놀랐다.

"저놈들은……!"

어둠 속으로 6명의 전사들이 말을 타고 달려오는 것이 보였다. 희미한 달빛에 전사들이 입은 가죽옷이 보였다. 분명 블랙울프들이다.

"감히 이 땅을 침공하다니, 네놈들에게 쥬신 영지의 힘을 보여주마."

파수장의 손에 들린 활에서 날카로운 시위 소리가 들렸다. 그것을 보던 기사들이 킬킬거렸다. 저곳에서 이곳까지, 그것도 밤에 목표물을 맞힌다는 것은 어림도 없는 일이다.

피잉, 쒸악!

"커억!"

비웃는 눈길로 킬킬거리던 기사의 목에 화살이 관통하자 다들 화들짝 놀랐다. 그러나 놀랄 새도 없었다. 곧바로 말을 달리며 활을 쏜 블랙울프들이 검을 뽑아 들고 달려들고 있었다. 6대 12, 누가 봐도 자신들이 우세하다. 하지만 마틴의 기사들은 얼굴이 하얘졌다.

"저, 저건 마나 블레이드!"

6명의 전사가 쳐든 검에서 연분홍색 마나 블레이드가 밤하늘을 밝히며 무섭게 돌진해 들어오고 있었다.

"어, 어떻게……."

6명이 모두 상급의 전사라니? 공황 상태에 빠진 기사들이 갈팡질팡하는 새에 블랙울프들이 들이닥쳤다.

촤앙! 촤앙!

"컥, 크악!"

검을 들어 황급히 막았던 포코는 어깨부터 옆구리까지 오는 극심한 통증에 목구멍이 찢어지도록 비명을 질렀다. 그의 상체가 사선으로 잘려 떨어져 내렸다.

철써덕.

떨어진 상체에서 쏟아진 창자들이 흰 김을 뿜어 올렸다.

"블랙울프들이 얼마나 강한지 네놈들은 모를 것이다. 하하하!"

검을 짚고 수저앉은 니키는 통쾌하게 웃었다. 그의 눈앞에서 동료들을 죽인 마틴의 기사들이 목이 날아가고 몸통이 잘려 피를 뿌리며 쓰러지고 있었다. 이젠 죽어도 한이 없을 것 같았다. 자신의 복수는 블랙울프들이 해줄 테니까.

"나는 블랙울프, 파루데 성의 파수장이오. 당신은 누구요?"

"난 코르모 성의 파수… 장이오. 마틴의 군사 50만이 침공해 오고……. 큭! 코르모 성이… 점령……. 빨리 알려야, 커억."

말을 채 끝맺지 못한 니키가 털썩 쓰러졌다. 황급히 말에서 뛰어내린 파수장이 니키를 안아 들었다.

"가자! 마틴 공작파가 침공해 왔다!"

먼동이 푸름푸름 밝아오는 새벽의 여명 속에 블랙울프들이 전속으로 말을 달렸다.

*　　　　*　　　　*

샤칸은 서서히 정신이 돌아오는 것을 느꼈다. 희미하던 물체가 또렷하게 제 모습을 찾아가고 누군가가 보였다. 순간, 샤칸은 가슴이 울렁거렸다. 그녀를 내려다보고 있는 사람은 꿈에도 그리던 헤럴드였다.

"정신이 들어?"

헤럴드의 다정한 말이 귓전을 울리자 그녀는 눈물을 주르륵 흘렸다. 죽을 줄 알았는데 이렇게 만나다니!! 모든 것이 꿈만 같았다. 헤럴드는 그녀의 손을 꼭 잡아주었다.

"루시는, 중소연합전사들은?"

샤칸의 말에 헤럴드는 어두운 표정으로 입을 열었다.

"루시는 건강해. 그리고 중소연합전사들은 모두 죽었어. 300명만 살고."

헤럴드의 말에 샤칸은 숨이 컥 막혀왔다. 그들이, 1만의 전사들이 모두 죽었다. 가슴이, 심장이 터지는 것 같았다. 모두 자기 때문에 죽은 것이다.

"왜 그랬어? 먼저 나에게 알렸어야지."

헤럴드의 말에 가만히 있던 샤칸이 머리를 들었다.

"여긴 어디야?"

"여긴 슈마라이 산이야. 오늘 밤 쉬고 내일 아침에 출발하면 영지에 도착해."

"빨리 가야 해. 영지가 위험해. 마틴이 군사들을 집결시키고 있어."

샤칸의 말에 헤럴드는 그녀를 자리에 눕혔다.

"마음 놓아. 타마에게 연락을 했으니. 그리고 나에겐 네 몸 상태가 더 중요해. 알았어?"

"헤럴드, 반드시 복수해 줘. 그리고 그 하얀 머리의 마녀를 꼭 죽여줘."

헤럴드는 눈물을 흘리고 있는 샤칸의 손을 꼭 잡고 놓지 않았다.

"걱정하지 말고 몸을 치료해. 알았지?"

머리를 끄덕인 샤칸이 헤럴드의 손을 끌어당겼다.

"한 가지 더 약속해 줘."

"그래, 백 가지라도 할게. 네 부탁이라면."

헤럴드의 말에 샤칸은 또박또박 입을 열었다.

"타판파스 왕국의 왕이 되어줘. 그래야 복수를 할 수 있어. 니힐리스 제국을 무너뜨리려면 그래야 해."

"왕이라고, 왕?"

헤럴드는 너무도 의외의 말에 말문이 막혔다. 지금까지 왕이 되겠다는 생각을 한 적은 없었다. 그저 복수를 위해서만 달려왔다. 그러나 샤칸의 말은 의미심장했다.

니힐리스 제국을 무너뜨리려면 왕이 되어야 한다는 말은 지극히 옳은 말이다. 게다가 이제는 자신을 따르는 수많은 부하들이 있었다. 그들을 지키려고 해도 지금보다 더 강력한 힘을 가져야 했다. 머리를 숙이고 앉아 있던 헤럴드가 고개를 들었다.

"좋아, 왕이 되지."

"정말, 정말이지?"

샤칸은 너무 기뻐 헤럴드의 머리를 그러안았다. 사실 샤칸은 헤럴드가 말을 듣지 않을까 봐 염려를 했었다. 만약 왕이 되지 않겠다면 죽는시늉을 해서라도 승낙을 받으려고 벼르고

있던 참이었다. 그런데 그가 승낙을 했다. 샤칸에게는 헤럴드
를 왕으로 앉힐 모든 계획이 준비되어 있었다. 그리고 앞으로
는 제국을 세울 것이다. 이 대륙에서 가장 강한 제국을…….

"고마워, 헤럴드."

"내가 왕이 되는데 왜 네가 고맙냐? 오히려 내가 고맙지.
그런데 이거 좀 놓아라. 숨이 막혀."

헤럴드는 샤칸의 가슴이 코를 짓누르는 바람에 숨을 쉴 수
가 없었다. 하지만 샤칸은 더욱 바짝 끌어안았다. 헤럴드의
코로 그녀의 향기로운 냄새가 정신이 황홀하도록 스며들었
다.

둥둥둥!

북소리가 천지를 진동했다. 파루데 성의 성루에 선 타마는
끝도 없이 늘어선 마틴 공작 군을 보며 모닝스타를 꽉 그러쥐
었다. 파루데 성 앞의 드넓은 평야가 마틴 군으로 뒤덮여 온
통 갑옷들과 창검의 빛이 눈을 시리게 했다.

척척척!

보병과 창병, 중갑병들이 지축을 흔들며 걸어오고 기마들
이 달리는 곳에는 먼지가 구름처럼 일어났다. 거대한 바둑판
같은 방진들이 고슴도치들처럼 창날을 번뜩이며 전진해 오는
것이 당장 성을 삼켜 버릴 것 같았다. 마치 거대한 마귀가 아
기리를 쫙 벌리고 다가오는 것 같았다.

“많이도 왔군. 사령관, 흔들림이 없어야 해. 모든 군사들이 자네를 바라보고 있다는 것을 명심하게.”

로브를 입고 서 있던 랑케가 해일처럼 밀려오는 적들을 보고 있는 타마에게 조용히 속삭였다.

“알고 있습니다. 저놈들, 이 타마가 살아 있는 한 이 땅을 한 치도 더럽히지 못합니다.”

“당연하지. 저놈들은 이곳에 온 것을 후회할 걸세.”

랑케는 속으로 결심을 다지고 있었다. 목숨을 바쳐서라도 이곳을 사수할 것이라고. 현재 이곳에 있는 쥬신 영지군은 블랙울프들과 군사들을 합쳐 10만, 적들은 50만이다. 무려 다섯 배에 이르는 적이지만 두렵지 않았다. 지금 후방의 성들에 30만의 일반 군사들이 지키고 있었고 10만의 예비대는 쥬신 영지의 영주성인 퓨리 시를 방어하고 있었다.

“빨리 끓는 물을 가져와요.”

“이쪽으로, 돌은 이곳에 쌓아요.”

성벽마다 쥬신 영지의 남녀노소가 돌과 끓는 물을 이고 지고 오르고 있었다. 그들을 막으려고 지켜서 있던 군사들이 늙은 노인에게 달려갔다.

“아이고, 어르신. 여긴 우리가 지킵니다. 어서 집에 가서 편히 계십시오.”

두 군사의 말에 돌을 지고 성벽에 오르던 노인의 눈썹이 치켜 올라갔다.

"네 이놈, 나보고 집구석에 박혀 있으란 말이냐? 이 땅이 어떤 땅이냐? 하늘 같은 후작님께서 우리에게 주신 땅이다! 늙었지만 내 몫은 내가 한다! 썩 비켜라!"

노인의 벼락같은 호통에 어쩔 줄 몰라 하던 군사가 통사정을 하였다.

"어르신, 그게 아니라 여기는 우리만으로도 충분합니다. 그리고 늙으신 분들이 싸우는 것을 막으라는 상부의 명령이 내려왔습니다. 제발 사정을 봐주십시오."

"예끼 이놈, 감히 누가 내 땅을 지키려는 사람들을 막는단 말이냐? 우린 죽어도 여기서 죽는다. 내 손자손녀에게는 노예살이를 시키고 싶지 않아. 어서 비켜라."

"끄응!"

군사들은 그만 신음을 흘리며 비켜섰다. 그들의 주변에서 아이들은 작은 물통을 들고 성벽에 오르고 있고 여자들과 노인들이 돌들을 쌓아놓고 있었다.

파루데 성의 모든 사람들이 떨쳐나섰다. 그것을 바라보는 랑케의 눈이 축축이 젖어왔다.

"역시 대단해. 쥬신 영지는 절대로 무너지지 않는다!"

쥬신 영지민들은 그동안 평화로운 땅에서 자유를 만끽하면서 행복한 삶을 살아왔다. 그리고 이제 그 땅을 지키기 위해 일어섰다.

주군이 그동안 영지민들에게 베푼 선정이 사람들로 하여

금 목숨을 내걸고 일어서게 하였다. 이 대륙에서 전쟁이 일어
나면 그건 귀족들과 군사들 간의 싸움이었다. 하나 쥬신 영지
는 온 영지민이 모두 떨쳐나섰다. 남자들은 집집에 있는 도끼
를 들고, 여자들은 그동안 꾸준히 연습했던 활을 들고, 아이
들은 음식을 들고 달리고 있었다.

이 영지는 모든 사람들을 죽이지 않고는 결코 점령할 수가
없는 곳이다. 여태껏 벌어졌던 전쟁과는 그 격이 달라진 것이
다.

"저길 보게."

랑케가 손짓하고 있는 마틴의 진영에서 한 필의 말이 달려
나왔다. 등 뒤에 펄럭이는 흰 기를 보니 아마도 사자로 오는
것 같았다.

두두득, 두두득!

말을 타고 달려나오는 디노 남작은 흥분으로 얼굴이 붉게
달아올랐다. 그는 베르토 백작의 막내아들로 이번 전쟁이 끝
나면 이곳 파루데 성을 하사받게 되어 있었다.

저 앞의 쥬신 영지군의 진영이 산처럼 눈앞으로 다가왔다.
성 앞 2천 미터 정도의 거리에 블랙울프 군이 진을 치고 있었
다.

"너는 누구냐?"

통나무로 만들어진 장애물 뒤에 서 있던 블랙울프 전사가
앞으로 나오자 말을 타고 달려온 디노 남작이 숨을 한껏 들이

켜고는 목청을 돋워 소리 질렀다.

"나는 마틴 공작각하의 참모 디노 남작이다! 나는 사자로서 너희들에게 마틴 공작님의 최후통첩을 전하러 왔다! 항복하라! 항복하면 죽이지 않을 것이며, 항복하지 않는다면 모두 죽을 것이다! 이것이 마틴 공작님의 명이시다!"

"하하하! 호호호!"

전사들이 배를 끌어 쥐고 웃는다. 전사들뿐만이 아니라 성벽 쪽에서도 마법 통신이 갔는지 통쾌한 웃음소리가 들려왔다.

"하하하, 호호호."

남자들뿐 아니라 여자들의 웃음소리까지도 들린다. 디노 남작은 눈이 둥그레졌다. 지금 이 앞의 모든 평원은 마틴 공작군의 진군으로 빈자리가 없다. 정말 보기만 해도 오금이 저리는 어마어마한 진군이었다. 그런데 이들은 웃고 있었다. 게다가 성벽 위에는 여자들까지 나와 웃음을 터뜨리고 있었다. 이것들이 아마 단체로 미친 모양이다.

"빨리 결심하라. 아니면 마틴 공작님의 자비가 너희들에게 가지 않을 것이다."

"닥쳐라!"

디노 남작의 말이 끝나기 바쁘게 평원을 즈르릉 울리는 고함 소리가 터져 나왔다. 그 목소리가 얼마나 큰지 디노 남작은 귀를 싸쥐고 말에서 굴러 떨어졌다.

"크윽, 이게 대체?"

성벽에서 이곳까지는 2천여 미터, 그런데 어찌나 목소리가 큰지 마치 드래곤이 호통을 치는 것 같았다. 평원이 조용해지자 마나를 실은 타마의 목소리가 울려 퍼졌다.

"마틴은 똑똑히 들어라! 네놈은 감히 쥬신 영지를 침공했고 코르모 성의 사람들을 모조리 죽였다! 이제 너희들은 그 값을 치르게 될 것이다! 오라, 마틴아! 나 타마가 어떤 사람인지 보여주마!"

타마의 목소리가 쩌렁쩌렁 울려 퍼지자 양쪽의 진영이 조용해졌다. 포효하듯 울리는 타마의 목소리에 그만 질려 버린 것이다.

"지옥의 모닝스타 타마!"

"사령관 타마다!"

마틴의 군사들 속에서 수군거리는 소리가 나더니 전염병처럼 퍼져 나가며 방진이 술렁거리기 시작하였다. 맞서는 자들은 모조리 탕을 쳐 죽인다는 블랙울프 군의 사령관 타마, 그 이름이 주는 공포는 작지 않았다. 흰 백마에 올라 전장을 바라보고 있던 마틴이 얼굴을 찡그렸다. 선기를 제압하자고 했는데 그만 선수를 빼앗겨 버렸다. 군사들의 사기가 눈에 띄게 떨어진 것을 본 마틴이 옆에 있는 로브를 돌아보았다.

"저기, 젬마님, 아무래도 한번 나서주어야 하겠습니다."

마틴의 말에 로브를 쓰고 있던 3명의 인물들이 가운데 서 있는 남자를 쳐다보았다.

"좋아. 구피."

"옛, 원로님."

젬마의 호명에 구피라는 자가 로브를 벗어버리고 앞으로 나섰다. 청동처럼 얼굴이 푸릇푸릇한 구피는 키가 195㎝로 거인이었다. 일면 청동의 살인자로 불리는 괴물이 바로 이 구피다.

"나가서 몇 놈 베어버려라."

"알았습니다."

청동의 살인자 구피가 바스타드 소드를 뽑아 들었다. 그의 검은 일반 바스타드 소드와는 달리 거대한 강철 기둥처럼 컸다.

두두득, 두두득.

먼지를 뽀얗게 일으키며 달려가는 구피를 본 마틴은 만족한 웃음을 지었다. 이들 3인은 검은 탑에서 파견되어 온 원로들로 골드 전사들이다. 세 명 모두 100살이 넘은 자들로 소드 마스터 중급이고 특히 젬마는 상급의 소드 마스터였다. 게다가 뒤에 있는 붉은 갑주들 2천 명은 모두 상급의 발키리들이었다.

검은 탑은 6서클 마도사 10명을 주겠다고 했지만 마틴은 소드 마스터를 요구했다. 평생 검을 다룬 그는 마법사들을 인정하지 않았고 검사들을 더 귀중하게 생각하는 사람이었다.

그의 뒤에 무표정하게 서 있는 30명의 발키리들은 최상급의 전사들로 맞설 자가 별로 없었다. 이 전쟁은 이기고 시작하는 전쟁이었다.

"나는 구피다. 나는 너 타마와 겨루고 싶다. 네가 정말로 지옥의 모닝스타라면 나서라."

즈르릉 울리는 구피의 말에 전장이 조용해졌다. 결코 타마의 목청에 지는 울림이 아니었다.

"네가 감히 타마님의 적수가 된다고 생각하느냐? 나 지프리드가 상대해 주마."

휘익!

타마가 말릴 새도 없이 한 명의 신형이 성벽을 날아내려 말 위에 올라섰다.

"쩌, 쩌쩌!"

두두두두!

"저, 저런……."

타마는 지프리드가 먼지를 뿌옇게 일으키며 달려가자 입맛을 다셨다. 하지만 옆에 서 있는 랑케는 빙그레 웃었다. 상관을 대신해 달려나가는 지프리드가 대견했다. 게다가 지프리드의 실력은 소드 마스터 중급이다.

"허허, 좋지 않은가? 자네는 사령관일세."

"뭐, 그렇기야 하지만……."

쓴입맛을 다신 타마는 전장에 눈길을 주었다. 나가서 싸우고 싶은 마음은 굴뚝같았지만 자신은 사령관이다. 일반 전사들처럼 행동할 수는 없었다.

두두두두!

두 마리의 말이 질풍처럼 마주 달려갔다.

"우와~ 지프리드 백작님이시다!"

블랙울프 전사들이 지르는 환성을 뒤로한 채 공터로 달려 나온 지프리드를 향해 구피가 바스타드 소드를 겨누었다.

"크크크, 네놈은 누구냐? 애송이의 용기는 가상타만 내년 오늘이 너의 제삿날이다."

"누구의 제삿날이 될지는 겨뤄봐야 할 터, 나는 지프리드다."

검도 뽑지 않고 말에 앉아 있는 지프리드를 훑어본 구피는 냉소를 지었다. 순간적으로 애송이의 몸을 훑어보았지만 놈의 몸에 있는 마나는 얼마 되지도 않았다. 기껏해야 상급의 수준 정도? 이건 너무 쉬운 상대다. 구피가 성벽에 서 있는 지옥의 모닝스타 타마를 힐끔 쳐다보았다.

'좋아, 이놈을 죽여 버리면 저놈이 나오겠지.'

"자, 간다. 받아봐라, 애송이."

휘익! 촤악!

말이 끝나는 순간, 순간 이동을 하는 것처럼 말에서 날아오른 구피가 지프리드의 측면에 나타나며 검을 내리찍었다.

파앗! 촤촤촤앙!

"크윽, 윽!"

터덕, 턱.

"와~!"

"역시 지프리드님이시다!"

블랙울프들이 지르는 함성 소리가 평원을 쩌렁쩌렁하게 울린다. 그 모습을 본 구피는 수치심으로 얼굴이 붉어졌다. 대체 언제 검을 뽑았는지 그는 보지도 못했다. 마나의 반탄력을 이용해 번개처럼 옆으로 날아들어 검을 내려치는 순간, 저 놈의 옆구리에서 푸른 빛이 번쩍였고 검과 검이 마주쳤다. 그런데 그 타격이 얼마나 강한지 마나가 역류할 정도였다.

구피가 아수라혈천검법의 발도술을 알 리가 없었다.

"크으, 내가 네놈을 너무 얕보았구나. 하나 운은 한 번뿐, 너를 가장 처참하게 죽여주마."

구피는 지프리드가 소드 마스터일 것이라고는 생각도 하지 않았다. 그저 최상급의 전사라고만 생각하였다.

"흥, 얼마든지."

말에서 내려선 지프리드의 말에 구피는 혈압이 상승했다. 젬마의 마나 메시지가 귀에 들렸던 것이다.

'뭐 하는 짓이냐? 빨리 끝내 버려라.'

"놈, 죽인다."

분기가 치민 구피가 벼락처럼 날아들었다. 그의 바스타드 소드에서 시뻘건 오러 블레이드가 2미터가량 솟아올라 빨럇

줄처럼 뻗어갔다.

"소드 마스터다!"

"아니, 소드 마스터 중급이다!"

"와~!!"

마틴 진영의 군사들 속에서 환희에 찬 고함이 울려 퍼졌다. 그들에게는 무적이라는 소드 마스터가 있었다, 그것도 중급의 기사가. 군사들의 얼굴이 흥분으로 열광했다.

구피의 오러 블레이드가 지프리드를 절반으로 갈라 버릴 듯 날아드는 순간, 구피는 직선으로 내려치던 검을 옆으로 비틀었다. 눈앞에 있던 지프리드의 몸이 휘청하는 것 같더니 오러 블레이드를 피하며 번개처럼 다가왔다. 그리고 푸른 빛이 쏟아지는 것이 보였다.

"어엇!"

콰쾅! 콰앙!

구피는 피가 흐르는 손목을 짚고 비틀거리며 물러섰다. 오러 블레이드의 폭발로 먼지가 자욱하고 블랙울프들이 지르는 함성 소리가 귓전을 울렸다.

"우와~!"

"세상에, 소드 마스터다!"

마틴 진영의 군사들이 경악에 차서 부르짖는 소리가 똑똑히 들려왔다. 그들은 소드 마스터 중급의 공격을 격퇴한 지프리드를 놀람에 찬 눈으로 바라보고 있었다. 소드 마스터 중급의 공격을 막았다면 저 사람도 역시 소드 마스터 중급이라는 소리가 아닌가! 너무도 놀라운 사실에 마틴 군사들의 진영에 침묵이 감돌았다. 쥬신 영지는 헤럴드 후작만이 소드 마스터가 아닌 것이다.

"네놈, 소드 마스터였구나! 감히 속임수를 쓰다니! 죽인다!"

구피의 말에 지프리드는 피씩 웃었다.

"네가 나에게 물었나? 웃기는 작자로군."

"뭐야? 이놈!"

구피가 이를 갈며 그대로 날아올랐다. 그의 바스타드 소드에서 강력한 오러 블레이드가 치솟았고 수십 개의 검이 폭포처럼 쏟아져 나왔다. 구피의 최후의 검법인 환영검이다.

촤촤촤촤!

지프리드의 전후좌우가 모두 검의 폭풍에 휩쓸렸다. 새빨간 오러 블레이드가 빽빽이 공격해 오자 지프리드의 검이 천천히 하늘로 쳐들려졌다.

"아수라혈천망 폭(爆)."

푸른 빛이 지프리드의 검에서 뻗어 나왔다. 파란 그물 같은 오러 블레이드들이 수십 미터를 뒤덮었고 요란한 폭음이 대기를 흔들었다.

콰콰쾅! 콰쾅!

"으악!"

그곳에서 구피의 비명이 터지고 피비가 쏟아져 내렸다. 오러 블레이드들의 충돌이 일어나자 구피의 육체가 그만 폭발하고 말았던 것이다. 먼지와 뼛조각들이 흰 눈 위를 붉게 물들이며 쏟아져 내리자 사람들은 숨을 죽이고 바라보았다. 번쩍이는 섬광과 자욱하게 일어나는 먼지 때문에 누가 살고 죽었는지 분간할 수가 없었던 것이다.

"와~!!"

"지프리드님이 이겼다!"

"지프리드님 만세!"

자욱한 먼지가 가라앉고 옷이 찢겨진 지프리드가 거연히 서 있는 것을 본 블랙울프들의 함성이 평원을 뒤덮었고 마틴 진영의 군사들은 어깨를 축 늘어뜨렸다.

"어, 어떻게?!"

마틴은 턱을 덜덜 떨며 젬마를 돌아보았다. 하지만 젬마는 온몸을 부르르 떨고 있었다. 3형제 중 가장 믿고 있던 이가 바로 저 구피다. 그의 눈에서 핏빛이 번쩍거렸다. 한평생을 함께하던 의동생이 죽었다.

촤촤촤.

누가 말릴 새도 없이 젬마가 지프리드를 향하여 날아갔다. 그를 따라 남아 있던 의동생도 몸을 날렸다. 허공을 밟고 날아드는 두 사람을 본 군사들은 입을 딱 벌렸다. 사람이 새처럼 하늘을 달리다니! 하나 더 놀랄 일은 연이어 일어났다.

"비겁한 놈들, 정당한 대결에 합공을 하다니."

촤촤촤!

파루데 성벽에 서 있던 타마가 허공을 평지처럼 밟으며 내달렸다. 저쪽도 두 명, 이쪽도 두 명이다. 서로를 향해 쏜살처럼 날아가던 4인의 무기들에서 붉고 푸른 오러 블레이드들이 하늘을 갈랐다.

촤악! 촤악! 콰앙! 쾅!

"큭, 허억!"

한차례 충돌이 일어나자 4명의 소드 마스터들이 숨을 몰아쉬며 서로를 노려보았다. 젬마는 지금 어처구니가 없었다. 아니, 황당해서 말이 안 나왔다. 지프리드가 구피를 분시해 버렸을 때 너무 분노해서 갈피를 잡을 수 없었다. 그래서 앞뒤를 가리지 않고 달려나왔다.

저자 외에는 소드 마스터가 더 있으리라고는 생각도 하지 않았던 것이다. 그런데 저놈도 자신만큼이나 강자였다. 대체 이놈의 쥬신 영지에는 얼마나 많은 강자들이 있단 말인가? 분명 정보에 의하면 헤럴드에게는 스피어 마스터라는 계집 외에는 마스터들이 없다고 했다. 하지만 뚜껑을 열어보니 너무도 달랐다.

"네놈이 지옥의 모닝스타 타마냐?"

"늙은이가 입이 걸군."

타마의 빈정거리는 말에 젬마의 눈에서 불길이 일어났다.

감히 100살을 넘긴 자신에게 반말이라니. 그가 롱 소드를 비껴들었다. 젬마의 몸에서 진득한 살기가 폭풍처럼 쏟아져 나왔다.

"감히 네놈이 반말을 지껄여? 오늘 네놈을 갈가리 찢어 동생의 영혼을 달래야겠다."

"대접을 받으려면 예부터 배워라, 늙은이."

휘익!

타마의 말에 젬마의 몸이 번개처럼 쇄도해 오며 검을 휘둘렀다. 전방의 공기가 일그러지며 붉은 오러 블레이드가 빛살처럼 날아들고 공기 찢어지는 소리를 낸다.

몸을 비틀어 한 발 물러선 타마의 모닝스타가 횡으로 휘둘러졌다.

"만상폭풍타(滿像爆風打)."

만상폭풍타가 펼쳐지자 허공이 모두 수십 개의 모닝스타로 메워졌다. 찌르고, 휘두르고, 내려치는 모닝스타의 폭풍에 먼지가 일어나고 대기가 휘말려 돌아갔다.

"으으, 이노옴, 죽인다. 엠프테이션."

파앗! 번쩍!

젬마의 롱 소드에서 붉은 오러 블레이드가 빛처럼 빠른 속도로 날아드는 모닝스타들을 절단해 버렸다. 눈 한번 감았다 뜨는 시간에 33번의 칼질이 붉은빛을 뿌리며 난도질했다.

최최최촤! 콰광! 콰앙!

두 사람이 충돌하는 곳에 번개가 치고 하늘의 벼락이 떨어져 내리는 것 같았다. 마나의 폭발로 땅이 움푹움푹 파이고 주변에 있던 돌들이 날아올라서는 가루로 부서져 내렸다.

"저, 저건!"

마틴은 쩍 벌어진 입에서 침이 줄줄 흘러내리는 것도 모르고 있었다. 그의 두 손이 부들부들 떨고 있었다. 쥬신 영지는 하나같이 사자들이 사는 곳이었다. 만일 검은 탑이 지원하지 않았다면 어떻게 되었을까?! 생각만 해도 끔찍했다. 그의 눈에 살기가 이글거렸다. 헤럴드가 없는 이번 기회에 놈의 손발을 모두 잘라 버려야 했다. 아니면 죽는 것은 자신이 될 것이다.

그가 뒤를 돌아보았다. 그곳에는 무표정한 얼굴의 최상급 발키리들이 미동도 없이 서 있었다.

"너희들은 저 두 놈을 공격하라."

마틴의 말이 떨어지자 멍하니 전장을 보고 있던 참모들과 귀족들이 흠칫 놀랐다. 저들을 공격한다는 것은 기사도를 버리는 것이다.

"각하, 지금 저들을 공격하면 기사도에 어긋⋯⋯."

"닥쳐라, 나아타 백작! 이긴 자만이 말을 할 수 있다. 헤럴드, 그놈이 이렇게 무서울 줄은 몰랐다. 지금 그놈의 손발을 자르지 않으면 이 전쟁에서 우리가 질 수도 있다. 그러고 싶은가?"

마틴의 말에 한발 나섰던 나아타 백작은 입을 다물었고 참모들도 고개를 끄덕였다. 패자는 유구무언이고 승자만이 역사에 남는 것이다.

"빨리 저자들을 척살하라."

그의 말이 끝나자 30명의 최상급 발키리들이 몸을 날렸다. 전장을 가로지르는 그들은 얼마나 빠른지 마치 유성이 가로지르는 것 같았다.

"아, 아니, 저런 비겁한 놈들!"

전장을 보고 있던 블랙울프 전사들이 발을 굴렀다. 그 순간, 빛이 허공에 번뜩이고 하얀색의 로브를 입은 사람이 허공에 나타났다.

"기사도를 버리고 기습을 하다니! 마틴, 너는 이젠 기사도, 귀족도 아니다. 윈드 스톰."

휘잉윙! 팟팟팟!

갑자기 바람의 강력한 폭풍이 불기 시작하였다. 그것은 사람이 버티지 못할 정도의 강한 힘으로 전방을 향해 밀려갔다.

"아앗! 대마도사다!"

"세상에!"

마틴의 참모들은 더 이상 놀랄 힘도 없었다. 공중에 둥둥 떠 있는 대마도사의 몸에는 하얀 마나로 이루어진 날개가 천사처럼 몸을 받치고 있었다.

"으음, 헤럴드, 이 무서운 놈. 모두 공격하라! 총공격이다!"

신음을 지르던 마틴은 전군에 공격 명령을 내렸다. 이제는 망설일 수가 없었다. 저놈들을 죽이지 않으면 자신들이 죽는 수밖에 없었다.

두두두두!

슈슈슈슉!

"와~!"

말들이 돌진하고 화살들이 하늘을 새카맣게 덮고 날아온다. 온 평원이 50만 대군의 공격으로 대지가 뒤흔들렸다.

"공격하라! 블랙울프 군의 본때를 보여줘라!"

랑케의 목소리가 마법 증폭으로 쩌렁쩌렁 울려 퍼지자 발을 구르던 블랙울프들이 돌격하기 시작하였다.

두두두두! 우우우우!

"죽여라! 비겁한 자들을 쓸어버려라!"

평원이 발칵 뒤집혔다. 말들이 달리는 소리, 창검이 부딪치는 소리, 검은 가죽옷을 입은 블랙울프들이 야생적인 고함을 지르며 광풍처럼 쇄도해 들었다.

"마나 블레이드다!"

촤앙! 챵! 챵!

기병과 기병이 충돌하는 순간, 연분홍색 마나 블레이드들이 이글거리고 잘려진 목과 팔들이 우수수 날아올랐다. 피비가 자욱한 전장에 죽고 죽이는 혈투가 벌어지기 시작하였다.

"다음에 보자. 모닝스타."

"서라, 이놈."

양쪽의 혼전이 시작되자 젬마는 슬쩍 몸을 빼냈다. 저 타마

라는 놈은 자기보다 결코 실력이 높은 것 같지는 않았지만 모
닝스타 쓰는 법은 상상을 초월했다. 젬마는 기괴한 수법으로
공격해 들어오는 모닝스타 때문에 더 이상의 싸움은 승산이
없다는 것을 파악했다. 발키리들을 내몰아 놈의 마나를 고갈
시키면 죽이는 것은 다음에도 얼마든지 가능했다. 이 전쟁은
이제 시작인데 객기를 부리다가 죽고 싶지는 않았다. 마틴의
군사들은 얼마든지 많은 것이다.

"도망 못 친다. 만상연환타."

우르릉! 파파팟!

모닝스타에서 뻗어나간 오러 블레이드가 수십 번을 가격
했지만 젬마는 미꾸라지처럼 요리조리 빠져나갔다. 그 바람
에 애꿎은 마틴의 군사들만 찢겨져 쓰러졌다.

"빌어먹을!"

이를 갈며 도망치는 젬마를 쏘아본 타마가 지프리드를 돌
아보았다.

"지프리드, 5군단을 이끌고 중앙을 휘저어라. 난 6군단을
데리고 측면을 공격하겠다."

"알았습니다, 타마님."

두 사람이 달려나오는 블랙울프들을 향하여 날아갔다.

두두두두!

햇빛에 창검을 번뜩이며 기병과 기병의 치열한 싸움이 대
평원을 흔들기 시작하었다.

　　　　*　　　　*　　　　*

　퓨리 시는 쥬신 영지의 영주성이다. 지난 몇 년 동안 쥬신 영지의 발전에 힘입어 퓨리 시는 엄청나게 확장됐고 대륙의 수많은 장사꾼들이 모여들어 피륙을 사가고 있다.

　"멈추시오! 어디서 오는 상단이오?"

　퓨리 성의 성문으로 기다란 마차 행렬이 다가오자 파수병이 앞을 가로막았다. 대략 15대의 마차가 길게 늘어선 곳에서 늙은 노인이 신분패를 꺼내 보였다.

　"우린 나로스 왕국의 상단이오."

　파수는 신분패를 보고는 마차를 살펴보았다. 비록 전쟁이 일어났지만 쥬신 영지는 상업을 중단시키지는 않았다. 퓨리 시에 있는 일리나가 그럴 필요 없다고 명을 내린 것이다.

　"이건 뭐요?"

　"헤헤, 그건 우리 나로스 왕국의 특산물인 징코우 와인이오. 한 병 가지겠소?"

　상단주의 말에 파수는 손을 휘젓고는 옆으로 물러났다. 예전 같으면 상단들에게 뇌물을 받아먹겠지만 지금은 누구도 뇌물을 받는 군사가 없다. 쥬신 영지에서는 군사들에게 높은 녹봉을 주고 있었기 때문이다.

　"됐소. 통과하시오."

"그럼 수고하시오."

상단이 서서히 안으로 들어갔다.

마차에 탄 상단주는 잔등이 축축이 젖은 것을 느꼈다.

"놈들은 낌새를 못 챘겠지?"

"예, 브리지트님."

마차에는 상단주의 딸로 가장한 브리지트가 화려한 옷을 입고 앉아 있었다. 지금 저 와인 통 속에는 아케이드 전사단에서 데리고 온 150명의 전사들이 숨어 있었다. 브리지트는 사람들로 흥성거리는 퓨리 시를 차가운 눈으로 바라보며 이를 갈고 있었다.

바로 이곳이 헤럴드의 본거지다. 그녀의 눈에서 불이 일고 있다. 아버지를 죽인 원수이고 자신에게 치욕을 준 남자, 그 자가 살고 있는 이 성을 불태워 버리고 살아 있는 물체는 하나도 남김없이 죽이고 싶은 욕망이 부글부글 끓어올랐다.

"헤럴드, 네가 사랑한 모든 것을 죽여주마. 하나도 남김없이……."

나로스 상단의 마차들에 실린 150여 개의 와인 드럼통들이 퓨리 시를 버젓이 횡단하고 있었다.

"이곳 퓨리 시에는 블랙울프 제2군인 10만 예비대가 있습니다. 그리고 카마센 성에 5만의 일반 군사들이 있고 새로 신축한 10여 개의 방어싱들에 나머지 25만이 배치되어 있습니다."

퓨리 시에 있는 나로스 상단의 지부에 있는 방에서 지도를 보고 있던 브리지트가 고개를 들었다. 지도에 표시된 쥬신 영지의 군사력은 상상을 뛰어넘고 있었다.

언제 이렇게 많은 군사들을 훈련시켰는지 이해할 수가 없어 브리지트는 고개를 갸웃거렸다.

영지의 외곽에 새로이 건설된 반원형의 성들은 말 그대로 요새들이었다. 이곳을 점령하자면 내부에서 혼란을 일으키고 수뇌들을 척살하는 것이 대안이었다.

"정말 이들이 그렇게 강하냐?"

브리지트의 눈에서 핏빛이 쏘아져 나오자 샤이먼은 온몸이 오그라드는 것 같았다.

"예. 그들은 80% 이상이 상급전사의 수준이고 나머지가 중급전사들입니다."

땀을 줄줄 흘리며 대답하는 샤이먼을 쏘아본 브리지트는 마력을 거두었다. 이 마왕력 앞에서는 감히 거짓말을 하지 못한다. 사람의 심령을 포박해 저도 모르게 진실을 말하게 하기 때문이었다.

'그렇단 말이지?'

창밖을 보며 브리지트는 속으로 생각을 하였다. 그녀가 이곳으로 별동대를 데리고 들어온 것은 가능하면 후방을 교란시키기 위해서였다. 그런데 이곳은 철벽의 요새였다.

"그래도 수뇌들은 제거해야 한다."

브리지트의 눈에서 붉은빛이 번들거렸다. 지금 조지 공작의 군사들이 은밀히 쥬신 영지로 다가오고 있었다. 마틴과 쥬신 영지가 치고받으며 서로를 죽이고 있을 때 배후를 기습하여 쥬신 영지를 장악하는 것이 이번 전쟁의 목적이다. 그러면 니힐리스 제국은 손쉽게 타판파스 초원을 장악할 것이고 아스톤 제국의 추종자인 마틴 공작의 세력까지 말살시킬 수 있었다.

"영주성에는 누가 있느냐?"

"지금 영주성에는 헤럴드의 애인이라는 스피어 마스터가 있습니다. 그리고 영주 친위대가 지키고 있고 마법사들이 있습니다만 그들의 실력은 아직 모르고 있습니다."

"헤럴드의 애인이 스피어 마스터?"

브리지트의 눈에서 또다시 시뻘건 빛이 뿜어 나왔다. 스피어 마스터라면 분명히 아이스 왕국에서 이름을 떨친 바로 그 계집일 것이다. 브리지트의 얼굴에 잔인한 살기가 어렸다.

"좋았어. 년을 없애고 영주성을 불태운다."

"하지만 그곳은 경비가 삼엄한 곳입, 예, 예, 알았습니다."

샤이먼은 불가를 말하려다가 브리지트의 눈을 보고는 황급히 대답하였다. 까딱 잘못 말했다가는 오늘이 제삿날이 될 수 있었다.

"오늘 밤 공격한다. 준비하도록."

"알았습니다."

샤이먼이 밖으로 나가자 브리지트는 저 멀리 보이는 영주성을 쏘아보았다. 오늘 밤, 스피어 마스터라는 계집을 죽이고 저 성을 불태우면 헤럴드가 땅을 치며 통곡할 것이다.

그것을 생각하니 저도 모르게 마음이 시원해졌다. 퓨리 시의 밖에 주둔하고 있는 10만 블랙울프들이 달려왔을 땐 헤럴드의 계집은 처참하게 죽어 있을 것이다.

"뭐라고요? 그게 사실인가요?"

영주성의 헤럴드의 집무실에서 샤니가 내민 쪽지를 받아 본 일리나가 깜짝 놀라 소리쳤다.

"예, 일리나님. 조지 공작의 군사들이 바로 이곳, 카마센 영지에 얼마 멀지 않은 곳까지 오고 있답니다. 너무도 은밀하게 와서 방금 전에야 수색대들이 발견한 모양입니다."

"병력은 얼마나 되죠?"

"그곳 통신 마법사의 보고에 의하면 대략 50만으로 기병은 30만, 보병은 20만 정도 된다고 합니다."

"으음."

샤니의 말에 일리나는 신음을 흘렸다. 50만이라면 엄청난 숫자다. 지금 파루데 성 쪽에서도 마틴의 군사들이 50만인데 조지 공작까지 50만을 끌고 공격해 오다니, 일리나는 쥬신 영지에 최악의 위험이 다가오고 있다는 것을 직감했다.

"내가 가겠어요. 주군께서 오기 전까지 이곳 패어리 협곡에서 놈들을 막겠어요. 마법전사단원들을 데리고 가서 폭발

마법진을 설치하면 가능합니다.”

“그럼 나도 함께 가요.”

일리나의 말에 샤니는 머리를 저었다.

“일리나님께서는 이곳에서 전반적인 전쟁을 지휘해야 합니다. 주군께서 오시기 전까지.”

샤니의 말에 일리나는 말문이 막혔다. 샤니는 그것을 보고 희미한 미소를 지었다. 아무리 전쟁이 힘들다고 해도 앞으로 주모가 될 일리나를 전장으로 데리고 갈 수는 없었다.

그리고 자기에게는 600명으로 이루어진 마법전사단이 있었다. 그들이 비록 4~5서클의 마법사들이지만 아쇼만티움을 이용한 마법진을 설치하는 데에는 지장이 없었다.

“좋아요, 샤니님. 그럼 믿겠어요.”

어차피 이곳에도 지휘할 사람이 있어야 한다는 것을 일리나는 느끼고 있었다. 현재 자신은 쥬신 영지민들에게 헤럴드의 분신이나 같은 상징적 존재였다.

그렇게 운명의 밤은 다가오고 있었다.

＊　　　＊　　　＊

두두두두!

퓨리 성의 성문이 열리고 하얀 로브를 입은 400명의 마법사들이 질풍처럼 발을 달려나갔다.

“서둘러요.”

맨 앞에서 말을 달리는 샤니는 마법사들에게 재촉을 하며 말에 채찍을 안겼다. 한시라도 빨리 가서 조지 공작의 군사들을 막아야 했다.

“쩌, 쩌쩌!”

말들이 눈이 녹아 질척거리는 초원을 맹렬한 속도로 달려갔다. 오가는 사람들 속에 섞여 마법사들이 달려가는 것을 보고 있던 샤이먼이 희미한 미소를 지으며 조용히 자리를 떴다.

캄캄함 밤, 영주성의 성벽에는 마법 등만이 빛을 뿌리고 이따금 순찰을 도는 친위전사들의 발자국 소리가 고요한 정적을 깨뜨리며 들려왔다.

“우디, 부하들을 이끌고 정면을 공격하라. 너의 임무는 영주성을 불태우는 것이다.”

영주성이 보이는 나지막한 구릉 위에 팽팽한 검은 옷을 입고 납작 엎드려 있던 브리지트의 명이었다. 우디는 치솟는 화를 억지로 참았다.

우디의 나이 벌써 83세이다. 50년 전, 아케이드 전사단에 포섭되어 원로원에 있게 되었고 수련을 하고 또 하여 이제는 소드 마스터가 되었다. 하나 그의 자부심은 저 여자를 만나면서 여지없이 깨졌다.

‘빌어먹을! 언젠가는 네년을 내 몸뚱이 밑에서 몸부림치게 만들 것이다. 반드시.’

아케이드 전사단의 원로들은 하나같이 브리지트를 품에 안고 싶어했다. 그러나 저 여자를 품에 안기는 쉽지 않았다. 도저히 브리지트의 실력을 능가할 수가 없었기 때문이다.

"알았습니다."

그의 볼 부은 말이 끝나자마자 브리지트가 어둠 속으로 바람처럼 사라졌다.

스스슷.

마치 뱀이 기어가는 듯한 소리만이 우디의 귀에 들려왔다. 소드 마스터인 우디의 귀에도 간신히 들리는 미약한 소리이니 다른 사람들은 느끼지도 못할 것이다. 머리를 흔들어 잡생각을 털어버린 우디가 뒤를 돌아보았다. 무표정한 모습으로 엎드려 있는 150명의 전사들은 그동안 아케이드 전사단에서 만든 키메라들이다. 비록 말은 하지 못하지만 상급의 전사 실력을 가지고 있는 저들은 말 그대로 인간 병기들이다.

"가자."

우디가 짤막하게 명을 내리고 달려가자 자리를 차고 일어난 키메라들이 뒤를 따라 달려갔다.

사사삿.

마치 가랑잎이 굴러가는 듯한 소리가 미약하게 들린다. 마법 등 아래를 순찰하고 있던 친위전사인 제이드는 이상한 기척에 발을 멈추었다.

"휴버트, 무슨 소리를 듣지 못했나?"

“아니, 뭔 소린가?”

동료인 휴버트의 말에 제이드는 머리를 갸웃했다. 하지만 아무리 귀를 기울여도 바람 소리뿐이다.

“바람 소리겠지. 가세.”

“그래.”

두 전사가 성벽 위를 지나가는 순간이다. 눈앞에 솟아나듯 팽팽한 검은 옷이 나타났다.

“누구, 컥!”

“저, 적, 윽!”

두 전사는 소리치려고 했지만 순간적으로 번쩍이는 붉은 빛과 함께 스르륵 무너져 내렸다.

성벽을 적시며 뿜어 나오는 피를 본 브리지트는 밑을 내려다보았다. 대기하고 있던 키메라들이 밧줄을 걸고 성벽 위로 올라오고 있었다.

“1조는 식량 창고에 불을 지르고, 2조는 친위전사들의 막사를 습격하라.”

고개를 끄덕인 키메라들이 살처럼 달려간다. 그것을 본 브리지트는 첨탑을 향해 몸을 날렸다. 저곳에 헤럴드의 애인이라는 스피어 마스터가 있었다.

“적이다!”

“습격이다!”

챙챙챙!

조용하던 영주성에 불길이 치솟아오르고 검과 검이 마주치는 소리가 밤하늘을 깨웠다.

"일리나님, 성안에 적들이 습격해 들어왔습니다!"

영주성의 집사인 휴이가 일리나의 방으로 뛰어들었다. 방금 헤럴드와 마법 통신을 하고 잠자리에 누웠던 일리나는 자리를 차고 일어났다.

"적이라고요? 얼마나 되죠?"

"아직은 잘 모르겠습니다. 식량 창고에 불이 났고 친위전사단 막사에서 싸움이 붙었습니다."

집사의 말에 일리나는 창을 들고 문밖으로 뛰쳐나갔다. 식량 창고 쪽에 불길이 솟아오르고 친위전사들의 막사에서 창검이 부딪치는 소리가 요란하게 들려왔다.

"즉시 마법사들에게 가서 놈들을 제압하라고 하세요."

"예, 알았습니다."

집사가 달려가자 일리나는 주위를 예리하게 살폈다. 무엇인지 알 수 없지만 이질적인 기운이 자신에게 덮쳐 오고 있었다. 마치 자신을 부르는 것 같았다.

"누구냐? 모습을 보여라."

"호오, 역시 내 기대를 저버리지 않는군."

뜻밖에도 여자의 목소리가 들리고 하얀 백발의 여자가 어둠 속에서 모습을 나타냈다. 일리나는 나타난 여자를 보며 흠칫 놀랐다. 팽팽한 검은 옷을 입은 여자에게서 풍기는 위압감이 결코 자신의 아래가 아니었다.

'아무래도 오늘은 좋질 않구나!'

일리나는 창을 으스러지게 틀어잡았다. 앞에 나타난 여자는 그녀가 보기에 어느 정도의 수준인지 분간할 수가 없었다. 그건 자신보다 상당하게 강한 수준이라는 것을 의미했다.

"당신은 누구죠?"

"난 브리지트라고 하지. 한때 헤럴드의 여자였지만 그의 음욕을 채워주고 쫓겨났지. 내가 보기엔 너도 그런 운명을 겪을 게 뻔하다. 어때, 나와 손을 잡지 않겠나?"

브리지트의 말에 일리나는 버럭 소리를 질렀다.

"닥쳐라! 어디서 요망한 혓바닥을 놀리느냐? 헤럴드가 버렸다면 그만한 이유가 있을 것이다! 자, 와라! 그이를 대신해 내가 너를 징벌하겠다!"

일리나의 말에 브리지트의 입꼬리가 치켜 올라갔다.

"흥, 대단한 믿음이구나. 그러나 너는 이곳에서 죽는다. 그럼 헤럴드가 가슴이 찢어지겠지. 난 그것을 보고 싶어."

말이 끝나는 순간, 브리지트의 몸이 어둠 속으로 사라졌다.

'좌측, 아니, 우측이다.'

일리나의 창이 맹렬하게 회전하며 우측을 휩쓸었다.

콰앙! 챵! 챵! 챵!

일수유의 짧은 순간, 창과 검이 부딪치며 무수한 불꽃을 흩날렸다. 한 번에 수십 번의 검이 일리나의 몸을 난도질했고 창과 검이 부딪쳤다.

"호호호, 역시 헤럴드의 계집답구나. 하나 네년은 오늘 죽는다. 일루전 소드."

싸아악!

비단 필이 찢어지는 듯한 소리와 함께 전후좌우를 차단하고 붉은 빛줄기들이 날아든다. 그것은 수백 개의 검의 빛이었다. 일리나는 이를 악물었다. 역시 저 백발의 여자는 무서운 실력자였다.

"수라환영창(修羅幻影槍)."

어둠 속을 밝히며 칠색의 빛이 터져 올랐다. 그리고 똑같은 수백 개의 창들이 날아드는 검을 맞받아 나갔다. 그리고 대지를 밝히는 폭발과 섬광.

콰앙! 쾅! 쾅!

"크윽!"

창과 검의 격돌이 일어나자 주변의 모든 것이 가루로 부서져 내렸다. 회오리치는 마나의 힘이 모든 것을 휩쓸어 버렸고 담벼락들이 터지며 먼지가 자욱하게 일어나 모든 것을 가려 버렸다.

"호호호, 맛이 어떠냐?"

자욱한 먼지 속에서 광기에 찬 브리지트의 목소리가 터져 나왔다.

"일리나님이 공격을 받고 있다! 마법사들과 친위전사들은 공격하라!"

친위전사단장의 명에 밑에서 싸우고 있던 마법사들이 사방에서 달려왔다. 샤니는 패어리 협곡으로 떠나면서 200명의 마법사들을 두고 갔던 것이다. 하얀 로브들이 일시에 마법을 영창하기 시작하였다.

"파이어 랜스."

"아이스 스피어."

"에어로 봄."

파앗! 콰콰콰콰!

수백 개의 불과 얼음의 창, 마법의 바람이 폭발하며 밀려든다. 비록 4서클의 낮은 마법들이지만 한꺼번에 공격하는 200여 명의 마법은 결코 얕볼 수 없는 것이었다. 온 하늘에 날아드는 마법을 본 브리지트의 눈에서 붉은 광기가 뿜어나갔다.

"다 죽여주마. 버러지 같은 것들. 마왕 회선검."

콰콰콰콰!

브리지트의 검에서 뿜어나간 수백 개의 검영이 무서운 회전을 일으키며 마법사들에게 날아들었다. 그것을 본 일리나는 창을 곧추 겨누었다. 저 검법은 레벨이 낮은 마법사들로는 속수무책이다.

"수라혈천파(修羅血天破)."

버언쩍! 콰아아!

일리나의 창에서 뿜어 나온 오러 블레이드들이 브리지트

의 마왕력과 대충돌을 일으켰다.

콰콰쾅! 쾨쾅!

"윽, 커억!"

혈천파가 폭발한 것은 참혹하리만치 모든 것이 깨어지고 부서져 흩날렸다. 집도, 기둥도, 견고한 성벽마저 와르르 무너져 내렸다. 참으로 무시무시한 마나의 폭발이었다.

"윽, 어서 피해요!"

일리나는 피를 울컥울컥 토하며 간신히 소리쳤다. 저 여자는 적어도 그랜드 마스터 중급은 되는 것 같았다. 자신이 헤럴드에게 창을 배운 후 처음 만난 강적이다.

"안 됩니다. 어서 피하십시오. 공격하라."

마법사들과 친위전사들이 죽기를 무릅쓰고 맹렬한 속도로 달려들었다. 그러나 그들은 더 이상 전진할 수가 없었다.

"크크크, 너희들은 내 몫이다. 쳐라."

그들의 눈앞에 기괴한 웃음을 지으며 나타난 아케이드 전사단의 우디가 명을 내리자 키메라들이 붉은 마나 블레이드를 번쩍이며 달려들었다.

키잇, 키잇.

"키메라들이다."

"검진을 만들라."

친위전사들이 검진을 만들고 키메라들과 혈전을 벌이기 시작하였다. 그것을 보고 있던 브리지트가 일리나를 쏘아보왔다.

"자, 우리도 끝내야겠지. 이제라도 늦지 않았다. 항복하면 목숨은 살려주마."

그녀의 말에 피가 흐르는 팔에 창을 단단히 틀어쥔 일리나가 불타는 눈으로 자세를 취했다.

"어리석은 소리, 난 살아도 그분의 여자고 죽어서도 그의 여자다. 자, 와라."

일리나의 말에 브리지트는 이를 갈았다. 저년을 잡아 이용하려고 했지만 그럴 수 없다는 것을 깨달은 것이다. 그렇다면 죽일 수밖에. 브리지트의 몸에서 붉은 마나가 회오리치기 시작하였다. 사실 지금까지는 포로로 잡으려고 적당히 했지만 이젠 그럴 필요가 없었다.

쿠쿠쿠쿠!

마나의 힘에 공기가 진동을 하고 붉은 빛이 닿는 모든 것이 먼지로 흩날렸다. 그것을 본 우디는 몸서리쳤다.

'무서운 년이다!'

저런 여자를 품에 안을 생각을 했다니 소름이 끼쳤다. 참으로 괴물 같은 여자였다.

브리지트가 검을 들고 일리나에게 천천히 걸음을 옮겼다. 마나가 잔뜩 실린 발의 힘에 단단한 화강암 바닥이 푹푹 들어갔다. 그랜드 마스터 중급의 힘이 어느 정도인지 여실히 드러나고 있었다.

"너를 시작으로 모두 죽여준다. 헤럴드와 그가 가진 모든 것을."

"흥, 꿈 깨라. 겨우 그 정도로. 그이는 무적이다."

일리나가 창을 앞으로 내밀었다. 그녀의 창영에서 찬란한 무지개 색의 오러 블레이드가 줄기줄기 뻗어 나왔다.

"수라멸천(修羅滅天)."

콰콰콰콰!

아수라혈천창법의 최후 초식, 수라멸천이 펼쳐지자 대기가 비명을 지르고 눈부신 빛이 폭발하며 눈앞이 하얗게 변하였다.

고오오오! 콰콰쾅! 콰쾅!

그 속에서 두 마디의 신음 소리가 들렸다.

"윽, 큭!"

친위전사들과 마법사들, 키메라들까지 엄청난 격돌의 여파에 휩쓸려 사방으로 나동그라졌다. 하늘로 솟아올랐던 먼지와 돌 부스러기들이 가라앉자 버티고 선 두 여인의 모습이 보였다. 브리지트는 입가에 한줄기 선혈이 흐르고 있었고 일리나가 천천히 쓰러지는 것이 보였다.

"주모님!"

"아, 안 돼!"

일리나는 희미해지는 눈을 들어 저 멀리 슈마라이 산의 정상을 바라보았다. 뿌연 눈 속으로 정상의 하얀 눈이 안겨있다.

"헤럴드, 당신을 만나 행복했어요. 부디 이 원수를 갚아주세요.”

일리나가 드러눕는다. 그것을 본 친위전사들과 마법사들이 온몸을 부르르 떨었다.

주모님께서 돌아가셨다! 그들의 눈에 복수의 불길이 이글거리며 타올랐다.

“저 마녀를 죽여라!”

“죽이자!”

“와~!”

마법사들의 마법과 친위전사들의 검이 수풀처럼 밀려왔다.

두두두두!

우우우우!

갑자기 맹수의 울부짖음 같은 소리가 들려오고 대지가 지진을 만난 것처럼 흔들렸다. 그 소리를 들은 친위전사들의 얼굴에 희열이 떠올랐다.

“블랙울프들이다!”

“공격하라!”

성 밖에 주둔하고 있던 10만의 블랙울프들이 파도처럼 달려오고 있었다. 그것을 보고 있던 브리지트는 이빨을 악물었다. 그녀가 아무리 강해도 하나같이 상급전사들인 저들을 이길 수는 없었다.

“오늘만 기회는 아니다. 헤럴드, 네놈의 계집들을 차례로 없애주마. 깔깔깔.”

요사스런 웃음소리를 남기며 브리지트의 신형이 허공으로 떠올랐다.

파앗!

그녀의 신형이 번개처럼 어둠 속으로 사라졌다.

"죽여라!"

"마녀를 잡아라!"

두두두두!

블랙울프들이 성안으로 돌입하여 키메라들과 격돌이 벌어지기 시작하였다.

키엑, 킥.

사방에서 키메라들의 목과 팔이 날아오르고 쓰러져 가는 것을 본 우디는 어둠 속으로 몸을 날렸다. 여기서 저들과 맞서봐야 차례지는 것은 죽음뿐이다.

"주모님. 으흐흑."

친위전사단장이 비통한 울음을 터뜨리며 일리나의 앞에 무릎을 꿇었다. 폐허처럼 변한 영주성의 광장에 일리나는 잠을 자듯 눈을 감고 있었다.

『광풍의 전사』 6권에서 계속…

입소문을 통해 아는 분은 다 알고 계십니다!
올 한해 공인중개사 최고의 화제작!

1~2권 합본 | 이용훈 지음
3~4권 합본 | 이용훈 지음
5~6권 합본 | 이용훈 지음
용어해설 | 이용훈 지음

수험생 기본 필독서
만화 공인중개사

당당하게 글을 쓰는 사람, 멋있게 포장하는 사람,
감동적으로 읽어주는 사람이 있다면
언제든 어디든 인더북이 함께 하겠습니다.

2008년 봄 그들이 온다!!

권왕무적의 초우, 궁귀검신의 조돈형, 삼류무사의 김석진, 태극검해의
한성수, 프라우슈 폰 진의 김광수, 흑사자의 김운영, 송백의 백준 등

총 20여 명에 이르는 호화군단의 인더북 이북 연재 확정!!
그 외에도 많은 정상급 작가들의 이북 연재 런칭 예정!!

**포도밭 그 사나이, 새빨간 여우 등의 로맨스 정상급 작가
김랑의 작품을 이북 연재로 만나다!!**

오직 인더북에서만 독점 연재!!

아쉬움을 남기고 1부에서 막을 내린 **권왕무적 시리즈의 2부** 등 인기 작가들의 수준 높은
미공개 작품들이 시중에 책으로 출간되지 않고, 오직 인더북에서만 연재됩니다.

COMING SOON! INTHEBOOK.NET

1. 인더북의 이북 유료연재는 2008년 1월 말 ~ 2월 중순경 오픈
2. 인더북에 연재되는 작품들은 시중에 출판되지 않은 작품들로 엄선

이북 유료연재의 새로운 도전! 그리고 새로운 시작! 인더북!!
곧 새로운 모습의 이북 연재 사이트로 여러분께 다가가겠습니다.